賢者の剣
Sword of Philosopher
4
「リーゼ姉さん！」
JN211712
Junki Hiyama
陽山純樹
Illustration
さらちよみ

夕焼けに染まるソフィアの顔は、
硬直し呆然《ぼうぜん》となるほど艶やかだった。
「……一つ訊《き》いていいか？」

——絵のような光景だった。
彼女の髪がたなびき、
茜《あかね》色の世界の中心に彼女が立っている。

「……へ？」
突如アマリアがユノーを羽交い締めにした。

オルディアが魔族へ肉薄。
まずは挨拶代わりの一太刀を浴びせ、
魔族の動きを縫い止める。

リーゼは先ほどと同様『クレッセントムーン』の構えで、ソフィアは――風。
上級魔導技の『風華霊斬』なのは間違いなかった。
両者の技が振り下ろされ、まったく同じタイミングでダクライドを直撃する。
刹那《せつな》風が生じ、炎がさらに勢いよく燃え上がる。

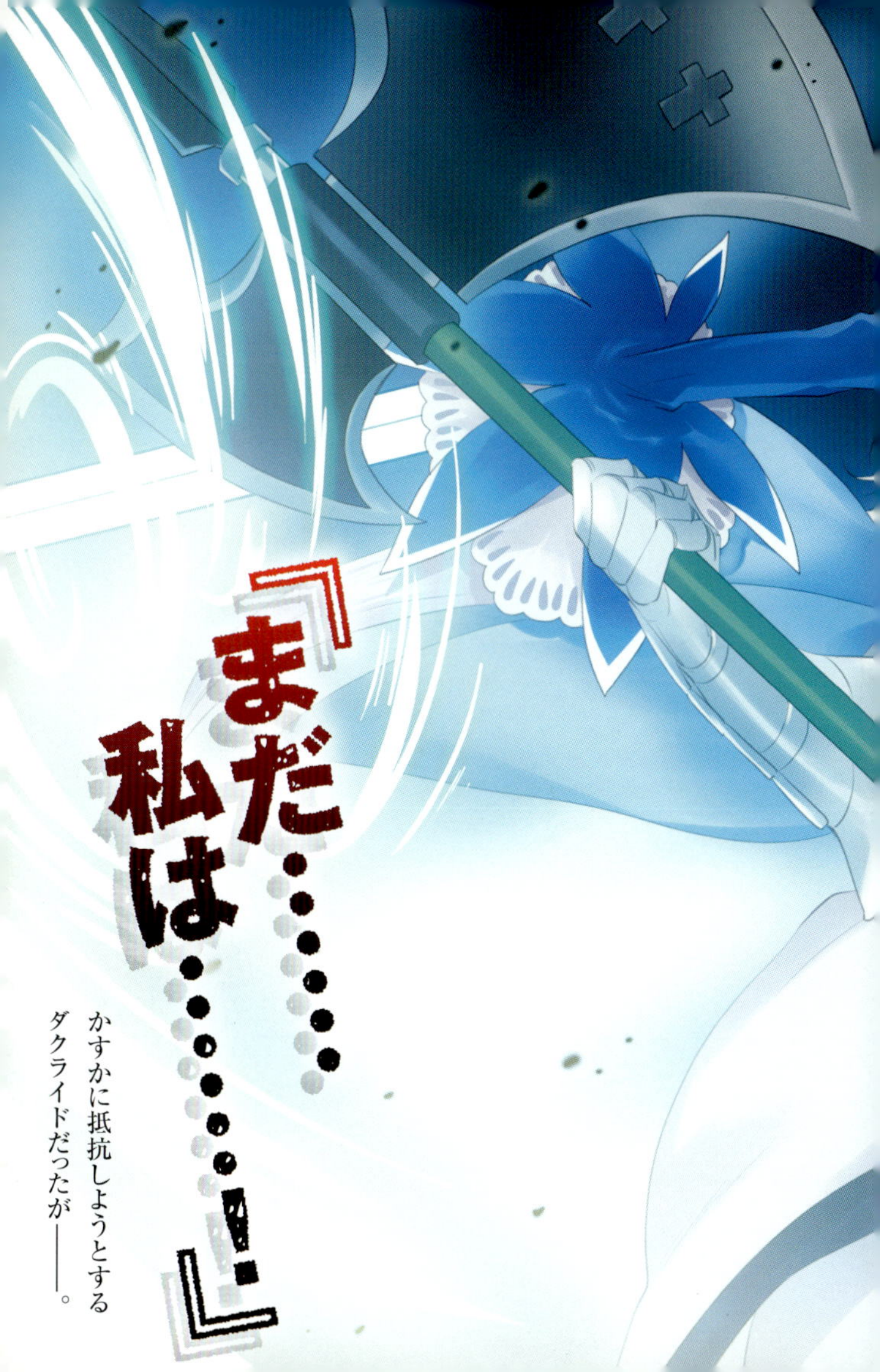
『まだ……私は………………!』
かすかに抵抗しようとする
ダクライドだったが——。

4

賢者の剣

Sword of Philosopher

INTRODUCTION

未知の戦い

魔王打倒を目指すルオン達は、これからの戦いに備え、仲間であるソフィアとオルディアの武具強化を行う。

それと共にルオンはソフィアから、ジイルダイン王国に友人である王女がいると聞く。

故郷の町で魔法使いリエルから得た資料によると、彼女は魔族討伐を行った時に負傷したと国が公表し、以降の戦いに加わらなかったとのこと。

それを知り不安になるソフィア。

もしや王女は負傷ではなく――予感は的中する。

ルオン達がジイルダイン王国を訪れた時、彼女を巡る戦いが始まろうとしていた。

放っておけば最悪王女はゲームのソフィアのように悲惨な結末を迎える。

だからルオン達はその戦いに参加すべく動き、またそこで新たなゲームの主人公と遭遇することに。

その人物と共に魔族討伐を開始するが、この戦いによって得られた事実は、ルオンを驚愕させるのだった。

賢者の剣　4

陽山純樹

ヒーロー文庫

賢者の剣

Sword of Philosopher

CONTENTS

4

illustration：さらちよみ

イラスト／さらちよみ
装丁・本文デザイン／5GAS DESIGN STUDIO
校正／福島典子（東京出版サービスセンター）
編集／高原秀樹（主婦の友社）

この物語は、小説投稿サイト「小説家になろう」で
発表された同名作品に、書籍化にあたって
大幅に加筆修正を加えたフィクションです。
実在の人物・団体等とは関係ありません。

第十八章　見えない壁

精霊が多数暮らすこの大陸の中で、特に力を持った存在――神霊は、三体しかいない。

その中で地と光を司る神狼《しんろう》ガルクは味方となり、分身が俺と共に行動している。現在はまだ仲間達に俺のこと――転生したことや、本来の力――を語っていないので、ガルクも俺の体の中にいて、表立っては姿を現していない。

そのガルクは、あることを推測した……神霊のうち一体、水と闇を司る水王アズアが、魔王側に寝返ったと。

それは果たして真実なのか。本当であったなら、真意は――

「……ある意味、ここを訪れたのは最高のタイミングかもしれないな」

呟《つぶや》きと共に、俺は真正面に存在する森を眺める。すると、

「え、ルオン様？　何か仰《おっしゃ》いましたか？」

反応したのは俺の隣にいる女性。共に旅をするソフィア――視線を向けると、青い双眸《そうぼう》が俺を射抜き、風に銀髪が流れ可憐な姿が映る。

いつ見ても絵になっている……と思いながら、口を開いた。

「いや、ただの独り言だ。さて、入ろう」

——俺達は旅を重ね、とうとうソフィアが次に契約する精霊であるウンディーネのすみかへ辿《たど》り着いた。名はエルティラの森。中にたくさんの泉が存在し、そこでウンディーネ達は暮らしている。

「俺も入って大丈夫なのか？」

そう問い掛けたのはもう一人の仲間——オルディア。深紫の髪がソフィアと同じように風に揺れ、黒い切れ長の目が森を注視し小難しい顔をしている。

彼は人間と魔族の間に生まれた存在であるため、精霊が警戒するのではと考えているようだ。

「……オルディア一人なら、精霊達も追い返すかもしれない」

俺はそう述べてからソフィアをチラッと見て、

「でもこっちには精霊の契約者……しかも、シルフの長とかがいるから大丈夫だろ」

「——そうね」

同意を伴い現れたのは手のひらサイズの精霊。青髪と白い貫頭衣《かんとうい》が特徴的な彼女は、シルフの女王——レーフィン。

「ここもノームの時と同じく、案内するから」

「その方が話も早いし、頼む」

「さっさと済ませないと、日が暮れちゃうよ？」

次に声を発した相手は、レーフィンの横までやってくる。彼女と同じくらいのサイズの天使──俺がこの世界に転生してから一緒に旅をするユノーだ。

「町まで結構遠いし」

「場合によってはこの森の中で野宿かな。精霊がいる所だから、危険はないだろ」

「……道具とかあったっけ？」

「俺が召喚《しょうかん》できる収納箱に一式あるから問題なし」

「確か、森の中に猟師小屋があったはず」

レーフィンが口元に手を当てながら言った。

「獣の類《たぐ》いはいて、人間がここに出入りしているみたいよ」

「なら、そこを使わせてもらうか……ソフィアもいいか？」

「構いませんよ」

「俺もそれでいい」

ソフィアとオルディアが相次いで賛同。というわけで、

「ではレーフィン。よろしく」

「ええ、ついてきて」

彼女の案内に従い、俺達は森に足を踏み入れた。

——現在、大陸でも南部に位置する場所にいる。魔王は北から侵略しているため、ここまで来ると明らかに魔物のレベルも下がった。それにより訪れた町などに流れる空気も、穏やかさが増した。

この森もまた、どこか平和な空気……ゲームでは騒動が存在していたけれど、雰囲気からして解決したと考えていいな。

俺達はレーフィンを先頭にして森の中を進んでいく。誰がやったのか整備された道も存在し、歩くのに不自由はない。

「なんだか、これまで入った森とは違うね」

しばらくして、ユノーが感想を述べた。

「魔力がずいぶんと大きいよ」

「ウンディーネの泉から魔力が湧《わ》いているのよ」

レーフィンが説明した。

「この森の中には大小様々な泉があり、ウンディーネ達はそこに魔力を溜《た》めたりもしているから」

「ふうん、だからなのか……」

会話をしながら道なりに進んでいく。次第に木々の切れ目から泉が顔を覗《のぞ》かせるようになった。

ふと、ここで俺は疑問を抱く。

「レーフィン、もしかしてウンディーネの女王に会いに行くのか？」

「ウンディーネの場合、女王とは言わず族長と呼ぶわね」

「……族長？」

ソフィアが聞き返すと、レーフィンは「ええ」と応じ、

「我らシルフやノームは長を王と名乗っている。けれどウンディーネは基本個々に活動することが多く、王や女王といった同族を統括する中心的な存在がいないの。しかしそれでは有事《ゆうじ》の際まとまらないから、外部との折衝《せっしょう》役として族長を決めているの」

「……なんだか、名ばかり族長って感じだな」

俺が感想を漏らすと、レーフィンは苦笑する。

「実際その通りだと思うわ。精霊のすみかに人間が深く干渉するようなことはほとんどないし、そういう役目を全《まっと》うすることは少ない。けれど、族長であるため森に住むウンディーネ達のことを一番知る存在であるのは間違いない。挨拶《あいさつ》に合わせ、ソフィアと契約してもらえる精霊について助言をもらうのが好都合ね」

「お、それはよさそうだ」

しかし族長か。精霊の事情なんて、ゲームでは一切語られなかったので、さすがにそれは知らなかったな。

さて――ウンディーネの容姿は、シルフやノームと同様ゲーム等によって異なるが、このゲームの場合は、どこか陽気な印象を与えることが特徴だった。

俺のイメージは口調が丁寧《ていねい》で、なおかつ礼儀正しいといった感じだが、このゲームは違う。例えばシルフがレーフィンのように礼儀正しい存在であるように、製作者側は若干捻《ひね》って性格設定をしていたような節がある。それがよかったのかどうかはわからないが。

奥へ向かっていると、次第に視線を感じるようになった。ウンディーネ達なのは間違いないが……どうにも視線が鋭い。警戒している？　レーフィンもいるのでいざこざは起きないと思っていたが、そうでもなさそうか？

「見られているな」

オルディアが周囲に目を配りながら呟《つぶや》く。

「しかも、俺に向けられる視線はずいぶんと敵意に満ちている」

つまり、魔族の血が入っている彼に注目しているってことなのか。

「レーフィン、騒動には……ならないよな？」

「たぶん」

不安になる回答。勘弁してくれと心の中で思った時、真正面に精霊の姿が。

「……気配を察しこちらに来たようね」

レーフィンが空中で止まった。俺達もまた立ち止まり、やってくる存在に注目する。

「久しぶりね、レーフィン」

どこかおっとりとした話し声のウンディーネだった。

見た目は十代後半。他のゲームでは水をイメージするため青い肌だったりするパターンもあるが、この世界では人間と同じく肌色。レーフィンよりも濃い、深海をイメージさせる深い青の長い髪を持ち、ソフィアに負けず劣らずの気品がある。

そして多くのウンディーネは白いローブ姿なのだが、彼女は青系統を基調とした衣装で身を覆っている。一目でわかる格好の違いにより、目の前の精霊がどういった存在なのか容易に想像できた。

「はいはい、彼らは敵じゃないから警戒はやめにしてね」

周囲に呼び掛けるようにその精霊が言うと、こちらを注目する気配が喪失した……指示を出せる存在。族長ってわけだ。

それを裏付けるように、レーフィンは彼女を手で示し紹介する。

「彼女の名はアマリア。ウンディーネの族長よ」

「よろしく。ごめんなさいね、本当なら歓迎しなきゃいけないのだけど」

「俺のせいだろう。気にしていない」

オルディアは表情一つ変えず発言。アマリアは再度「ごめんなさい」と謝り、

「来るのが一歩遅れていたら、戦いになっていたかもね……好戦的な子が多いから」

うん、ゲームでも突っかかってくる精霊が多かった。設定は現実になっても変わらずか。

「それでは、改めて……レーフィンが連れてきたのだから、こっちも相応のもてなしをさせてもらうわ」

告げるとアマリアは奥を指差し、

「まずは私が住む泉へ向かいましょうか」

案内を開始。迷いなく突き進む精霊に従い、それほどかからず到着した。

アマリアが暮らす泉は、間近まで来ると相当な魔力を湛《たた》えているのがわかった。水は透き通り、ずいぶん深くまで見える。

また泉の奥には、山が森を守るように鎮座している。そうした中で俺達は輪になるように座り、話を始めた。口火を切ったのはアマリア。

「レーフィン、あなたがこうやって同行する以上、何か理由があるのよね?」

「ええ、今から説明するわ」

レーフィンが代表して説明開始――ソフィアの素性や、魔族から光を得たことについて。そして、これからどのような戦いが起きるのか……無論、ソフィアやオルディアがいるので俺のことや神霊については語らない。

「へえ、なるほどね……魔王を討てる面々か」

ソフィアとオルディアを一瞥《いちべつ》し、アマリアは呟《つぶや》く。

「レーフィンが同行するのも頷《うなず》けるわね」

「ええ。現在ソフィアが契約しているのは私とノームのロクト。私達に比肩しうる相性のよいウンディーネと契約したいのだけれど」

「なら」

と、アマリアは自身の胸に手を当てた。

「私が協力するわ。族長として、魔族との戦いもしかと見ておかなければならないし」

レーフィンは驚かない。予測はしていたんだろうな。だがシルフと異なり長がいなくても問題ないのか？

「私達としては非常にありがたいお申し出ですが、大丈夫なのですか？」

ソフィアが問うと、アマリアは微笑《ほほえ》んだ。

「契約する以上は誰かに族長の座を渡さないといけないけれど、なんとかなるわよ」

びっくりするほどアバウト……本当にいいのか？

「族長って、面倒事しかないのにやりたがる子もいるからちょっと時間はかかるかもしれないけど……一日だけ待ってもらえれば」

「と、アマリア自身が言っているので、任せましょう」

レーフィンが続く。こちらとしては頷く他なく、ソフィアやオルディアも同意の意向を示した。

「なら、さっさと話をまとめてくる」

アマリアは早速立ち上がり、森の奥へと消えてしまった。

なんだかな、と思っているとレーフィンが補足する。

「ずいぶんあっさりしているけれど、信用していいわ。それと実力は私が保証するから」

「そこは疑ってないが……相性的に大丈夫なのか？」

なんとなく訊《き》いてみると、彼女は「問題ない」と応じた。

「アマリアが契約すると言った以上、その辺りはクリアしているのでしょう」

正直、相性の問題とか把握しているのかわからないくらいに即決していたような……まあ族長を務めていた以上、能力も高いだろうしその辺りの判別はすぐにつくってことか？

「で、結局ここで一泊するの？」

ふいにユノーが質問する。

「説得だってすぐには終わらなさそうだし……」

「そうだな、猟師小屋がどこにあるか尋ねて、そこで休むことにしようか」

ソフィアとオルディアは賛成する。それと同時に、俺はここで成すべきもう一つのことを頭の中に浮かべていた。

アマリアの説得は夕方までかかり、俺達は猟師小屋を陣取り休むことになった。すると話を聞きつけて干渉してくるウンディーネも現れ……結果、夕食の際はずいぶんと賑《にぎ》やかになった。

「ねえねえ、どこから来たの？」

「他の精霊のすみかってどんな所？」

「今までどんな旅をしてきたの？」

そんな質問が矢継ぎ早に飛んでくる。シルフやノームと異なり個々に好き勝手にやるような印象で、アマリアも参加し小さな宴《うたげ》のような案配になってしまった。

そんな中でソフィアは懇切丁寧《ていねい》に対応。嫌な顔一つせず笑いながら応じる彼女に俺はすごいと感服する。

「私達にそこまで丁寧にしなくてもいいんじゃない？」

ふいにアマリアがソフィアに尋ねた。すると、

「これは癖みたいなものですから」

「誰かに教え込まれたの？」

「そうですね。人との接し方や作法はお母様から」

……母親、か。そういえばゲームでは彼女の素性についてはほとんど語られなかった。

まあ序盤で消えてしまうし、王女だけど主人公エイナの引き立て役だからな。あと王様はゲームに登場したけど、王妃様は出なかったな。

城に滞在した時にも見かけなかった。いなかったことについては聞けなかったし……ユノーも空気を読んだのか触れてはいけないのだろうと、結局尋ねなかった。

ちょっと気になったが結局王妃様について話題に上ることはなく、夕食を済ませ……いよいよ眠るくらいの時刻になり、精霊達も解散した。

「では、改めて契約を」

そして最後に残ったアマリアがソフィアと契約し……新たな仲間が増えた。

ソフィアの体の中に一度入ったアマリアが再び姿を現すと、ユノーやレーフィン同様小さい体になっていた。

「ふむ、感触はそう悪くないわね」

空中を漂いながらアマリアは呟《つぶや》き、レーフィンが彼女と会話をし始める。それを眺めているとソフィアが近寄ってきた。

「あの、ルオン様……」

ちょっと上目遣《うわめづか》いで、俺に話しかける。

「私一人で使って、構わないんですか……？」

「ああ、いいよ。オルディアも賛同してるし」

猟師小屋を誰が使うか、という件である。小屋にはベッドが一つしかないし、なおかつ手狭であるため一人が限界。オルディアはソフィアに申し訳ないとして外で眠ることを表明し、俺の収納箱に収められていたテントを設営してそこで眠ることに。ちなみに中を覗《のぞ》き見ると先に就寝したオルディアの、ピクリとも動かない姿がある。その様子はちょっとばかり不気味だ。

「ソフィア、もう入ろうよー」

ユノーが誘う。ソフィアはなおも逡巡《しゅんじゅん》していたが、俺が何度も「大丈夫」と言って、彼女を小屋に押し込めることとなった。レーフィンやアマリアも小屋の中へ姿を消し、俺は地面に座り込む。

それからしばし……小屋からレーフィンとアマリアが現れた。

「少し話があると言って出てきたわ。ルオン、先に事情を説明しておくから、ユノーと一緒にアマリアの泉に来て」

「わかった」

彼女達は森の中へ消えていく。それを見送りさらに待つことしばし。ユノーが窓から飛び出てきた。

「ルオン、ソフィアは眠ったよー」

「そっか……そういえばロクトの姿はないな」

「起きたら上手《うま》く取りなしてくれるんじゃない？　行こうよ」

「ああ」

返事をしながら立ち上がり……魔物はいないと思うけど、一応観察用の使い魔を残しておいて、アマリアの泉へ。

ガサガサと茂みをかきわけながら黙々と進み続け、目的地へ到着。するとアマリアがこちらに好奇の目を向けてきた。

「へえ、彼がねえ……」

どうやら説明は終わったらしい。

「……俺が転生したことに対して興味を持ったのか？　それとも――」

「それもあるけど、他にはガルク様について」

『驚くのは無理もない』

ガルクの声。気付けば俺の右肩に手のひらサイズの子犬――もとい、子ガルクが。

その姿は元の姿の縮小版なわけだが、その小ささからどこか愛嬌《あいきょう》がある。

『会うのは初めてか』

「そうですね。ソフィアと共に旅をするので、よろしくお願いします」

『うむ。まだ王女に詳細を語っていないので、我のことはこの場にいる面々だけに留《とど》めておいてくれ。それと、口調は普段通りで構わんぞ』

「では、遠慮なく。今回こうして話し合いの場を設けたのは、アズア様のことについて、でいいのよね？」

俺達は一様に頷《うなず》く。

『我が取得した情報によれば、すみかにしている深海から姿を消している……さらに、魔族と関わりのある人間がアズアの力を含む道具を持っていた』

「――その辺りについてこちらも調べた。結果、アズア様は大陸東部の魔族と繋《つな》がりがあるみたいなの」

東部……うん、どういう魔族が関わっているのか察しがついた。

『ルオン殿、意見はあるか？』

ガルクが訊《き》く。魔族については俺のゲーム情報が一番詳しいからな。

「東部だと候補になるのが五大魔族ダクライドだな。アマリアさん――」

「アマリアでいいわ」

「……アマリア、アズアの目撃情報はあるか？」

「チラッと見た程度だから、確証はないわよ」

「それでもいい。その場所、湖の近くじゃないか？」

質問に、アマリアは目を丸くした。

「ええ、その通りよ」

「ならダクライドで確定だ。拠点を構える魔族と手を組んで、アズア自身力を提供している……その目的はなんだろう？」

『可能性は二つだ』

ここでガルクが話す。

『一つは魔族に迎合し、その力を得ようとするため……もう一つは、魔族に協力していると見せかけ、目的を探ろうとしている』

「……ガルクは以前寝返ったと言っていたが、そうではなくフリをしていると？」

『あくまで可能性の話だ。真意はアズアに訊いてみなければわからん』

どちらにせよ、直接会って問い質《ただ》すしかないみたいだ。

五大魔族と結びついているのなら、俺達としても調べないわけにはいかない。よってそこへ探りに行く……と言おうとしたのだが、一つ問題がある。

「アマリア、魔王が放つ魔法に対抗するためにはアズアの力が不可欠……よって、俺達としては協力したい。ただ、これから向かうのは南にある町、ルナレート……ダクライドがいるのはここから北だ」

「進む方向が逆ってことね」

「移動魔法を使えば旅程を短縮できるが……ソフィアの魔力量的に、ここからだって一気に向かうのは厳しいくらいだ。武器はあきらめて急行するかどうか……」

なおかつ新たな仲間であるオルディアについても考えなければならない。アズアは気になるが、かといって武器作成をしておきたい。どうすべきか――

「……そうね、あなたなら、そして魔王が侵攻する今なら、文句は言われないでしょう」

ん？　首を傾《かし》げると、アマリアは告げる。

「私達ウンディーネは、他の精霊とは異なり他者を伴える長距離移動の手段があるの。それを使えば、半日もせず辿《たど》り着けるわ」

「おお、すごいじゃん」

ユノーが感嘆の声を発する。それにアマリアは苦笑した。

「でも場所が制限されるし、本来はウンディーネを含めた水の精霊以外使ったら駄目なんだけど」

「しかし今回、使わせてもらえると」

レーフィンの言葉にアマリアは「ええ」と返事をして、

「名はついていないけれど……『水霊の道』としておきましょうか。地下水脈の中を通り、一気に移動する。目的地と水脈が繋《つな》がっていなければ使えないけど、湖の近くには道の出口があるから利用できる」

アマリアは俺達を一瞥《いちべつ》してさらに続ける。

「ルナレートの町の位置は知っているわ。その近くに道が存在するから、用を済ませ湖へ行くことが可能よ」

おお、それは朗報だ。移動の心配がなければ――

「俺の使い魔がダクライドの拠点周辺を観察している。現在敵は動く気配を見せていない。元々あの魔族は物語の主人公が湖を訪れないとイベントが起きなかったから、少なくとも主人公が近づかない限り何もないかもしれない」

『ルオン殿、現在物語の主人公達はどうしている？』

「フィリ、エイナ、アルトの三人は進路も別だから問題ない。オルディアは俺達と共にいるしこれも大丈夫。もう一人……ラディは湖のある国、ジイルダイン王国の都にいるな」

――彼はどうやら都に留《とど》まっているようだ。そこを拠点にしているのか、それとも長期的な依頼でも受けているのか。

「現状、湖は異常ないし、そっちに行く可能性は低そうだ……それにイベントが起きてもまだ期限はあるし、ルナレートで用を済ませる時間はありそうだな」

「その魔族によって、どんな事が起こるの？」

ユノーの疑問。それに俺は一拍置いて、

「ダクライドは魔王の指示を受け、大陸崩壊魔法『ラストアビス』の実証実験をしている」

途端、アマリアやレーフィンの顔つきが険しくなった。

「魔王の魔法は大陸規模で行われるものであるため、きちんと成功するかをダクライドに試せと命令したわけだ。そして拠点を構える湖近くが、実験に都合のいい所だった」

「戦争に発展することはないと？」

レーフィンが確認。俺は即座に首肯《しゅこう》する。

「実験に注力しているから、城内に魔物がわんさかいるわけじゃない……よって少人数でもいけるはず」

『それまでに、アズアについてできるだけ把握しておきたいな』

ガルクが述べる。同意のようでアマリアは頷《うなず》いた。

「そうね。踏み込んだ際、アズア様がいて襲われるなんて事態は避けたいし」

「まずは現地に行って情報集めか……アズアについてどうやって調べる？」

『事前に魔力を捕捉できないか調べてみよう』

提案したのはガルク。

『とはいえ相手は同じ神霊。下手を打てば勘づかれる……バレたら何をするかわからん以上、慎重に対応するつもりだ』

「わかった、それで頼むよ……旅の方針だけど、当初の予定通りルナレートへ向かうってことでいいのか？」

「そこで水霊の道が使えるよう私が取りなすわ」

アマリアが続いて語る。

「あの周辺――海岸線近くに海の精霊ネレイドが管理する道がある。武器を作成するのなら時間がかかるでしょう？　その間に手はずを整えるわ」

「よし、それなら……道を使う理由はソフィア達にどう説明しようか」

「そうねえ、私の同胞の中でおかしな動きをしている存在がいて、それを調べてほしい……といったところでどうかしら？　長である私が契約したのと引き替えに頼む、というのが理由付けとしてはよさそうね」

「ああ、それでいいな。拠点を構える魔族が関わっていると話をすれば、ソフィア達も納得いくだろ」

これで段取りはよし。

「では、明日からルナレートへ向かうことにする……アマリア、よろしく」

「ええ、こちらこそ」

ニッコリと笑みを浮かべるアマリア。月夜に似合う幻想的な姿だった。


作戦会議を終えた翌日、俺達は一路ルナレートへ向かうべく歩を進める。道中でアマリアがソフィアに「同胞について調べてほしい」と要求すると、彼女は躊躇《ためら》うことなく快諾した。

「魔族と関わりがあるのなら、放っておくことはできませんね」

「頼むわ、ソフィア」

「移動には精霊が使っている道か……興味深いな」

オルディアが口元に手を当て呟《つぶや》く。

「依頼を達成した以降も、同じように使えるのか？」

「可能だけれど……基本私達の秘密の通路だから、世間一般に伝えることはできないし、口外は絶対にしないでね」

「それは重々承知している。それがあれば大陸を駆け回れる、と思っただけだ」

便利なのは間違いないが……どこにでも行けるわけではないみたいなので、それに頼ってばかりもまずいな。

「オルディア、使う場合は改めてアマリアと相談するってことでいいだろ」

「そうだな。しかし精霊について調べるにしろ、どこにいるかもわからないぞ？」

「——仮に魔族と協力していた場合」

アマリアがソフィアの肩に座り、告げる。

「その魔族に遭遇すれば精霊の力が関与しているかどうかの判別がつくわ」

「つまり、魔族について調べればいいのか」

「そうね。時間がかかるかもしれないし、あなた達の目的もあるから、もし何かあれば私の件については後回しにしてもらって構わないわ」

実際は五大魔族と繋《つな》がっているから、必然的に遭遇することになるだろう。

さて……五大魔族との戦いもこれで三度目。四体倒すと南部侵攻のイベントが発生する——以前、時を巻き戻す魔法により魔王との戦いを繰り返す魔法使いリエルから、これから起こる出来事についての資料をもらった。そこにも四体倒すと南部侵攻が発生する旨がしっかり記述してあるので、これについては十中八九相違ないだろう。

なおこの資料については現在俺が管理し、目を通したのは自分だけ。仲間が変に情報に縛られるのもまずいかなという考えがあったからで、これはソフィア達も同意した。よって今は問われれば提示するような形にしている。

そして現状で一番の問題は、南部侵攻のタイミング……魔王との戦いは、徐々に人間側に状勢が傾いている。しかし予断は許さないし、立て続けに五大魔族を攻略し南部侵攻が発生すれば、危機的状況に追い込まれるかもしれない。

主人公達に魔族と関わらないようにと通達するべきか……いや、さすがに五大魔族側にも都合があるし、主人公達を止めたところで動く可能性はゼロじゃない。実際、ベルーナなんかは主人公勢が関わったから起こったとは言い切れないし。

俺としても「主人公がいなくともイベントが起こる」という解釈をする必要があるかもしれない……ともかく状勢は流動的であるため、俺もどう立ち回るかしっかり考えておかなければ。

その中で実験を行う五大魔族ダクライドについては、対応を誤ればかなりの犠牲者が出る以上、絶対に目論見《もくろみ》を阻止しなければ。ちなみに、リエルの資料においてダクライドは『湖に赴《おもむ》いた人間が対処した』くらいにしか書いていないけど……彼が経験した中で被害は出なかったらしいが、油断は一切できない。

「その場所は、どこになるんですか？」

ソフィアがアマリアに問う。

「精霊が使う道を利用するということは、距離があるのですね？」

「ここから北なのよ。ジイルダイン王国ね」

ピクリ、とわずかにソフィアが反応。するとユノーが気付いたか、

「ソフィア、何かあるの？」

「あ、いえ。情報を持っているわけではないんです。知り合い……友人がいまして」

へえ、友人……王妃様と同じく、ソフィアの交友関係もゲームでは語られていなかったし、城に滞在している時も訊《き》かなかったな。

「友人？　貴族の人？」

「王族です……リーゼレイト＝フィアラン＝ジイルダイン……ジイルダイン王国第一王女であり、私にとって姉のような存在です」

ゲームでは名前すら出てこなかった人物。そもそもジイルダイン王国はダクライドの拠点だが、湖近くの町だけが登場し、首都へ行くことはできなかった。

ただし、旅をしていて情勢は知っている。

「ジイルダイン王国は、伝え聞いたところによると魔族の侵攻を追い返した」

俺が発言。ソフィアとオルディアは視線をこちらへ向けた。

「でも魔族がウロウロしているって話も聞く。それに絶対国も関わっているだろうから、国内はゴタゴタしているかもしれないな」

「もし王女と関わるような機会があったら、エイナの時と同じように上手《うま》くやらないといけないでしょうね」

ソフィアは呟《つぶや》き、口元に手を当てる。

「私がこうして旅をしていると知られると、大騒ぎするでしょうから」

「そうだな」

「ところで、リーゼレイト王女が今後どうなるのかわかりますか？　リエルさんの資料に何か書いてありましたか？」

やや不安げに尋ねるソフィア。友人であるため、不安を抱いたのか。

確か……記述があったような。

「ちょっと待ってくれ。収納箱に保管してあるから取り出そう」

俺は立ち止まり収納箱を召喚《しょうかん》。中をゴソゴソ漁《あさ》る。

少ししてリエルの資料を発見。ジイルダインについての情報は――

「王女は魔族討伐に赴《おもむ》き、負傷したとのこと」

「負傷、ですか？」

眉をひそめるソフィア。

「ああ。南部侵攻の際も療養中らしく、結局姿を現さなかった」

語るたびにソフィアの顔が曇っていく。気になることがあるようだ。

「……王女は、私と同じように騎士としての訓練を受けています。魔族と戦うとなれば、陣頭に立つことでしょう」

そうソフィアは明言する。

「軍にとって王女の存在は士気を高める上で有効……リーゼレイト王女もそれはわかっているでしょうし、怪我《けが》をしていても兵の士気に関わるなら戦えなくとも軍に同行すると思います」

「可能性としては、二つか」

オルディアが言う。その目はずいぶんと鋭い。

「起き上がれないくらいの重症なのか……それとも、国側がそう世間に公表しているだけで、実際は――」

亡くなった……どちらにせよキツいな。さらにソフィアの顔が暗くなる。

うーん、俺も使い魔でラディを観察しているけど王女様は確認できないんだよな。ゲーム範囲外のことなのでスルーしていたが……。

「資料の日付を確認すると、王女が動いた戦いは今から少し先だ。前回の戦いと同じ流れなら、ルナレートへ行った後でも間に合う」

その戦いにアズアが関連しているかは不明だが……王女を救うことは、ソフィアと同様魔王との戦いにプラスに働くのは間違いないはず。

「ひとまずこのまま南へ向かい、武器を得て……ジイルダイン王国へ。それでいいか？」

確認の問いにソフィアやオルディアは頷《うなず》いた。


――ルナレートはゲームにも登場した、大陸南部で規模の大きい町の一つ。ルオンも俺が転生する前に一度この町を訪れ、剣を購入している。

鍛冶屋《かじや》もゲームに登場し、素材を提供すれば強力な物も作れた。まあゲームでは最終的に自分で作成した方が強い物が作れるため利用機会は後半になればなるほど少なくなった。しかし現実ではそもそも鍛冶なんてできないので、これればかりは鍛冶職人に頼るしかない。

そういうわけでウンディーネのいた森からさらに南――辿《たど》り着いた場所は、風光明媚《めいび》な海岸線に存在する町だった。

「おー、綺麗《きれい》だねー」

ユノーが感想を漏らす。町の入口から続く白い建物。山を削って造られた町で、建物が山肌に沿って建てられており、海から見たらさぞ美麗な光景だろう。鍛冶屋が多い町だが、その佇《たたず》まいはまさしく観光都市だ。

入口の門周辺は警備の兵士も数多くいるが、発する空気は穏やか。南部ではやはり魔族の影響が薄いのだとわかる。

「ここに来たことはあるのか？」

ふいにオルディアが問う。俺は頷《うなず》き、

「一度この町で剣を購入したことがある……ソフィアはどうだ？」

「過去に一度だけ。ですが式典に参加するためだったので、町の上部にあるお城に入ったあと、何もできませんでしたが。ルオン様、早速店へ行きますか？」

「ああ、ついてきてくれ」

俺を先頭に町の中に入っていく。ユノーはこれまで訪れた町と異なる様相であるためか、しきりに目をキョロキョロさせる。

ソフィアは無言で追随し、オルディアは……こっちもユノーと同様物珍しそう。

時間があれば観光しようか……などと思いながら大通りの中心に程近い場所に到達。ゲームでは確かこの近くに——

「あった。あれだ」

指を差しながら店へ近づく。看板を確認し、扉に手を掛け、開ける。

「ごめんください」

店内へ。するとカンカンと鉄を打つ音が聞こえてきた。外に一切漏れないみたいで、防音の魔法でも使っているのか。

「いらっしゃいませ」

音と共に俺達に呼び掛けたのは眼鏡をかけた三十代くらいの女性。おっとりとした様子で、エプロン姿がとてもよく似合う。

「剣をお求めですか？」

「俺ではなくて、後ろの二人の剣を」

ソフィアとオルディアを手で示す。すると女性は「わかりました」と答えて二人を眺め、

「二人分……男性の方は二振りですか。すぐに作成を始めることができますよ」

「なら、お願いします」

頼むと同時、鉄を打つ音が鳴り止《や》み、奥から黒髪の男性が現れた。

「いらっしゃい」

ややぶっきらぼうな口調。女性と同じくらいの年齢でちょっとあごヒゲが伸びている。

女性は奥さんかな。黙っていると彼女が男性へ依頼内容を話し、男性はソフィアとオル

ディアを一瞥《いちべつ》。

「作成前にいくつか質問がある。デザインなど希望はあるか？」

「いえ、特に」

「同じく」

二人とも首を振る。ならばと鍛冶屋《かじや》の親父《おやじ》は、

「今使っている剣と同じような仕様にするべきか？　使い慣れているのなら、それに合わせた方が違和感もないだろ」

「可能であれば、その方がいい」

いち早く反応したのはオルディア。

「形状などは変えてもらっても構わないが、重量などは似せてもらえるとありがたい」

「素材によるが、努力してみよう」

「私も、そのようにお願いできますか」

続いてソフィアも反応。店主は即座に首を縦に振ると、

「なら、既存の物に近くしよう……剣を預かることになるが、構わないか？」

「大丈夫です」

ソフィアは返事をして剣を渡す。オルディアも続き剣を差し出すと、店主はさらに続けた。

「それじゃあ作業前に検査させてもらおうか」

「検査？」

ユノーが聞き返す。それに答えたのは女性の方。

「お二人とも、魔力を相当所持しているご様子。さらにあなたは精霊契約者でしょう？」

「え、はい。そうです」

あっさりと看破され、ソフィアは驚いた。

「武器を提供するには、そうした面も考慮に入れる必要があるんです。検査は私がやります。こう見えても私は、アカデミアを卒業した魔法使いなんですよ」

彼女がいるためここでは魔法剣の作成もできる。ソフィアは感心したように「なるほど」と声を上げ、俺がここに連れてきた理由を悟ったようだ。

二人は奥へと通される。魔力などを検査し、それに基づいて夫婦が武器を作成ってわけだ……待っていると、男性が話し掛けてきた。

「俺はガナック＝バロント。奥に引っ込んだのは妻のロンネ。そっちは？」

「ルオン＝マディンです」

握手をする。ガナックは手を離した後、改めて俺へ告げた。

「どうやら、単なる冒険者って感じではないな？」

その言葉に俺は小さく頷《うなず》き、

「仲間と一緒に大陸各地を回っています。目的は魔族や魔物の打倒ですね」

「ここに来たのは、剣を求めにか？」

「そうです。ウンディーネと契約し、次にここを訪れました」

「精霊契約者もよく見かけるようになったな」

頭をガリガリかきながら話すガナック。ここで俺は質問してみた。

「この町にも、魔王侵攻の影響が？」

「一日二日の滞在ではそう感じないかもしれないが、もちろんだ。避難民が押し寄せているのも大きいが、何よりお前さんみたいな冒険者の来訪も多くなった」

語ると、彼は自嘲的なため息を漏らした。

「店の評判を聞いて剣を求めに来てくれるのは嬉《うれ》しいが、魔物と戦うためって理由だと、内心複雑でね」

それはそうだろう。忙しいということは、魔族との戦いが続いていることを意味しているわけだから。

「避難民以外で影響は？」

「魔族が来たっていう話はないが、町から少し行ったところにある海岸線の洞窟《どうくつ》に魔物が棲《す》みついている。町の人間の中には危惧《きぐ》している者もいるな」

少しずつ、危機は迫っている。南部侵攻はルナレートから離れた場所に上陸し、脇目も振らず北へ進軍した。この町に影響はないと思うけど……。

ここでソフィアとオルディアが戻ってくる。奥さんからの説明によると二人の魔力調査は一日かかり、そこから剣を作るのにまた時間がいるとのこと。

「普通の鍛冶《かじ》と違うため、素材次第で期間は変わる」

「素材はこちらから提供しますが、いいですか？」

提案するとガナックは「構わない」と答えた。

旅を続ける以上、より強力な魔族と戦うことになるので、相応の素材が必要となる。なら、答えは一つ。

俺は召喚《しょうかん》魔法により収納箱を呼び出す。ガナックや奥さんが驚く中で手に取ったのは、

「これならどうです？」

「……ほう、ずいぶん面白い物を持っているな」

ガナックの好奇の視線。奥さんも興味深そうにそれを見つめている。

俺が取り出した物は、この世界における特殊な金属。退魔性の力を秘めた『霊鋼《れいこう》』と呼ばれるものだった。

武器の素材の中で『霊鋼』は強力な部類。他にも『聖鉄《せいてつ》』とか退魔性を保有する物はあるが、この霊鋼には非常に優秀な特性がある。

「わかった。それで剣を作ろうじゃないか」

「どのくらい時間がかかりますか？」

「お急ぎか？」

質問に、俺はちょっと申し訳ないなと思いながら頷《うなず》く。

「本来なら七日はかかるが、追加料金を払ってくれれば検査込みで四日あればできるぞ」

「そんなに短縮できるんですか？」

「やり方があってな。魔法を駆使すれば可能だ。ただし魔法に素材が必要で、その分金がかかる」

そして提示された金額は、相当割高——金で時間を買うってことか。ま、ここは短縮するべきだな。俺は「ではそれで」と言い、素材と代金を渡した。

「しかし、霊鋼とは。今後のことも考えてか？」

「ん、どういうこと？」

問い掛けにユノーが首を傾《かし》げる。素材について説明がなかったからな。

「霊鋼は、魔力を注げば注ぐほど強度や切れ味が増すんだよ。魔力許容量に限界はあるはずだけど、特性上他の素材と比べてそれらがずいぶんと高い。さらに強くなっていく上で、ソフィアやオルディアの実力を遺憾《いかん》なく発揮できるはずだ」

ゲームでは魔力によって攻撃力が増減する仕組みだった。魔法戦士系で力も魔力も高い人間なら強いが、魔法を使わないキャラについては利用価値がなかったし、そもそもより強力な武具を自前で作れたため、あまり使用することもなかった。

しかし魔力障壁などを戦士でも使う現実では、ゲームよりも魔力を利用する機会が多いため有用性が高い。よって、この素材が一番いいと判断したのだ。

「あら、それなら武器以外にも必要じゃないかしら」

ふいに奥さん――ロンネが提案する。

「霊鋼を扱う以上、強い魔物と戦うんでしょう？　なら、衣服についても強化するべきではないかしら」

微笑《ほほえ》みながら語る奥さん。優しげな言葉とは裏腹に、その雰囲気はどことなく臨戦態勢に近い。武器について追加費用をあっさり払う以上、上客――そんな解釈なのかもしれない。

「強化、できるんですか？」

ソフィアが問う。奥さんは即座に頷いた。

「防具については、鎧《よろい》や衣服全て魔法による強化が可能よ。あなたが身につけている物は、魔力障壁を使用した際、その効力が底上げされる物よね？　私なら霊鋼の特性と同じように、底上げではなく増幅効果を付与することもできる」

……これから戦いが激化していくことは必然なので、防御面についてもしっかりしたいのは事実。剣と一緒に防御能力も向上するなら、これ以上のことはない。

「ちなみに、いくらですか？」

値段を聞くと……おいおい、剣三振り作るのと大差ないぞ。

予算は名目上、以前こなした魔族討伐の報酬《ほうしゅう》ということになっているし、ソフィア達にもそう伝えてある。しかし服まで強化したら赤字になるな。

「あの、ルオン様」

ソフィアも察したか声を上げた。しかし俺はそれを手で制し、

「いいですよ、頼みます」

「わかったわ」

俺はソフィアに気にするなと視線で返答し、攻防共に強化することに……金なら掃いて捨てるほどあるし、これから強化できるタイミングがあるかどうかもわからない。ここでやっておくのがベストだ。ソフィア達には「他の仕事で得ていたお金」とでもしておけばいいだろう。

「期日は剣と一緒にするわ……あ、替えの衣服はこちらで提供するから」

営業スマイルの奥さん。なんだか乗せられた形だが、ソフィア達の強化になるのだからこれでいいと納得した。

剣の作成と衣服強化を依頼して——翌日。俺達はガナックの店を訪れ強化する衣服を渡

し、自由行動になった。

「それでは、俺は宿に戻っている」

ごくごく普通の衣服に着替えたオルディアが言う……黒衣を見慣れすぎたせいか、その姿に違和感があるな。

一方ソフィアは足下を覆うくらいのロングスカートを穿《は》いている。こちらもごくごく普通の服装で……何着ても様になっているのはさすが王女様か。

「ソフィア、今日はどうする？」

「特に予定はありませんが……剣もないので魔法訓練をしましょうか」

うーん、真面目《まじめ》だ。ここで「遊びましょう」と言わないのがソフィアらしい。

「──それじゃあ」

と、ここでソフィアの横に精霊が。声を上げたのはレーフィンで、それに続くようにアクナとアマリアも姿を現す。

「ソフィア、私達は一日だけ別行動したいの。せっかくだから今日くらいはルオンと遊んできたら？」

「え？」

「こういう機会は今後ないだろうから、二人で一日くらいゆっくりするといいと思うの」

「おお、賛成賛成」

ユノーが食いつく。これ、覗《のぞ》く気マンマンだろ。

俺は天使の反応にため息をつく……そこで、突如アマリアがユノーを羽交《はが》い締《じ》めにした。

「……へ？」

「ユノーはこうして私達がどうにかしておくから」

レーフィンが言う。対するユノーはじたばた暴れ始めた。

「ちょ、ちょっと!? 離してよ!?」

「私達はよそでお話ししましょう？」

「だったら離してってば！」

「逃げるかもしれないでしょ？」

アマリアは穏やかに返答しているが、ユノーが暴れても拘束はまったくとけない。

やがて力がなくなったのかぐったりとなるユノー。ここだけ切り取れば不憫《ふびん》だけど、

「ユノー、今の状況を一言で表現できるぞ」

「……なあに？」

「自業自得」

あ、がっくりとなった。ここでレーフィンが「では」と一言添え、精霊達はユノーを引き連れどこかへ行く。

おそらく、海の精霊に会いに行くんだな。それについて俺では何もできないので、任せることにしよう。

「……どうしましょうか？」

ソフィアが訊《き》いてくる。俺は頭をかき、

「とりあえず、町中を歩くか……レーフィンの言うように、一日くらい休んで気分転換しておくのもいいさ」

「はい」

遊ぶというのに、生真面目《きまじめ》に答えるソフィア……そんな彼女にちょっと笑いつつ、歩き始めた。

そしてすぐに思う――これはまさにデートなのでは……う、なんか緊張してきた。

さて、どうすればいいんだろう？　町に関して知識はほとんどないし、店を知っているわけでもない。そもそもデートなんてしたことがない。いかん、テンパってきた。けど、どうしよう。改めて二人きりになると、何をすればいいのかわからないぞ。しかも相手は王女様だ。どうすれば正解なのか――

「ルオン様」

ふいにソフィアの声。視線を転じれば、苦笑する姿があった。

「あの、私としては町を歩き回るだけでも楽しいですよ？」

「……顔に出てた？」

「はい、どうしようか迷っているご様子がありありと」

気を遣われるとは……ま、考えても仕方がないか。

「そうだな、建物を眺めて回るだけでも面白そうだし、大通りを散策してみようか」

「はい」

そういうわけで周囲を眺めながら進む……しかし、この町はずいぶんと平和だ。ガナックの話では騒動が大なり小なりあるみたいだが、町中ではまったく感じられない。子供が遊ぶ姿なんかが視界に入り、ソフィアはどこか安堵《あんど》した面持ちとなる。

「ここは、魔族侵攻の影響が少ないようですね」

「避難民とかいるみたいだし、ゼロではないみたいだけど」

「そうですか……南部から魔物達が押し寄せる際、ここも狙《ねら》われるのでしょうか」

懸念《けねん》を抱くのは当然だよな。

「リエルの資料によれば、上陸地点はここから離れているな……それに、北部の軍を壊滅すべく脇目も振らず突っ走るようだから、無事じゃないか？」

「突っ走る……ですか」

「人間側の戦力がさらに多ければ、敵側もより電撃的に仕掛けようとするだろう」

その言葉で、ソフィアも理解した様子。

「つまり、人間側の戦力が増強すればするほど、被害が少なくなるってことですか？」

「あくまで可能性の話、だけど」

ここでふいに、ジェラートを売っている露店が目に入った。衣服とか見て回っても仕方がなさそうだし、食べ歩きとかならよさそうかな？

「ソフィア、アイス売ってるけど食べる？」

「え？　あ、はい」

「何味がいい？」

「……では、オレンジで」

「ならちょっと待っていてくれ」

露店へ。冷蔵庫とかない世界なのでシャーベットをはじめこういう製品は基本魔法を利用している。ちなみにその筋の人によると、魔法のかけ方一つで味が変わるらしい。そこまでこだわるのはまさに職人って感じだ。

俺はオレンジ味を二つ購入し、ソフィアの所へ戻ろうとして……あ、ナンパされてる。

「ここに来たのは旅行かい？　どう？　俺が名所とか案内してあげようか？」

「あ、いえ、私は別に……」

こういう人種はいつ何時でも現れるんだなと、妙なところで感心してしまう……この町が平和な証拠か。俺はナンパしてるお兄さんの背後に立ち、

「おい」

ちょっと声を低くする。それに振り返り——殺気混じりなのを感じ取ったか、お兄さんは頬を引きつらせた。

「あー、お仲間さんですか……これは失礼」

あっさり退散。特にトラブルもなくてよかった。

「ルオン様」

「はい、どうぞ」

ジェラートを渡す。ソフィアは「ありがとうございます」と礼を述べ一口。

「……おいしい」

「旅の間にこういうものってあんまり口にしなかったからな。そういえばソフィアって食べ物の好き嫌いを言わないな」

「好き嫌いはないですから。なんでも食べるようにとお母様から教えられてきましたし。それに……」

「それに？」

聞き返すと彼女はちょっと目をそらし、

「あまり甘い物は食べないようにしているので……」

太るから、とか？　こういうのを聞くと、年齢相応なのかなあと思ったりもするが、

「食べる物が偏ってはまずいですからね。健康な体を維持するにはきちんとした食事が必要です」

前言撤回とまではいかないが、やっぱり普通の女性とは違う。なんか、言葉の端々にストイックさが出ている……これは王女様というより、騎士としてのスタンスか？

とりあえず俺は「そうか」と流すことにして、ジェラートを食べ終える。それから周囲の景観に癒《い》やされつつ、大通りを歩く……しかし、

「……なんだか、視線を感じますね」

ソフィアが一言。うん、俺も同意だ。彼女も成長して気配をしっかり察知できるようになった……いや、それ以前の問題か。

理由は明白。視線は明らかにソフィアに集中している……十中八九町中の男性が目を留めている。遠くから見ても気品あるし、綺麗《きれい》だし当然と言えば当然。剣を腰に差していないので声を掛けやすそうなのも理由の一つかな。俺が離れたらすぐさまナンパしようという意図がありありと感じられる。

これは片時も離れられないな……離れるつもりもないけど。

「ソフィア、嫌じゃないか？」

意図を察しているなら不快かなと思ったが、ソフィアは首を振った。

「いえ、視線を浴びるのは慣れていますから」

王女だから、かな。まだ公に王女の存在がお披露目されているわけではないけれど、社交界とかで注目を浴びていただろうし、一般の女性とは大きく違うんだろうなと、つとに思う。

そんな窮屈な彼女の緊張を少しでもほぐせればなあ……などと考えながら、俺達は散歩を続けた。

俺が傍《そば》でガードしているためか、結局最初のナンパ以外に誰かが干渉してくることもなく昼を迎えた。俺達はランチのため、大通りに設置された看板を目にして店へと入る。小綺麗《こぎれい》な内装の店で、ソフィアも「良いお店ですね」と高評価。窓際の席に対面する形で座ると、彼女は疑問を投げかけた。

「ルオン様、退屈していませんか?」

「ちっとも。今まで大変だったし、ソフィアにとってもこうして気分転換するのもいいだろ?」

「そうですね」

王女として国を開放するという目標に加え、魔王を討つ資格を得た。のしかかるプレッシャーは相当なものだし、こうしてリフレッシュすることもまた必要だ。

ただ一つ問題がある。食事の席での雑談に適した共通の話題ってあんまりない……話が合うとすれば基本戦いに関することだし、それでは気分転換の意味がない。かといって頭に浮かぶのは、王様や王妃様、あるいはルナレートに向かう前チラッと話に出たリーゼレイト王女のことか？

王妃様のこととか訊《き》いていいものか……ソフィアも楽しんでいるし、雰囲気を壊したくない。どうする――

「ルオン様、大丈夫ですよ」

突然ソフィアが口を開く。なんのことかと一瞬沈黙し、見越したような面持ちの彼女を見て察した。

「……会話のネタがないってことについて？」

「はい」

小さく頷《うなず》く彼女。うん、すごく気を遣わせてる……。

「ルオン様は配慮されているようですが、興味があるのでしたらどんなことも答えますよ。なんとなく内容も予想できますし」

なんかそこまで言わせることについて、本当に申し訳ない……まあ、これを機会と捉え踏み込んでみるか。思えばソフィアについて、俺の知っていることは少ないから。

「えっと、それじゃあ……ウンディーネとの会話の中にもあったけど、母親――王妃様について。俺が滞在していた時は城にいなかったよな？」

「病気で療養されていたのです。ルオン様が去ってから城にお帰りになりました。ちょっと残念がっていましたよ」

残念って……そこはあえて触れないでおこう。

「もしかして、故人であるとか想像していましたか？」

「ああ、うん、そうだな」

ゲームでも言及一切なかったからな。

「病気って？」

「お母様はジイルダイン王国の宮廷魔術師だったのですが、大掛かりな魔物討伐の際、相当な無理をしたらしく後遺症で時折魔力が暴走してしまうのです……魔熱ですね」

魔熱とは魔法が存在するこの世界における特有の病気。体に眠る魔力が保有者自身を傷つけてしまう。発生すること自体は非常に稀《まれ》だが、人によって完治まで時間がかかる。ソフィアの母親は、そのパターンみたいだ。

「お父様と結婚し、私が生まれてからは魔法を使う機会もなく、日常生活に問題はありませんでした。しかし今からおよそ三年前、体調を崩し療養に入りました。魔王襲来前は、療養に入ったり城に戻ったりを繰り返していましたね」

「魔王侵攻に際し、王妃様は無事なのか？」

「襲撃時点で既に都から脱出しています。今頃お父様と同じ所にいますよ」

「言ってくれればその辺りについて手伝いはしたのに」

「これ以上ご迷惑をおかけするのも、と思い……」

俺に遠慮したってことか。ただ王様がどうにかしているのなら、俺の出番はなさそうだな。

「そっか……しかし宮廷魔術師か。ソフィアが魔法を習得したのは、王妃様も関係しているのか？」

「そうですね。お母様に多くの知識を叩《たた》き込まれました」

「宮廷魔術師と国王が結婚って、どういう出会いがあったんだ？」

「魔熱により引退を余儀なくされたため、お母様は不満ながらも貴族令嬢として生きていく決意をしたのですが、その時お父様に見初められたと。それをきっかけに私が生まれたのですから、世の中どうなるかわかりませんね」

病気をきっかけに、か……経緯が経緯だから大変なこともあっただろうな。

「ジイルダイン王国の王女様と親交があるのは、王妃様が関係しているのか？」

「はい、幾度かジイルダイン王国を訪れる機会があり、よく遊んでいました」

どこか楽しげに語るソフィア。口調からすると小さい頃からの友人……ルオンでいうサラみたいなものかな。リエルの資料から読み取れる情報を聞き、不安になるのも無理はない。

「ジイルダイン王国以外の王族とは関わりってあるのか？」

「年齢が近い人とは、親交が深いですね。アラスティン王国のカナン王子や、ジイルダイン王国より北にあるナテリーア王国のゼクエス第二王子などとは国を訪問した際、歳も近かったのでよく話をしました」

「他に近い人っていないの？」

「例えばロベイル王国の王子はかなり年上ですし、ルオン様の故郷であるフィスイリア王国の王女は逆に年齢が下なので顔を突き合わせて会話、とはあまりなりませんでしたね」

……王族にも色々あるんだな。

「その中で特に親交があったのが、ジイルダイン王国のリーゼレイト王女か」

「そうです。リエルさんの資料によると、これから騒動がある様子。できることなら無事を確かめたいです」

「うん、アマリアの頼みもあるし、注意しながら動こう」

「はい……もっと強くならないといけませんね」

窓の外に視線を向けながら彼女は呟《つぶや》く。本当に真面目《まじめ》だ。そこが彼女の良いところなのだけど。

しかし、ふと気付けば話題が戦いについて……ま、これはこれでいいか。

「ああ、俺ももっと精進《しょうじん》しないと」

「ルオン様は、必要ないのでは？」

冗談めかして言うソフィア。以前五大魔族レドラスを瞬殺した光景を目《ま》の当たりにしているから、そういう感想を抱いてもおかしくない。

「でも、現段階で派手に立ち回るとどんなことがあるかわからないからな」

「……伯爵の屋敷の際も、同じように警戒したんですか？」

唐突な問い掛け。目を合わせると、真剣な眼差《まなざ》しのソフィアがいた。

アーザック伯爵との戦いは、最後に全力を出した。彼女がそれを直接目撃しているわけではないのでカマをかけているのかと思ったが——

「……俺が何をしたのかわかってるのか？」

「想像はつきますよ」

柔らかい微笑。だが少しして何かを訴えかけるような面持ちになり、俯《うつむ》いた。

「どうしたんだ？」

「いえ、その……」

「言いたいことがあるのなら、言ってくれ」

ビクリ、と一度肩を震わせる。そこで俺は慌《あわ》てて言い直した。

「ごめん、詰問しているわけじゃないんだ。遠慮しているみたいだけど、俺としては話してくれると嬉《うれ》しい」

ソフィアが顔を上げる。こちらの様子を窺《うかが》うような顔つきで、

「……ルオン様が、お強いのは私もよく知っています。心配なさらずとも、ルオン様自身判断して立ち回れることも、わかっています」

「ああ」

「しかし、魔王との戦い……どんなことが起こるのかわからないのも、また事実だと思います。その、決してルオン様の強さを否定しているわけではありませんが」

「言いたいことはわかるよ」

俺の言葉にソフィアは「はい」と相づちを打ち、

「ですから、その……無茶をしなければならないこともあるでしょう。しかし、絶対大丈夫などということはあり得ないわけで……」

なんだかしどろもどろになりつつある口調。でも何を主張したいのかは理解できた。

「さすがに、無茶するなとは言わないか」

「従者である私に、そこまで言う権利はないですよ。それに――」

俺のことを、見透かすような瞳。

「きっと、ルオン様は私が止めても聞かないでしょうし」

事実だな。

以前、俺のことを伝えるのはレーフィンにタイミングを一任するとした。この場で俺が

自分の口から転生したことなど含め話せば、彼女の気持ちは晴れるのか考えたが……タイミングが重要だろうし、レーフィンがああ言った以上、迂闊《うかつ》に話すのも危険なのかもしれない。

彼女は純粋に心配してくれている。例え俺が魔王に対抗できる実力を有していたとしても、その考えは変わらないと思う。

「……少なくとも、危険だと判断したら回避するよ」

その言葉に、ソフィアはただ目を合わせる。

「俺だってまだ死にたくないしね……今はこれだけしか言えないけど」

「十分です。ありがとうございます」

礼なんて……そう返答しようとしたところで料理が運ばれてきた。

綺麗《きれい》に盛り付けられたラム肉の香草焼きを食べようとしたところに、さらにソフィアの質問が飛んだ。

「しかし、ルオン様のお力が制限された中で立ち回る……今後魔族との戦いが激化していくでしょうし、厳しくなるのでは？」

「力を抑えた状態で攻撃力を強化する術も開発中だよ」

――アズアが寝返った事実を踏まえれば、魔族が急速に強くなる可能性も否定できない。よってこちらとしても力を抑えた状態……つまりガルクからもらったリボンが熱を発しないレベルでも魔族を倒せるほどの決定打が必要になったわけだ。

旅の道中試しているが、上級魔法はまだ扱えない。しかしこのルナレートに来るまでに一つ使えそうな技術を考案した。

「どういう手法ですか？」

「技と魔法を組み合わせる。相性がよければ相乗効果によって威力が高まる」

説明に、ソフィアは目を丸くした。

「技と魔法を、ですか？　ですがルオン様は以前の戦いでも……」

「同時に運用していたってことか？　そういうのとは少し違う。例えば技と魔法を融合させ、威力を高めるみたいな……」

「訓練によってそれが可能になる、と？」

「そうだ」

旅の最中、相性がよく組み合わせられるものを見つけた。工夫は必要で結構労力も使うが、やっておいて損はない。

「私もやった方がいいのでしょうか？」

「いや、組み合わせより上級魔法や技の方が威力は上だから、普通に鍛錬した方がいいよ」

「そういうものですか……使えそうですけど」

「最上級魔法なんかをそうやって組み合わせられるようになったらそれこそすごいことになりそうだが、さすがに俺もそんな無茶はできないし」

上級以上は俺でも維持で手一杯になるからなあ……まあ高位の技や魔法を試すことはやっておいて損はないし、鍛錬は継続していこう。

「そういうわけで、こっちも色々やっているから」

「わかりました……私もこの数日の間に、自分のできることを整理しようと思います」

どこまでも真面目《まじめ》なソフィア。彼女らしいなと、率直に感じた。

昼食後、相変わらず視線を向けられながら俺達は町中を歩く。そうした中ふと立ち寄った露店で、オススメの観光スポットとして海岸が一望できる場所を教えてもらい、夕刻になってそこへ向かう。

「お、これはすごい」

感嘆の言葉が自然と口から出た。赤い光に照らされて海はキラキラと輝いている。

俺とソフィアの二人しかいないこともあって、その気になれば告白だってできそうだ。

「本当ですね、綺麗《きれい》……」

呟《つぶや》く彼女の横顔を窺《うかが》う。潮風になびく銀の髪の間から見える表情はとても綺麗で、ずっと共に旅をしている俺でさえ、見とれてしまうほどだった。

「……こうしてただ楽しむために散策したのは、ずいぶんと久しぶりですね」

ソフィアが呟く。俺は彼女から視線を外して海を眺め、

「久しぶりって、どのくらい？」

「ルオン様と出会うより前ですね……実を言うと、お城を抜け出して町を散策していました」

「エイナあたりが大騒ぎしたんじゃないか？」

「はい、そうですね」

彼女の笑い声が響く……町を気軽に歩ける身分ではないからな。

「ちなみに俺の故郷にいた時は……」

「毎日訓練の日々でしたから」

「その半分以上は家事や料理だろ？」

「ええ。これもルオン様のお役に立つためです」

……本当に申し訳ない。体を向け謝ろうとしたが、それを察したソフィアが手で制した。

「私が好きでやっているのですから、お気になさらず」

「そうは言ってもなあ……そもそも従者というのはあくまで建て前だから、別にそこまでしなくとも」

「私を強くするために旅をしてくださる以上、尽くすのが礼儀です」

俺はちょっと困ったように頭をかく。言いたいことは理解できるけど。

「そして、巨大な敵に対しルオン様はたったお一人で立ち向かっている。その事実は消えませんし、私としては大変誇らしく思います。だからこそ私は従者としての役目を果たすべきだと考えています」

……誇らしく、か。

「誇りに思われるっていうのは、なんだか不思議な気分だな」

「ルオン様としては、普通に事をこなしているというお気持ちですか？」

「そうだな」

「ですがそれこそ、他の方にはできないことですから」

――なんだかこうやってソフィアが俺のことを褒めるのって珍しい……と、待て。

「ソフィア」

「はい」

「仲間の前ではそういうことを言わないようにしているのか？」

ふと浮かんだ疑問に、ソフィアは苦笑した。

「あの、その、ユノーとかに勘違いされると思いまして。今だってそんな雰囲気ですが」

いや、バレバレなんだけど……と言いたくなったが、さすがにこれを伝えるのはまずいよな。

一応配慮はしているのか。今振り返れば、故郷で功を上げた際に言及しなかったのはそういう理由なのだろう。

「常に誇らしく思っているのは……事実です」

そう主張しまっすぐ俺を見るソフィア。どこか興奮気味であり、二人きりになったことで表明したんだろう——と考えたところで、双方立ち尽くした。

夕焼けに染まる彼女の顔は、硬直し呆然《ぼうぜん》となるほど艶やかだった。途端に鼓動が速くなり、ソフィアに全てを伝えるのはここじゃないかと感じてしまう。

潮騒《しおさい》、夕焼け、頬を撫《な》でる風。世界が俺達を包みせき立てる。ソフィアとずっと視線が重なり続ける。自分の感情を伝える機会なんてまずない。ならば、今ここで——

「あ……」

ソフィアが呟《つぶや》く。同時にプツン、と糸の切れる音がはっきり聞こえた。

世界が動き始める。海鳥の鳴き声が耳に入り、同時に彼女は俺に背を向けた。

「あ、あの……」

「どうした?」

「す、すみません」

どうして謝るのか——その言葉を飲み込み、後姿の彼女をどこまでも眺める。

絶好の機会を失ってしまったような思いを抱いたけれど、まだいけるのでは……そんな風に一瞬考えた時、彼女が立つ手前に壁が現れ、言葉を阻《はば》まれているような気がした。

当のソフィアは相変わらず背を向け、謝罪の言葉のあと何も発しない。どうも胸に手を当てている……。

「ソフィア、大丈夫か？」

「へ？　あ、はい、大丈夫です！」

ちょっと裏声だった。えっと、どうしてそんなに慌《あわ》てているんだろう？

頭の中は疑問符だらけ……そんな中、見えない壁を眺めるように夕焼けに染まる彼女を観察する。

それは、なんだろう、決して嫌悪しているわけではないが、踏み込んだことは言わないでほしいと語っている。ここで口にすることは駄目、という風にも感じた。

「……ソフィア」

「は、はい」

ようやく落ち着いてきたのか振り返る。顔は夕日によって確認しづらいが、なんか赤くなっているような……。

「別に謝る必要はないよ」

「は、はい……」

とりあえず告げるタイミングを完全に逸してしまったので、ここまでにしよう。

「……一つ訊《き》いていいか？」

「はい」

「今日一日、楽しめたかな」

その言葉に、ソフィアは晴れやかな微笑を浮かべ、

「もちろんです、お付き合いしていただき、ありがとうございました」

――絵のような光景だった。風が流れ彼女の髪がたなびき、茜《あかね》色の世界の中心に彼女が立っている。

「……そっか」

俺はそれ以上語らず、並んで歩く。雰囲気は悪くない。そればかりか、ソフィアの横顔が充足感に満たされているのがはっきりとわかった。

気分転換は成功ってことかな。たぶん明日からは訓練モードに入るからいつもの感じに戻っちゃうんだろうけど、一日だけでも楽しんでもらえたみたいだし、リフレッシュできたから良しとしよう。

その後、俺達は宿へ。部屋近くの廊下に到達すると、精霊達とユノーがソフィアの部屋の前でにらみ合いになっていた。

「……どうした？」

「ここにいろって言われてさあ」

不満だらけのユノー。その態度にソフィアは苦笑し、

「レーフィン、もう大丈夫ですよ」

「そう。ユノー、以後気をつけるように」

「うー」

唸《うな》るユノーに対し、レーフィンやアマリアは姿を消す。一瞬かわいそうに思えたが……

たまにはお灸《きゅう》を据《す》えてやらないと、かな？

「ユノー、部屋に入りましょう」

「わかった。ちなみに何か進展あった？」

「ユノーが期待するようなことはありませんから」

適度にあしらいながらソフィアはユノーと共に部屋に入っていく。それを見送り俺はオルディアと使っている部屋へ入り、

「……ん？」

ベッドで寝ている彼を発見。昼寝？

「おーい、オルディア」

呼び掛けてみると、もぞりと彼が動き、上体を起こす。

「ルオンさんか……太陽の光からすると、夕方か？」

「その言い方だともしかして、今までずっと眠っていたのか？」

「ああ、そうだが？」

事もなげに言うオルディア。いやあの、分かれてから眠っていたとなると、朝から夕方までなんだけど……。

「もしかして、何もない日は寝て過ごすのか？」

「そうだ。以前レドラスとの戦いで、ルオンさん達と別れて潜伏した時も、寝ていたな」

おいおい……。

「まさか、剣が完成する日までずっと寝て過ごすのか？」

「ああ、そうだが？」

さっきとまったく同じトーン。しかもその顔は「なぜそんな当然のことを訊《き》く？」と言わんばかりのもの。

「……オルディアってさ」

「ああ」

「魔王との戦いが終わったら、引きこもりになりそうだな」

「違いない」

否定しろよ！　心の中でツッコミを入れながら、俺はベッドに座り込んだ。

「何かあったのか？」

「別に……あ、一つわかったことがある」

その呟《つぶや》きに「そうか」と素っ気なく応じたオルディアは、また横になった。俺とソフィアとのことを深く詮索するつもりはないみたいで、さらに夕食まで寝るつもりらしい。

俺はため息をつく……オルディアの将来が心配なのもそうだけど、夕日を浴びるソフィアのことを思い返す。

俺を拒否しているわけじゃない――そういえば以前、故郷の幼馴染《おさななじ》みから言われた。ソフィアとくっつくためには、彼女の身分に負けない武功を立てればいいと。

そうなるかは置いておいて、彼女に近づくために――世間から対等だと認められるにはその手段が一番だ。しかしさっきの彼女の態度からすると、それだけでは足らないのではないか。

強固な信頼関係を俺とソフィアは築いている。そして彼女は俺のことを……でも、彼女は王女で、安易に受け入れることはしない。それがあの見えない壁だ。あの時俺が何かを告げても、拒否したんじゃないか――王女という立場が最後の砦《とりで》として立ちはだかる。

「……一時の感情に任せて言うのは、駄目ってことかな」

彼女の立場は重い――だからこそ、ソフィアとくっつこうとするなら、相応の覚悟がいるのであり……くっつくかどうかは置いておいて。

「ま、この辺りは戦いが終わった後に考えることかな……」

今は下手すると信頼関係がギクシャクするかもしれないから、置いておこう……そう心の中で決め、夕食まで時間を潰《つぶ》すことにした。


イベントがあったのは初日だけで、以降は取り立てて何事も無く――ソフィアは精霊アマリアと修行を始めた。新たに契約した相手である以上、それがベストな選択肢かな。

それ以外は俺の方も修行をしたくらいで……とうとう期日を迎えた。

「ごめんください」

店へ入ると、早速奥さんが出迎えてくれた。

「いらっしゃい。衣服も剣も完成しているわ。まずは着替えからね」

そう言ってソフィアとオルディアを奥に通す。少し待つと、装備を整えた二人が戻ってきた。

「あ、オルディア。袖とか直ってるな」

ボロボロだった裾なんかも縫い直されている。するとオルディアは「すまない」と奥さんに述べた。

「いいのよ。この分はサービスしておくから」

「わかりました……それで、剣は？」

俺が問い掛けた矢先、奥からガナックが出てきた。

「完成しているよ。いやあ、久しぶりの大仕事だったぞ」

笑顔。達成感に満ちている。

「ほれ」

彼がまず渡したのは元の剣、合計三本分。

「ソフィア、オルディア、剣は俺が預かっておくぞ？」

「はい、大丈夫です」

「構わない」

双方承諾したので剣を受け取り、収納箱を召喚《しょうかん》して押し込める。

「ご所望通り、重量などをほぼ同じにした。素材が違うから中々大変だったが」

そしてガナックは語りながら、俺達の前に剣を出した。

「装飾などで重量なんかも変わってしまうもんだから、結果として見た目がずいぶんと似ちまったが」

……細部は所々違っているけど、外観はほぼ同じだな。

ソフィアとオルディアがそれぞれの剣を手に取る。感触を確かめていると、最初に口を開いたのはオルディア。

「違和感がほとんどないな……ここまで馴染《なじ》むとは」

「使用者によって剣には癖が出る。柄の握り方とかも俺からすりゃあすぐにわかるくらいにな」

そうガナックは語り、二人の剣を指差す。

「以前と同じように戦えるよう、その辺りも調整はしておいた。強度や切れ味については保証する。存分に使ってやってくれ」

ソフィアもまた新たな剣を腰に差し、抜いてみてその刀身を眺める。見た目はほとんど変わっていないのに装備が一新された……なんだか奇妙だ。

「衣服については、魔力障壁以外にも恩恵がいくように調整してあるわ」

次に語った奥さんは、なんだかウキウキのご様子。

「体の奥底から引き出す魔力を上手《うま》く増幅するようにしてあるから、魔法の威力なんかも上がっているはずよ」

「衣服を加工することによって、魔法の威力も上がるんですか」

感服したようなソフィアに、奥さんはニッコリとする。

「応用次第ということよね……お二人のご活躍、耳にできることを祈っているわ」

「ありがとうございました」

こちらが礼を言うと二人は頷《うなず》き返す。そうして俺達は店を出た。

「さて、早速新たな武具を試したいところだが……ソフィア、アマリアを呼んでくれないか?」

「以前語っていた水霊の道を使うのですね？」

「そうだ」

「既に連絡はしているわ」

返事と共にアマリアが姿を現す。

「ただ一つ問題があって、どうやら魔物が棲《す》みついたみたいなのよ。海岸線にある洞窟《どうくつ》なのだけれど」

――そういえばガナックも言っていたな。図らずも魔物退治となりそうだ。

「つまりそいつを倒さない限り、道は使えないってことか」

「そうみたいね。この町からさほど遠くないわ。今から行っても昼前には辿《たど》り着ける」

「わかった。なら早速向かうとしよう。ソフィア、オルディア」

「問題ありません」

「ああ、こちらも大丈夫だ」

二人の言葉に俺は「なら」と前置きし、

「旅の再開だ。目標は水霊の道がある洞窟――」

そうして、俺達はルナレートを後にした。

第十九章　親友

今から向かう場所は、海の精霊であるネレイド――彼女達が普段棲《す》んでいるらしく、町の人間からは神聖視されている洞窟《どうくつ》らしい。

「ねえ、ネレイドっていう精霊とは契約しないの？」

もうすぐ到着する、という段になってユノーが問い掛けてきた。

「精霊なわけだから、ソフィアと契約してもいいよね？」

「難しいわね」

ソフィアの横にアマリアが現れ返答した。

「まず、同一属性の精霊と契約するとデメリットがあるの。他の属性よりも契約する数が多くなるわけで、どうしてもその属性に力が引っ張られる」

「バランスを保つ必要があるってこと？」

「そうよ。その属性を極めるのであれば複数契約もいいけれど……精霊の能力に差があると片方の精霊の力が上手《うま》く使えなくなる、なんてこともあるから、見極めて契約しないといけないわね」

「ふうん、契約すればいいってものでもないんだな」

納得したユノーは、続けざまに質問する。

「能力の差って言ったけど、ウンディーネとネレイドでは差があるの？」

「ええ。人間の多くはシルフ、ノーム、ウンディーネ、サラマンダーの四大精霊と契約するけれど、それは私達がそれぞれの属性でもっとも力を所持しているからなのよ。人間からすると、私達は上級精霊で、他は下級精霊なんて言い方をするわね」

「下級なんて言い方、精霊が聞いたら怒りそうだ」

こちらがコメントするとアマリアは肩をすくめた。

「人間の分類なんて私達はほとんど気にしないけれどね……さて、ネレイドとも水霊の道を使いたいと話をして、彼女達はすぐに了承したわ。ただし魔物を倒さなければいけないけれど」

「本来精霊にしか使えない道を使わせてもらうんだから、相応の働きはするさ」

俺の言葉にソフィアやオルディアは賛同したようで深く頷《うなず》く。

そうこうするうちに洞窟前に到着。アマリアが事前にネレイドから聞いたところによると、潮の満ち引きによって入口が閉ざされるケースもあるらしい。今はひとまず大丈夫のようだ。

位置としては岬の下に存在し、洞窟入口周辺に魔物は一匹もいない。

「アマリア、ネレイドは周辺にいるのか？」

「洞窟《どうくつ》前で落ち合うことになっているけれど……あ、いた」

横を向く。そこに十四、五歳くらいの少女がいた。簡素な服に身を包み、エメラルド色の髪を持った存在で、おとなしそうな印象を受ける。

「アマリア様、申し訳ありません」

「謝らなくていいわよ。魔族の侵攻による影響である以上、どうしようもないしね」

精霊達は瘴気《しょうき》に弱いため、魔物――強力な敵が出たらそれだけで危ないから、退避するのは当然だ。

「入る前に状況を確認していいか？」

こちらが尋ねると、ネレイドは神妙に頷《うなず》いた。

「はい。我々が使う道はこの洞窟の奥にあります。そこに魔物の主と言うべき瘴気を持った存在が巣くっています。それと申し訳ありませんが、魔物の詳細はわかりません」

「道の存在を把握して、魔物を派遣したのでしょうか？」

ソフィアが疑問を呈す――アズアが寝返っているとしたら、あり得ない話ではない。神霊ならば水霊の道も把握しているだろう。

アマリアもきっと同じ見解のはず……もっともソフィア達がいる手前それには触れず、

「どうでしょうね。ともあれ私達の目的は洞窟内の魔物を倒すこと。魔族が生み出しているわけではないから、洞窟内の魔物を全滅させれば解決かしらね」

「洞窟の規模はさほど大きくないので、中の魔物を全部倒すのはそう難しくないと思います」

ネレイドは俺達の様子を窺《うかが》いながら告げる。

「私共は外から魔物が入り込まないよう対処します……皆様、よろしくお願いします」

「任せてください」

ソフィアは応じると剣を抜き、俺が明かりを作ってから洞窟へと足を踏み入れる。オルディアがそれに続き、最後尾に俺。ひんやりとした空気が肌に触れた瞬間、ユノーが俺の懐《ふところ》へ入った。

アマリアはソフィアの体の中に引っ込み、ネレイドもまた入口から立ち去る――さて、新たな武具を得て初めての戦い。以前と性能面がまるで違う以上、この洞窟で慣れてほしいところだ。

俺は二人を援護するため後衛に回ることにする……杖《つえ》もしくは弓？　考える間に少しずつ奥へと進んでいく。

中は気温も低く、足下は湿り気もある。滑って転ばないよう注意しないといけない……そう思った時、左右に道が分かれる分岐に辿《たど》り着く。

どちらに行くか――訊《き》こうとした矢先、ヒタヒタと洞窟内に足音のようなものが聞こえてきた。

方向は左。オークやゴブリンの類《たぐ》いじゃない。やがて俺達の視界に緑色の鱗《うろこ》に身を包む、半魚人のような二本足の魔物が――こいつは『サハギン』だ。数は合計三体だが、後続が控えている可能性が高い。

攻撃手段は水かきのような手を利用した殴打か体当たりで、今のソフィア達なら難なく倒せるレベル。すかさず指示しようとしたが、右側からも足音が。

「数がいるようだな」

オルディアが断じる。そこへ右からも左と同数のサハギンが。ふむ、まだ敵がいるにしても二人の実力なら――

「ソフィア、オルディア、左右に分かれ迎撃してくれ。俺は援護する」

指示しながら俺は魔法で弓を作り出す。

「危ないと判断したら俺が矢で支援する」

「援護なく、倒したいところですね」

敵の力量を悟ったか、ソフィアは呟《つぶや》いた。

「では、始めましょう――」

同時、サハギンの一体が疾駆《しっく》する。挙動から体当たりだと推測できたが、ソフィアは迷いなく正面から迎え撃った。

サハギンの体格は大人くらいある。ぶちかましをまともに食らったら吹っ飛ぶくらいにはなるが……対するソフィアは刀身に風を舞わせた。魔導技『疾風剣《しっぷうけん》』だ。

相手が近づき剣を振る。結果――サハギンをまるで紙でも切るような勢いで両断する！

「っ……!?」

ソフィアが呻《うめ》いた。予想外に威力があったのか？

驚いている間にもさらなるサハギンが迫る。ソフィアは即座に剣を構え直し、またも迫る体当たりに対し、今度は風を乗せず横薙《な》ぎを決める。

すると、先ほどと同様易々と刃が入り、サハギンの体を上下に分離した――

「ソフィア、剣に魔力は入れているのか？」

「多少は……驚くほど切れ味が増しますね」

これはガナックの腕が素晴らしいってことだな……同じように作ってもらったオルディアもまた、縦横無尽にサハギンを斬《き》っている。

「オルディア、そっちはどうだ？」

「少し魔力を注げば感触がないくらい易々と斬れるな」

ひとまず問題なく扱えているな。霊鋼は使用者の魔力によってその攻撃力が大きく変わるので、あとは二人次第だ。

サハギンはなおも押し寄せてくるが、ソフィアとオルディアは単独で容易に対処する。

二人の手に掛かればサハギンは一撃。これはもはや勝負になっていないと表現するべきだ。

まさしく無双。数だけのサハギンは片っ端から倒されるため連携すらとれず……やがて、襲い掛かってきた全ての魔物が消滅した。

「前の剣と感覚が似ているため、特に考慮の必要なく扱えますね」

ソフィアが剣を軽く素振《すぶ》りしながら感想を述べる。オルディアも似たような意見なのか、「確かに」と同意し剣を鞘《さや》に収めた。

──これまで二人は単独で十二分に魔物を倒してきた。今回新たな武器になったことにより、それに拍車が掛かったようだ。

この調子なら、最奥にいる魔物も楽勝か……？　俺は二人へ進むよう指示。道が左右に分かれているが、話し合いの結果左へ行こうと決めた。

歩を進める俺達に対し、サハギンが散発的に現れる……のだが、問題もなく対処。けれど奥へ進む度に徐々にではあるが瘴気《しょうき》が濃くなっている。

「どうやら一番奥まで繋《つな》がっているみたいだな……先にここに陣取る魔物を倒そう」

「はい」

ソフィアの返事。その時、とうとう強い瘴気を感じ取ることができる地点に到達。明かりで照らすと、真正面に波打ち際。入り江、とでも言えばいいか。目の前にたゆたう海が存在し、瘴気はそこから発している。

「ルオン、海中にいるってこと？」

「そのようだ」

ユノーの疑問に答えながら、海の中を注視する。

底は暗闇。透き通っているけど魔物の姿は確認できない。

「さて、どう戦うか」

オルディアが警戒しながら声を発し、ジリジリと海に近寄る……その時、ザザザと海面が揺れた。

即座にオルディアとソフィアは剣を構える。刹那《せつな》、海面から現れたのは、巨大なイカの白い足――

「っ⁉」

ソフィアが小さく呻《うめ》くのを耳にすると同時、足は海面に一番近いオルディアを引きずり込むために迫った！

「――炎よ！」

すかさず俺が介入。『ファイアランス』が生じ――ゴァッと炎熱が舞い、焦げ臭いにおいが立ちこめた。

足は半ばから先が消え失せ、残りは海へと戻っていく。オルディアは即座に引き下がり、俺に「悪い」と一言添えた。

ソフィア達が海面を注視する中で、俺は思考を開始……イカの足、とくれば前世で有名なのは『クラーケン』か。巨大な海の怪物で、水棲《すいせい》の魔物の中でトップクラスの知名度と能力を有している……が、この『エルダーズ・ソード』においては未登場の魔物だった。ゲームでは海に関連する魔物が少なかったのも登場しなかった理由に入るだろう。

またこの世界においては、前世の神話に存在するような力は持っていない様子。理由は俺の『ファイアランス』で足を消し飛ばしたこと。下級魔法が通用することから、水中に引きずりこまれなければソフィアやオルディアでもいける。

「魔法で足を焼くことはできた」

そう言いながら弓を構え、魔法を使うべく魔力収束を行う。

「大物みたいだが、ソフィアやオルディアで十分対処できそうだ……やってくれ」

「わかりました」

「御意《ぎょい》」

二人が返答した矢先、足が海面から出現。間違いなく俺達を水中へ引き込もうとしている——

「させません！」

ソフィアが声を発し、魔法を発動。風の魔法『エアリアルソード』——もし威力が十分ならば、足を抉《えぐ》るどころか貫通するはずだ。

俺の予想は——的中した。足の半ばを直撃した風の刃は、ガアッ、と風の音を発しながらその身を消し飛ばし、足を引っ込めさせる。

一方俺も矢を放ち別の足を吹っ飛ばす。接近するとどうなるかわかったものではないので遠距離戦が主体だが、これだとオルディアは出番なしか？

そう思った時、オルディアは右手の剣の切っ先を地面へ。

「ふっ！」

そうして放ったのは地を走る光——長剣下級技の『流地剣《りゅうちけん》』か！

魔力によって形作った刃を地面に走らせる遠距離技であり、序盤に習得する技で威力もそれなり。熟練度が上がれば相手を吹き飛ばすくらいになるが、そこまでになる間に他の技を覚えてしまうため、乗り換えて二度と使われないパターンも多い。

足の一本に魔力が触れる。直後ズオッと魔力が膨《ふく》らみ、水面が一時見えなくなるほどの白い衝撃波が拡散する。

「おっ、すごいじゃん」

ユノーが面白そうに言う。これなら敵を押し留《とど》められるか……などと考えオルディアに視線を移すと、ちょっとだけ呆然《ぼうぜん》となる姿が。

「おい、どうした？」

「……少し気合いを入れて撃った程度なんだが」

あ、予想以上の威力だったのか。これだと中級以上の技は相当なものになるな。

「ルオン様！」

そこで次にソフィアが叫ぶ。視線を移せば左手に魔力。

何を撃つかはすぐにわかった。これは『ライトニング』だ！

閃光《せんこう》が、彼女の手先から発せられる——が、今までと比べてその太さが違っていた。一瞬垣間《かいま》見えた雷光は、以前と比べ倍の太さを持っている。剣と衣服を強化したことにより、魔法の威力も向上。ガナック達に感謝するほかない。

入り江を白い閃光が包み、雷撃が足を平然と撃ち抜く。さらに海中にいるはずの本体へ向かい——海全体を刺激。瞬間、弾けるような音と共に稲妻が水中から炸裂《さくれつ》する！

落雷音が高まった魔力と共に俺の五感を刺激——その中クラーケンは……大波が生まれ、水中で暴《ま》れていることがはっきりとわかる。

威力を目の当たりにして、俺は決断した。

「ソフィア、もう一度同じ魔法を。オルディア、俺と一緒に迫る足を潰《つぶ》すぞ！」

作戦を決し、オルディアは同意したか『流地剣』が決まる。水面が爆《は》ぜ海水がこちらの近くまで飛んでくる。

彼の攻撃が功を奏し魔物の足の動きが一瞬止まったが——なおも数本の足が迫ってく

る。

それを俺が弓と魔法――『ホーリーランス』で迎撃。青白い光が射抜き、漆黒広がる入り江を一時満たす。

足は先端部分が吹き飛ぶと引っ込むが、これほど断続的に迫る以上、相当な速度で再生している。ただ本体を撃ち抜くことができれば、一気に勝負がつくはず。

攻防を続ける間も、ソフィアは魔力を高めていく。左手に渦巻く魔力は明らかに以前とは違う。

これで勝負を決められるか……そう考えながら足を消し飛ばした時、ソフィアが叫んだ。

「いきます！」

声と共に、俺とオルディアは矢と斬撃《ざんげき》で目の前の足を吹き飛ばした。衝撃波が壁となり、足の進路を大きく妨げる。

これによりソフィアの前に阻《はば》むものがなくなった――

「――大いなる雷《いかずち》よ！」

そして放たれた『ライトニング』は先ほどと比べても太く、まさしく彼女の全力であることが想像できた。

雷光は凄《すさ》まじい勢いで大気を切り裂きながら水面に着弾――刹那《せつな》、海面全体が白く発光した。

ガアアアッ――つんざくような音を発し、ユノーが思わず耳を塞《ふさ》ぐ。オルディアも光がまぶしいか、腕をかざし目元を覆った。

そして当のソフィアは、目を細めながら魔力を維持し、全力の雷撃を最後まで貫き通す。その姿は勇ましく、魔物を通し魔王を討つという決意を示しているように感じた。

やがて――光が途切れる。足は出てこない。残るは静まりきった入り江だけ。俺は弓を構え海面を注視していたが、

「……倒した、みたいだな」

「素晴らしい一撃ね」

ここでアマリアが登場。彼女はソフィアの正面で浮きながら、

「瘴気《しょうき》も途切れたわ。入り江の底にいた魔物が、この洞窟《どうくつ》のリーダーだったみたいね」

「そうか……でも戦いは終わってないな。分岐の道は調べていないし、ここからは残党狩りといったところか」

「そうね」

「ソフィア、いけるか？」

「大丈夫です」

言いながら、彼女は衣服を見回す。

「すごいですね、これ……魔力障壁だけでなく、確かに魔法の威力も上がっています」

「それは俺にもしっかり感じられたよ。オルディアも技の威力が上がっていて驚いていたな」

「ああ、これなら魔族と対峙《たいじ》しても後れは取らないな」

確信した声。俺は二人へ頷《うなず》き返し、

「よし、それじゃあ一度戻り……残る魔物を倒すことにしよう」


洞窟の規模はネレイドが語った通りそう大きくなかったので、俺達は残る魔物を一時間もかからず処理することができた。しかも相手はサハギンばかりで怪我《けが》もなし。よって、あっさりと入り江へ逆戻り。

「ここから水霊の道を通り、目的地へ向かうわ」

「ジイルダイン王国、ですね」

やや緊張した声音。姉と慕う王女を思い出しているようだ。

「まずは町へ赴《おもむ》いて情報を集めることからだな」

俺の言及にソフィアとオルディアは相次いで頷く。

「それじゃあアマリア……頼むよ」

「ええ」

「本当に、ありがとうございました」

近くにいたネレイドが述べる。周囲に彼女の同胞が複数いて、俺達に礼を言った。

こちらは笑みで応じ……次の瞬間、アマリアが魔法を放つ。それは俺達を泡で包むようなもの。膜のような魔力障壁、といったところか。

「出発するわ。揺れることはないけれど、怖かったら言ってね」

泡が動く。こっちは何もしていないのに地面を滑り始めた。

ネレイド達が手を振る中、俺達は水の中へ。洞窟《どうくつ》内なので当然真っ暗闇……アマリアがここで魔法の光を生み出した。

「途中で一度休憩しましょうか。人里離れた泉に繋《つな》がっているから」

「ああ、そうしてくれ」

「よし、それじゃあ——行くわよ！」

速度が増す。俺達は立ったままでなおかつ衝撃もないのだが……水脈を通る光景は水の中を驀進《ばくしん》し、さながら景色だけはジェットコースターのように勢いがある。

「うおお……」

ユノーが小さく呻《うめ》くくらいにはビジュアルがすごいけど……次第に代わり映えのない景色であると理解し始めると、段々と落ち着いてくる。

「この道、精霊達はどの程度使用するんだ？」

なんとなくアマリアに尋ねてみると、彼女は手をパタパタと振った。

「基本定住する精霊からしたら、ほとんど使わないっていうのが正解ね。実際、私もこの道を利用するのは相当久しぶり」

「そうなのか」

「ちなみにこれは私達の力を利用した道だから、魔族も入ることは難しいわね……それでも念のため言っておくけれど、この道については秘密でお願いね」

「それは大丈夫。さて、到着まではまだあるし、今のうちに作戦会議といくか」

俺はソフィアとオルディアへ向き直る。

「さっきの戦いで、武器が変わっても問題ないことはわかった。魔族と戦う場合、今まで通り俺が後衛で二人が前衛、ってことでいいか？」

「私は構いません」

「俺はルオンさんの言葉に従おう」

二人して賛同。よし、なら、

「戦いの過程でさらに仲間が増えた場合は、都度どうするか検討しよう。あとは、共闘する場合か……相手がどんな編成なのかを考慮して、対応しないといけないな。ここは臨機応変に。どんな形になっても文句は言わないように」

もっともこの二人なら、誰かと共闘しても……例えばゲーム上の仲間と手を組むことになっても、軋轢《あつれき》を生むことはないだろう。

現在ジイルダインにいる主人公ラディと、共にいる仲間の一人は前へ前へという性格なので、こっちが折れないと面倒なことになる。出会うかどうかはわからないが、もしそうなってもソフィアやオルディアなら俺の言葉に従うはずだし、それほど不安はないか。

「ルオン様、今後誰か仲間に加える可能性はあるのでしょうか？」

ふいにソフィアが質問。俺は頬をかきながら、

「微妙なところだな。人数的に四人、もしくは五人くらいはいても大丈夫そうだし、そうした人数の方がどんな状況にも対応できそうだけど」

ゲームでは四人編成で戦っていたので、なんとなく四人がいいんじゃないかとも思えてくる。控えを含め仲間にできる最大人数は八人だったが、そこまで増えると今度は動きにくくなる。ソフィアやオルディアの戦闘能力に加え、俺がカバーできる範囲を考慮すると、四人前後がベストかな？

「絶対仲間に加えるってわけではないから、これからの出会い次第かな」

結論をまとめた時、泡が大きく道を曲がった。視界は揺れるが、俺達は何事もないのでちょっと違和感がある。

「この調子なら、他の魔法よりもずっと早く到着するわ」

そうアマリアは語り、笑った。

「そこからはルオンさん達次第……でも無理はしなくていいし、そちらがやりたいことを優先していいから、よろしくね」

一度の休憩を挟み、俺達は森の中に位置する小さな泉に辿《たど》り着く。夕刻を過ぎ夜に入った時間だが……夜空を見上げながら、俺はポツリと呟《つぶや》いた。

「半日も経《た》ってないな……移動魔法でもこの速度は無理だ」

「ちょっと頑張ったからね」

アマリアが泡を消しながら語り、

「さて、私は少し疲れたから引っ込んでいるわ。あとはお願い」

そう言ってソフィアの体の中に入った。

「ルオン様、どうしますか？」

「まずは最寄りの町を目指そう。この時間だと宿が受け入れてくれるか微妙だけど」

ソフィア達は提案に同意し、夜の森を進み始める。周囲に魔物はおらず、それが逆に不気味なくらいだった。

「位置的にこの国は大陸中央の東側だったな」

思い出したかのようにオルディアが呟く。

「侵攻を押し返したこともあって、それほど魔物が湧《わ》いていないのかもしれない。あるいは、魔王側に考えがありあえて攻撃してこないか……」

「王女の件があるから、まるっきり干渉なしではないな」

彼に対し俺は意見を述べる。

「リエルの資料では語られていないが、王女が怪我《けが》で城に引っ込んで以降、公にはならない部分で魔族の妨害はあったのかもしれない。南部進攻の時も軍が救援に駆けつけたけど、国を守るためにずいぶん戦力を残していたみたいだし」

「──仮に、城の中に裏切り者がいたとして」

今度はソフィアが語り始める。

「そうした存在を気に掛け、多くの援兵が出せなかった……という可能性は？」

「あり得るな。内に問題を抱えていれば大規模な軍を動かすのは難しくなるし……南部からの侵攻に人間側が敗北したら、いくらジイルダインが強国と言えど戦うのは厳しいから、その後の顚末《てんまつ》は推して知るべし、か」

「直接どうにかするより、妨害により派兵を制限した、と」

オルディアの言葉に俺は「そうかもしれない」と応じる。

ゲームでジイルダインの王室は登場しなかったので、この辺りは手探りでやるしかないな……やがて森を抜ける。目を凝らすと、前方に町の光があるのがわかった。

「あそこで休もう。宿がとれなかったら、どうするか改めて考えよう」

歩を進めようとして――ふいに、馬のいななきを耳にした。

「ん？」

即座にユノーが反応。次いで蹄《ひづめ》の音に加え、ガチャガチャという鎧《よろい》を着た人間特有の足音が聞こえ始めた。

しかもそれは少数ではない……これは、

「こんな時間に行軍《こうぐん》か？」

音が段々と近づいてくる。やがて視界に当該の人物達を捉えた。

予想通り、馬に乗る騎士を先頭にした行軍だった。明かりを持った兵士がいるため数の確認もできるのだが……結構いるな。

どうやら俺達が目指す町へ突き進んでいる。歩調は速く、魔物の討伐の帰りといった雰囲気ではない。明らかに今から目的地へ行こうとしている。

「物々しいな」

オルディアが感想を述べた。そこでラディ達を観察する使い魔から報告。首都の方にも変化が。

別に行軍する一団が首都へ入った……視界に捉える兵士達も目的地は同じだろう。

「何かあったのでしょうか……」

ソフィアが呟《つぶや》く。夜間、早足の行軍。疑問に思うのは当然だ。

「……情報を収集しよう」

ここで俺が口を開く。

「夜だからどこまでやれるかわからないけど、状況を把握しすぐにでも動けるようにしておく必要がありそうだ」

「はい」

「そうだな」

ソフィアとオルディアも同意し、移動を開始。途中で兵士達は町へ入り……だがそこで止まらず、町を抜けた。

その後こちらは町の中へ。規模はそれなりで、街道に存在する宿場町の一つみたいだ。

「ん？」

そこで俺は外で動き回る兵士の姿を目に留めた。なおかつどこか慌《あわ》ただしい。

「行軍していた兵士は町を離れたはずだよな……？」

「この町にいる警備兵でしょうね」

ソフィアが俺と同じ方向に視線をやりながら応じる。

「馬や武装のチェックをしているようですね。あの様子だと、町を出るつもりでしょう」

「この宿場町にいる人ってそう多くはないだろ？　戦力になるのか？」

「兵をかき集めているのかもしれん」

オルディアの意見。近隣の町から首都へ兵を寄越すように指令が下ったか……しかも、こんな夜中に。

「ずいぶんと急いでいるよね。まるですぐにでも戦争を始めるみたいに」

ユノーが言う。性急な様子はこちらの不安を煽《あお》る。

「……ともあれ、まずは宿をとって状況確認だ」

それから駆け込みで宿に入り、どうにか部屋を借りることに成功。次に宿が経営する酒場へ。時間は深夜に至らないくらいだが、それでも客はカウンター席に一人、兵士らしき男性がいるくらい。ひとまず食事をしたいところだったが、まずは……。

「すみません」

席取りをオルディアに任せ、俺とソフィアはカウンターにいる兵士に話し掛ける。よく見たら彼の前には軽食と水。休憩中といったところか。

「ん、どうしました？」

応対は丁寧《ていねい》。ここぞとばかりに俺は尋ねる。

「町へ入る直前に行軍《こうぐん》する軍隊を見かけたのですが、何かあったんですか？　首都へ向かっているのですが、事情がわからないため不安で」

「ああ、あれですか。魔族討伐ですね。首都の東側に魔族が出現したためです」

「魔族が？」

傍らにいるソフィアがわずかに肩を震わせる。

「あの、この町の方々も首都へ向かいますよね？」

そして彼女が問う。すると兵士は頬をかき、

「そうですね、多少は。すみませんが、これ以上詳しいことは……」

仮に事情を知っていたとしても、さすがに冒険者風情《ふぜい》に教えてはくれないか。

ならば、別の質問をする。

「ここから首都へはあとどのくらいですか？」

「日の出と共に発てば、朝の時間帯には到着しますよ」

「そうですか、ありがとうございます」

礼を言って、俺とソフィアは兵士から離れオルディアが待つ席へ。

「どうだった？」

「魔族が首都の東側に現れたと。リエルの資料通りなら、王女が赴《おもむ》いて討伐するってことになるな」

「そして負傷か。俺達も参戦し、王女が怪我《けが》をしないよう立ち回るといったところか？」

「……本当に、そうでしょうか？」

ここでソフィアが声を上げた。

「魔族が現れ、首都の防備を盤石《ばんじゃく》にし、さらに討伐をするため兵を集める……ですが、こ

うした宿場町からも兵を集めている。少しでも戦力を増強するために」

「徴発にしても性急だよな」

沈黙が訪れる。とはいえ全員の心の内は一致している。

すなわち、それほど急がなければならないほどの何かが起きた。

「ソフィア、リエルの資料から考えてもこの戦いに王女が絡むことは確実だ。そうした中で、これほど急ぐのはどういうことだと思う？」

「……魔族襲撃が唐突であり、その防備を整えるという可能性もあります。しかし近隣の町から兵を呼び寄せるとは、さすがに変です」

彼女は難しい顔つきで語り始める。

「敵には翼の生えた悪魔もいます。しかも夜は魔族が動きやすくなる。そこへきて兵が移動……周辺の町が手薄になってしまえばそこを狙《ねら》われる危険性が高くなる」

「そういったリスクを冒してでも、兵を集めなければいけない理由がある」

俺の切り返しにソフィアは小さく頷《うなず》いた。

「リエルの資料からこの戦いにリーゼレイト王女が関与しているのは確実。最悪な状況としては――」

「王女が魔族の手に落ちた。それを救うために兵をかき集めている」

オルディアが結論を述べ……俺は一つ提案をした。

「使い魔で城の状況を窺《うかが》おう。兵士さんが言った距離からすれば、使い魔を用いてすぐに首都へ辿《たど》り着けるはずだ」

「ルオン様……お願い、できますか？」

「任せてくれ」

俺は返答し一度酒場を出る。そして外で使い魔を放ち、席へと戻る。

「ねえ、何かあるのならすぐに行動した方がよくない？」

ユノーがここで提言……なのだが、俺は首を横に振った。

「まだ推測段階でしかない。それに首都でバタバタしているのなら、俺達が接触しても門前払いを食らうだけで事情すら聞けないだろ。無闇に混乱させることになるかもしれないし、下手には動けない」

「最悪、私のことを明かして……と考えましたが」

グッ、と肩に力が入るソフィア。まだ大陸は人間側が不利な情勢。彼女の存在が公になれば、まずいことになるかもしれない。ここは堪《こら》えてもらうしかない。

「ソフィア、もし軍が魔族討伐に向かうだけなら、リーゼレイト王女は従軍するか？」

「だと思います。士気も高まるでしょうから」

「軍が深夜にも関わらず準備しているなら王女がいてもおかしくないな。ソフィア、王女の特徴は？　できれば遠目から確認できる特徴があれば」

「武器は魔法で作るため持っていません。普段からかぶとなどは被《かぶ》らないので金髪が目立つくらいでしょうか……瞳の色が深い紫なのも大きな特徴ですが、さすがに遠くから確認は難しいでしょう」

「わかった。それらしい人物がいたら報告させてもらうよ」

「お願いします」

――と、ここで一つ動きが。軍ではなくゲーム主人公、ラディに。

彼とその仲間は首都にいるが、城に入った。こんな夜更けに入城するのは、どう考えても変だ。

「……ともかく、今日は休み、明日に備えよう。日の出と共に宿を発てるようにしておき、使い魔で夜の内に軍が動くのがわかったら、都度対応――ソフィア、オルディア」

俺は二人に改めて尋ねる。

「魔族との戦いが差し迫っているようだ……介入する。いいな？」

「はい」

「いいだろう」

首肯《しゅこう》するソフィア達――特に彼女の顔は、どこまでも不安で満たされていた。

使い魔は城に到達し外部から観察し始めたのだが、結果として状況はつかめなかった。

とはいえ内と外でバタバタと準備に追われていることだけはわかったため、俺達は次の日すぐに出発しようと決めた。

そして翌朝、夜明けと共に首都を目標に定め出立。その道中で俺は軍が進軍し始めたのを確認。ただし、

「遠巻きに観察して王女らしい人物はいないな」

「ルオン様、軍には随伴していないと？」

「遠くから確認した限りでは、な」

さらに俺は別の使い魔から報告を受ける。ラディと彼の仲間が城を出たうえ都を離れている。しかも軍と同じ方角。

やはりきな臭い……どうにも引っ掛かる。

「ソフィア、一つ質問」

「はい」

「ソフィアのことを知る人間がこのジイルダイン王国にどの程度いる？　鉢合わせになるのはまずいから、どのくらい顔を知られているかで立ち回りが変わる」

「さすがに兵士の方々に顔は知られていませんが、上層部……王族や大臣クラス、さらに騎士団長や宮廷魔術師長、その周辺には知られています。あと、一度式典などに出席したことがあるので、もしかしたら貴族の方の中には憶《おぼ》えている人がいるかもしれません」

「城と関わり合いにならない方がいいな……軍とは距離を置くぞ」

問題は討伐の詳細がわからないこと。都に入っても満足に情報は得られないだろうし、一番効率がいいのは、ソフィアのことを知らないであろうラディ達から事情を得ることか。

偶然を装い彼らと接触し、どういう状況なのかを確かめる。ラディ達が軍と同じ方角に向かっていること、さらに昨夜城を訪れていることからも、核心となる情報を所持していると判断していいし、それがベストだな。

ただ初対面だから問題が起きるかも……ともあれまずは近づかないと。

「よし、このまま都を素通りしてまっすぐ魔族の拠点へ向かう」

俺の決定にソフィア達は一様に頷《うなず》く――都の東は森が広がり、さらに所々に崖なども存在する天然の要害。その奥にある砦《とりで》に、魔族が入り込んだようだ。

「どうしてそんな所に砦が？」

疑問を寄せたのはユノー。それに答えたのは、ソフィアだった。

「過去、ジイルダイン王国の東方に略奪などを繰り返す蛮族の領域があったんです。都が襲撃され疲弊してしまったことにより、当時の王様はそれを征伐するために森の中に強固な砦を築き、さらに長い戦いに備え陣を張った。年単位の戦いの末彼らは勝利し、この土地に都を構えたのです」

「ここを都にしたのは理由があるの？」

「年単位で戦っていたことにより、人や物、商業などが集結したためです。都が焼けてしまったことも理由にあったのでしょう。そこから区画整理などを行い、今の都が生まれたと」

「ほえー、なるほど」

解説の間に、俺達の横手に都が現れる。経緯からは考えられないほど整然とした形の都だ。

ただし城壁がない――いや必要ないというべきか。首都周囲は東側以外にやや遠巻きながら山が存在し、通り道を限定される。地理的に防衛しやすい土地なわけだ。

魔族側も、侵攻した際この要害に苦しめられたのかもしれない。だからこそ東側から攻めようとした。砦を占拠すれば都まで目と鼻の先だ。ジイルダインからすれば、喉元にナイフを突きつけられた形となる。

国側だって砦を利用して防衛していただろうけど……なぜ奪い取られたのか。この辺りは詳しい事情を聞かないことにはわからないか。

とにかく、俺達は突き進む。森に入り込んだタイミングで、軍がいよいよ砦へ接近しようとしていた。

ラディ達とはまだ距離がある。情報を得るためにも彼らに接触すべきだが、こちらに敵意がないことを示すにはどうすべきか。

案としてはリーゼレイト王女のことを引き合いに出すとか……王女を知るソフィアもいるし、それならなんとかなりそうか？

思考していた時、砦《とりで》から魔物が現れた。赤銅《しゃくどう》色の皮膚と人間と比べて二回り大きい体格を持った、棍棒《こんぼう》を持つ鬼のようなビジュアルの敵。

間違いなくこれは『オーガ』だ。ゲームにおいてＨＰ《ヒットポイント》が高く攻撃力もあり、棍棒による吹き飛ばしも備えている……が、魔法全般に弱い。

中盤以降に現れる敵であることは間違いない。軍がどの程度の能力を持っているのか不明だが、一般的な兵士なら相当苦戦するに違いない。

使い魔で上空から観察していると、軍側にも変化が起きる。槍兵《そうへい》を先頭にしながらその一列後方に鎧《よろい》を着て杖《つえ》を握る面々が。

「ソフィア、ジイルダイン軍を観察する使い魔が、杖を持つ鎧装備の人間を捉えたぞ」

「宮廷魔術師団ですね」

兵士だけでは厳しいと判断したようだ。

森の中で総数を把握しにくいが、人間側は相当な人数を配置しているのはわかる。それに威嚇《いかく》するような構えを示す魔族側……にらみ合いの様相だが、ジイルダイン軍はどうするつもりだ？

そこで、使い魔は別の軍を捉えた。砦からやや離れた位置に、小隊程度の騎士と宮廷魔術師がいる。どうやら森のあちこちにそういう面々がいる。魔物に包囲されないように牽《けん》制《せい》役の小隊が複数存在……ラディ達もその一つなのか？　いや、彼らは小隊どころかたった三人で森の中にいる。他とは役割が異なるか――

ここで、森の中に響く爆音。魔法を使ったようだ。

「……今のは？」

「戦いが始まったのだろう」

ユノーの言葉にオルディアが反応。

「森の中であるため、本軍の周囲に隊を展開。本軍が横や背後から襲われないようサポートしている面々が戦闘を始めた……そんなところか」

正解だ。本軍は音が響いても一切反応しない。そして魔物達も……前哨戦《ぜんしょうせん》といったところか。

その中でこちらはどうするか……と、ラディ達も魔物と遭遇した。

直後、ラディが手に持っている――杖をかざす。彼は主人公の中で唯一の魔法使い。杖先から放たれたのはどうやら雷属性下級魔法の『サンダーボルト』――パアンと盛大な音が周囲に響き、それが比較的近かったためか、ソフィアが指差した。

「あちら、ですね」

「行くか」

オルディアも呟《つぶや》く。俺も「ああ」と同意し、ユノーが懐《ふところ》へ入り込んだのと同時に森の中を駆ける。ラディ達との遭遇。果たしてどうなる――

それほど経《た》たずして戦場に到着。二人の剣士と一人の魔法使いが戦っていた。

目標が明確になった瞬間、ソフィアとオルディアがさらに速度を上げる。魔物はオーガとは異なり、ゴブリン種――黒い皮膚を持つ『ブラックゴブリン』で、ゲーム中盤の雑魚《ざこ》敵。ソフィア達なら難なくあしらえるレベルだ。

よって俺は魔法で杖《つえ》を作りながら戦況を観察する。二人の剣士――片方は二十代半ばくらいで、鉄鎧《よろい》を着込んで盾《たて》を持つ、この場にいる誰よりも長身の男性。短い黒髪は立つくらいのもので、戦闘の最中に窺《うかが》える横顔からは三白眼がはっきりと見え、やや強面《こわもて》といった案配。

それに対しもう片方の剣士は身長が低めかつ線も細い。耐刃製と思《おぼ》しき茶色い衣服で身を固め、回避優先の装備なのだとわかる。

髪色は金――正確にはより黄色の髪という表現が近しい。それを後ろで無造作に束ねており、中性的な印象を与える。

残る一人、剣士に守られるように立っているのは青い髪を持つ魔法使いの男性。彼こそラディで、着ている法衣の色は白く、年齢は十代終わりくらいか。顔立ちは非常に爽やかで、愛嬌《あいきょう》があると言った方がいい。

そうした面々がゴブリンと向かい合い、打ち合っている——剣術の技量についてはわからないが、ソフィア達なら間違いなく瞬殺するし、魔力を生かした戦いでは俺達に劣るようだ。

俺達の出現に対し、ラディや剣士二人は気付いた様子——だが、敵が前にいるので振り向くことはない。

そこへソフィアとオルディアが入れ替わるように前に立ち、オルディアは二振りの剣でゴブリンを薙《な》ぎ払う。ソフィアも素早く剣を構え縦に一閃《いっせん》。攻撃は一瞬。ゴブリンは斬撃《ざんげき》を受け、あっさりと消滅。

さらに後方から来るゴブリン——とはいえソフィア達ならば楽勝だった。明確な技や魔法を使うことなく双方剣だけで魔物をいなし、数分足らずで襲い掛かってきたゴブリンを全滅させた。

砦《とりで》にいる魔族がどの程度魔物を散らしているかわからないが……周辺から戦闘音などもしないので、近くに敵はいなくなったと考えてよさそうだ。

「大丈夫か？」

ラディに問う。相手はきょとんとした眼差《まなざ》しを向け、

「……身なりからすると、正規軍じゃないよな？」

逆に聞き返してきた。俺は頷《うなず》き——どう説明しようかちょっとだけ考え、

「騒動があると聞きつけ、こうして駆けつけたんだよ」

そう答えるとラディは驚いた様子。

「わざわざ首を突っ込みに来たのか」

「理由はあるよ。この国の偉い人に世話になったことがあるから」

「それは、王族絡みで?」

王族——その単語が出るということは、やはり王女が関わっているのか。

「そう解釈してもらって構わないよ」

「わかった。ありがとう。俺の名はラディ＝ディアモンド。今回軍の中で戦いに参加させてもらっているしがない魔法使いだ」

彼は感謝を述べながら俺に自己紹介した。

「あっちは仲間のネストル＝イバーツとシルヴィ＝エクアス」

三白眼の戦士がネストルで、金髪の剣士がシルヴィだ。双方ともソフィア達に礼を述べながらも、周囲を警戒している。

「俺はルオン＝マディン。他は仲間のソフィア＝ラトルとオルディア＝ターゲート」

「そしてあたしは天使のユノー」

間髪容《かんはつい》れず俺の懐《ふところ》から飛び出す天使。すると、

「……ルオン？　そして、天使……」

ん？　何だ？　疑問に思った矢先、シルヴィが声を上げた。

「ルオン＝マディンだと？　大陸中央部の戦いの後、こちらにやってきたのか？」

声は中性的なものの……実際は女性。ゲームでシルヴィは最初シルトと名乗り男装していたはず。しかしラディがシルヴィと紹介していることから、女性だとバレるイベントは既に行っているようだ。

また、さっきの発言から察するに、俺の名を聞いたことがあるらしい。故郷で魔物討伐とかやったからな。その噂《うわさ》を耳にしたか。

「ああ、魔族との戦いを終え、こっちに来た」

「ふうん、そうか」

シルヴィは興味ありげにこちらを一瞥《いちべつ》し、

「想像していた人物像と違うな。『天の剣士』なんて名を持っているのだから、もっと豪華絢爛《けんらん》なイメージを持っていた」

「──待て」

聞き咎《とが》めて俺は彼女の声を制した。

「ちょっと待て、なんだ『天の剣士』って？」

「は？　どうして当人が異名《いみょう》を知らないんだ？」

逆に質問される……おいおい待てよ。一体いつの間に二つ名ができたんだ？

「ほう、異名なんてできたんだね。有名になった証拠かな」

のんきに反応するユノー。そこで畳み掛けるようにラディが笑みを作り、

「一度会いたいと思っていたんだ。魔族に挑む胆力と、何より魔を打ち払う光の剣……そして傍《そば》にいる天使様。うんうん、本物で間違いないな」

「え、あたしのことも知ってるの？」

「君は共にいる相棒だろ？　だからこそ『天』なんて言葉が使われているわけだし」

その言葉に、ユノーは眉根を寄せた。

「相棒……っていうより、あたしが主人なんだよ」

「お前、封印されていた遺跡にまた押し込めてやろうか」

ツッコミにベーッ、と舌を出す天使。俺はため息をつき……話を戻す。

「と、ここまでにしよう。ラディさん、俺達は首を突っ込んだ形ではあるが、魔族を打倒する意志がある。よければ協力する」

俺のことを知っていたのならあっさりと同意するか……？

提案にラディは沈黙した。その様子から、今回の戦いにただならぬものがあるように感じられる。

「何か、あるんですか？」

不安げにソフィアが訊《き》く。この場でもっともリーゼレイト王女のことを心配する彼女は、ラディの言動から厄介事《やっかいごと》があると直感したらしい。

するとラディは彼女を見返し、

「……所定の位置へ移動する間に説明しよう」

「いいのか？」

確認するようにシルヴィが問う。まだ俺達に懸念《けねん》を持っているか――

「ルオンさん達が強いのはさっきのでわかったしな。それに俺達だけでは不安があるってシルヴィも言っていただろ？」

「そうだが、信用するのか？」

「ルオンさんのことを知っていて偽物になりすましていても、さすがに天使様まで真似《まね》るのは難しいだろ」

使い魔を使えばどうにか……いやでも、確かに再現は難しいか。シルヴィも「まあそうかな」と言葉をこぼし、納得した様子。そしてネストルもラディに従うつもりのようだ。

ひとまず、俺の名とユノーの存在により信じてもらうことはできたか。

そしてラディは俺達に対し森の一方向を指差し、

「では行こう。俺達は軍とは異なる指示を受けている。その協力をお願いするから、ついて来てくれ」

ラディ一行と共に森の中を進む。どうやら砦《とりで》の右側面に向かって進んでいるようだ。

「……俺達の目的だが、まず口外しないように頼む」

ラディの要求。こちらは頷《うなず》き、

「ああ、約束するよ。ユノーもいいな？」

「何であたしに訊《き》くの？」

「釘《くぎ》を刺しておかないとうっかり喋《しゃべ》りそうだからな」

「ルオンに言われなくてもしないっての。それでラディさん、どうしたの？」

「──あの砦に、リーゼレイト王女がいる」

言葉の直後、隣を歩くソフィアが小さく息をのんだのがわかった。どうやら予想した通りの展開らしい。

「つまりこの討伐は王女奪還作戦だ。国としては是が非でも勝利しなければならない……その中、いくつか仕事を引き受け魔物に対し功績を上げていた俺達に依頼が来た」

俺はラディのことを使い魔で観察していたが、あくまで遠巻きに窺《うかが》っていた程度でどう活動していたのか詳細はわからないが……彼はこのジイルダイン王国で仕事を続け、結果的に王女奪還作戦で他の面々とは異なる役割を与えられるくらいに信用を得たわけだ。

「なぜ王女がこの砦に？」

オルディアの問い掛け。そこでラディは順に説明を始めた。

「偶然王女がいた時に襲撃されたと解釈すべきか。元々魔族の侵攻に際し、砦には多数の兵がいた。王女はその陣中見舞いのために訪れた」

その時に、魔族が襲撃――ってことか。偶然ではなく、城側にスパイがいて情報をつかんでいたのかも。

「王女が訪れていた間に魔物が集中攻撃を行い……それを聞いた国側がすぐさま準備を整え、今日攻撃を仕掛けた――」

と、そこで彼は拳《こぶし》を握り締め、砦のある方角へ顔を向けた。

「王女を救うことは急務であり、また極悪非道な魔族達を成敗しないといけない！　ルオンさん、卑劣極まりないやつらの暴虐を止めよう！」

……ああ、思い出した。この暑苦しい感じが彼の特徴だ。

魔法使いでありながら熱血漢――これが彼の性格である。ゲームにおいてこれは他の主人公とは異なる性格付けをする意味合いと、シナリオの要素に関わっていた。

ゲームでラディ以外の主人公はシナリオの過程で魔族と戦う理由を見出《みいだ》すことになるが、彼はそういうのが非常に希薄であり、正義感を第一理由としている。

元々五人の主人公のシナリオにはそれぞれコンセプトが存在し、フィリの基本方針は『王道シナリオ』で、エイナが『悲劇的なヒロイン』をイメージしたところから始まったと設定資料集にあった。アルトは『巻き込まれ系主人公』でオルディアが『種族の狭間《はざま》に生きる存在』だったかな？　その中、ラディはコンセプトがなかった……いや、あえて作らなかったようだ。

他の主人公と異なり彼は『自分の意思で好きなように旅ができる』という特徴がある。メインシナリオによる制約がある他の主人公と違い、全てのサブイベントに関わることができ、事件があれば彼は持ち前の正義感により首を突っ込む……それが基本的な流れであった。

ちなみに、こういうキャラは嫌いではないがちょっと苦手……まして現実に迫られてはなおさらだ。

「王女を助け、魔族を全て倒すこと！　これこそ俺達に与えられた使命であり――」

「落ち着けって」

ネストルが剣の柄で彼の頭を小突く。

「すまんなルオンさん、こいつは一度演説を始めたら止まらないんだ」

「ああまあ、別にいいけど」

「ラディ、急がなきゃいかんのはわかるが、軍と呼吸を合わせるんだ。突っ走っても失敗するだけだぞ？」

仲間のネストルが彼を制御する役目らしい。隣ではシルヴィが二人のやりとりを眺め苦笑している。彼女は一歩引いた立ち位置か。

　ネストルは本来、俺の師匠であるイーレイが暮らすガーナイゼで仲間になるキャラで、防御面に優れている守備重視の戦士だ。魔法防御もそこそこあるため、魔法攻撃が多くなるシナリオ後半も有用。なおかつ固有スキル『盾回避《たて》』を所持。これは盾を装備していた場合通常よりもダメージを減らす効果がある。

　一発の火力はないが堅実で、愛用するプレイヤーも多かった……そしてシルヴィは攻撃重視なので、ラディが後方で魔法を使い、ネストルが彼を守りつつ迎撃。そしてシルヴィが遊撃……それぞれの特性を考えれば、こんな役回りだろうか。

「襲撃から、あまり時間は経《た》っていないようですね……ラディさん」

　ここでソフィアがラディへ確認する。

「まだ内部に兵士はいるのですか？」

「外で魔物が軍を迎え撃っている以上、砦《とりで》は制圧されたと解釈していい。ただ王女の生存については魔法で確認している」

　――生存していると確定しているからこそ、軍が動いたか。魔族は王女を生かして誘ったか、あるいは生かしておくこと自体、別に目的があるのか。

　状況は理解できた……が、疑問が一つある。

「王女が捕まっていることを口外しないようにと言ったが、そこについては公にはなっていないんだな？」

「そうした事実が周知されると城も町も浮き足立つと判断したようだ」

なるほど……とにもかくにも、王女存命なのがわかっただけでも良かった。もっとも、心身共に健康な状態なのかについては……これぱかりは祈るしかない。

「俺達は砦内《とりで》にある脱出通路を逆走し、王女を探すことになっている。中の構造は頭に入っているから、心配はいらない」

「王女を救出し、速やかに脱出か？」

こちらの問いにラディは頷《うなず》き、

「ひとまずは」

――さっきも言っていたが、魔族を倒したいみたいだな。現状は王女救出が優先だけれど、成敗したくてウズウズしているみたいだ。

そんな様子からネストルがまた「落ち着け」となだめる。苦労してそうだ。

「もし魔族と王女が一緒にいた場合は？」

次はオルディアから。するとラディは強い語気を伴い、

「当然、魔族を叩《たた》き潰《つぶ》す」

王女を逃がす方が先かと思うが、その想定だったら俺も魔族を倒すか……人数もいるし、状況に応じて立ち回ればいい。

　ともかく、今は一刻も早く……と、ラディが立ち止まった。

「ここだ」

　森の一角。砦からやや距離があり、周辺に魔物はいない。

　地面は枯れ葉などで覆われており、周囲の木々に怪しい点はない。となると物理的な仕掛けではなく魔法を使うのか。

「どうするんだ？」

　ラディに訊《き》くと、彼はまず懐《ふところ》を探る。

　取り出したのは一枚の札。タロットカードくらいの大きさで、表面に青い字で何やら書いてある。

「符術、ですか」

　ソフィアが指摘。ラディはゆっくりと頷き、わずかな詠唱を行う。すると札に変化が現れ……一羽の鳥に。

　それがバサリと翼をはためかせ空へ。連絡用の使い魔か。

「ねえねえ、ルオンの使い魔とは違うの？」

　ふいにユノーが尋ねてくる。

「単に使い魔を生成するやり方が違うって話。能力自体は俺と似たようなものじゃないかな」

――俺はゲームに登場した魔法を中心に扱うが、無論それ以外にも存在し、符術もそのうちの一つだ。予《あらかじ》め魔力を込めた札を準備し、いざという時に取り出し利用する。札を用いることで魔法の威力が底上げされるなど用途は色々あるが、基本的に魔力を補うための技術なので、俺は必要じゃないし使わなかった。

ラディの場合は使い魔を作る魔法を予め仕込んでおいて、今使った。その役目は――遠くから喚声が聞こえ始める。それが砦《とりで》の真正面にいるジイルダイン王国軍本隊のものだと、上空にいる使い魔を通して俺は理解した。

「本隊が奮戦する間に、王女を救出か」

オルディアが声の聞こえる方角に首を傾けながら呟《つぶや》く。

「本当なら、本軍だけでどうにかしたいんだろうけどな」

ラディは返答しながら手に握る杖《つえ》を振る。すると地面の一角が光り、ゴゴゴと音が生じた。

そうして現れた地下への階段。ラディは一度階段を覗《のぞ》き、

「よし、突入しよう」

声と共に、全員が下り始める――シルヴィとネストルが先頭。次いでラディが明かりの魔法を使用し、周囲を照らした。

階段を下りきり、俺は立ち止まる。明かりがギリギリ届く位置。暗闇に、人間とは異な

る存在を確認——ゴブリン——

「敵だ！」

叫んだ直後、通路に存在していたブラックゴブリンが突撃を始める。それも一体や二体ではない。文字通り大挙して押し寄せ、ラディ達はあまりのことに対応が遅れた。

「——光の、剣よ！」

そこで俺は『デュランダル』を発動させ、ゴブリンを迎え撃つ！

先制の一薙《な》ぎが前にいたゴブリンを等しく消し飛ばす。斬《き》ったことにより光が弾け、悲鳴も上がる。これにより、今度はゴブリン側がたじろいだ。

そこへソフィアとオルディアが肉薄する。ソフィアは『エアリアルソード』で奥にいるゴブリンまで吹き飛ばし、オルディアは一太刀で敵を次々滅していく。そこへ俺が追撃の『ホーリーランス』を放ち、一体に着弾。青白い光が衝撃波を成し、周辺にいた敵をも巻き込んだ。

また光の槍《やり》によって一瞬だが魔物の全容が窺《うかが》え——ユノーが叫ぶ。

「ちょ、ちょっと!?　いくらなんでも多すぎない!?」

驚くのも無理はないほどの数……だが本質的な問題はそこじゃない。

ここは秘密の脱出路だ。そこに大量の魔物……どう考えても待ち伏せしていた。

例えば秘密の通路に魔物を配備した……としても、これだけの数を待機させるのはあり得ない。この通路を使うことを相手が察知していたに違いない。もしそうだとしたら――考える間にソフィアとオルディアが存分に魔物を倒していく。ラディ達もここで硬直が解け、すぐさま対処に移った。

ラディが明かりを動かし通路奥を照らす。すし詰めとまではいかないが、かなりの列を成して魔物が存在しており……ラディは叫んだ。

「一度退《ひ》くか⁉」

「ラディさん、他の道は？」

尋ねると、彼は首を横に振る。

「教えられたのは、この通路だけだ」

「なら、一つしかありませんね」

ソフィアが声を発しながらゴブリンを斬《き》り飛ばした。

「進むしかありません……王女を救うためには！」

「ま、そういうことだ」

俺は杖《つえ》を握りしめながらラディに言う。

「俺達がひとまず前に立って戦う。砦《とりで》の案内は頼むよ」

「大丈夫か？」

「ここしか道はないんだ。とにかくやるしかないさ」

決して無茶な話ではない。新たな武具を得たソフィアとオルディアの能力はゴブリンに対し圧倒的。オーガが相手でも同じだろう。魔物の強さから砦にいる魔族の力もある程度推察がつくし、ここを突破できればどうにかなる。

「わかった。ネストル、シルヴィ、それでいいか？」

「戦うしかなさそうだな。俺も従うぜ」

「ボクも構わない」

承知したラディ一行。なし崩しに俺達が主導権を握ってしまったけど、あとでフォローすべきかな？

ともあれ、今は王女奪還だ。俺はソフィアとオルディアに指示する。

「俺は援護に回るから、存分に斬ってくれ」

「わかりました」

「承知」

走る二人。その間に俺は明かりに照らされたゴブリンに目を移す。

いくら魔族が作れるとはいえ無限とはいかないはずだし、新たに作成するにも時間は必要だ。つまり一気に突破さえすれば増援の心配はほぼない……王女のことを含め、時間との勝負だな。

それはソフィア達も認識しているのか、凄《すさ》まじい速度でゴブリンを屠《ほふ》っていく。まさしく一撃一殺であり、ゴブリンは抵抗しようと試みているが反撃するチャンスさえない。

俺は二人の死角などに存在する魔物に狙《ねら》いを定め、不意を突かれないように対処。散発的に魔法を放つだけで十分であり、みるみるうちに数が減っていくゴブリン。内心俺は驚くばかり。

そこへラディ達も加わりさらに数を減らす。俺が考えた通りネストルが迫り来るゴブリン達に対応。剣と盾《たて》でいなし、ラディが魔法で仕留めていく。

その連携は、見事なものだった。ラディは雷撃や炎の槍《やり》でゴブリンを的確に狙い、また下級魔法にも関わらず威力も十分ある……これは彼が技術的に練り上げた証拠だ。

そしてシルヴィは時に二人の援護、時に一人でゴブリンを倒すなど、まさしく遊撃的な役割。しかもネストルと違い俊敏で、ゴブリンはそれについていけない。

ソフィアやオルディアほどではないにしろ、迎撃速度はなかなかのものであり……俺達の猛攻により列を成していたゴブリンはあっという間に消え失せた。

「おお、早いねえ」

ユノーが感想を述べる。彼女の言う通り、通路侵入からそれほど時間は経過していない。

「よし、先へ進もう。まだゴブリンがいるかもしれないから、警戒は怠らないように」

指示にオルディアが頷《うなず》き、率先して前に。そこから魔物がいないかを確認しながら通路を進む。

どこかに潜伏しているか……などと予想していたが、襲い掛かってきた敵で終わりだったのか、あっさりと奥にある壁まで到達した。

「ちょっと待ってくれ」

ラディは右手をかざして詠唱を行い……すると魔法陣が浮かび上がり、壁が動いた。

他の面々は武器を構える。さらなる敵がいる可能性は極めて高い――が、壁の向こう側、小部屋には誰もいなかった。

「ゴブリンで終わりだったか、それとも他の所に戦力を回しているのか……」

「後者だとしたら、好都合だ」

俺の呟《つぶや》きにラディは告げ、小部屋にある扉を指差す。

「案内は俺が」

「王女がいる場所の候補は？」

「砦《とりで》の中央部にある牢屋《ろうや》か、上部にある会議室じゃないかと騎士は言っていたが、ここからは探索しないといけない」

「わかった。先頭は俺達でいいのか？」

「構わない」

承諾を得たので、オルディアと俺が前に。こっちは武器を杖《つえ》から剣に変更して扉に手を掛け、まずは聞き耳を立てる。

音は聞こえず。どうやら魔物はゼロ。周辺にはいないのか？

「ラディさん、このまま扉を抜けると廊下に出るのか？」

「ああ」

「その場合、どう進めばいい？」

「えっと、左右に通路が延びているから――」

「確か右だ」

そう発言したのは、シルヴィ。

「左の通路が外へ向かうもので、右が砦《とりで》の中を進む」

「わかるのか？」

「ラディよりはよっぽど記憶しているぞ」

……ラディが駄目というより、シルヴィの記憶力がいいって解釈の方がいいのかな？

ともあれ、右だな。俺は頷《うなず》き、扉を開く。

飛び出ながら剣を構える。扉の向こうに魔物はいない。外の軍を食い止めるためいないのか……爆音や怒号が左の通路から聞こえてくるため、陽動に引っ掛かっているのかも。

「魔物はいないぞ」

「なら先へ」

ラディの言葉に俺とオルディアは足を右へ向ける。それにソフィアが続き、ラディ達も追随する。

脱出路にあれだけ魔物がいたのに、ここにいないのは違和感もあるが……とっとと進んだ方がいいのは明白――

『あれだけいた魔物を排除したか』

そこで声が響いた――背後から。

立ち止まって振り返る。姿がない……いや、待て！

「ルオン、影が動いてる！」

ユノーの指摘に対し、壁際の一角に変化が。突如影が伸び始め、それが形を成し黒マントで体を覆った魔族が現れた。

顔には黒と対局に位置する白い仮面をかぶり、砦の中で一際奇妙な印象を与える。

「お出ましか」

「侵入した兵を待ち伏せするような役目だな」

オルディアが鋭く呟《つぶや》いた。すると相手――魔族は肩を揺らす。

『察しがいいな、その通りだ』

魔族が立つ周囲の影がわずかに伸びる。俺達が全員警戒を示した矢先、影の中からブラックゴブリンが姿を現す。

「やれやれ、倒さないとどこまでも追ってきそうだ」

ここでいち早く判断したのは――ラディ。

「ルオンさん、先に行ってくれ」

「俺達が？」

「砦《とりで》の奥にいる敵の方が強いだろ。通路の戦いから考えても、ルオンさん達が適任だ。ネストルは俺と共にここで迎撃。シルヴィ、ルオンさん達の案内を頼む」

「ちょっと待て、二人で戦うのか？」

ゴブリン達がにじり寄ってくる。数はさっきと比べれば大したことないが、魔族もいる。二人で対抗できるのか。

そこまで考えると、俺は一つ決めた。

「オルディア、ここでラディ達と共に戦ってもらっていいか？」

「俺は構わない」

「大丈夫なのか？」

ラディが問う。その間にも敵がにじり寄ってくる。

「ああ、それよりもラディが心配だしな」

「……助かる」

魔族と対峙《たいじ》するラディとネストル、そしてオルディア。残る面々は俺を含めラディ達に背を向ける。

「死ぬなよ」

「そっちこそ――そら魔族よ！　行くぜ！」

声を耳にしながら走る。シルヴィの案内に任せ、俺達は砦の中を突っ走る。

それと同時、砦の窓際に一羽の鳥――俺の使い魔が降り立った。戦場を観察していたそれを、ラディ達の戦いに注ぐ。もし危機に陥れば、すぐ戻れるように――

最初に仕掛けたのはラディ。杖《つえ》の先から生まれたのは雷《かみなり》――おそらく下級魔法の『サンダーボルト』だ。

それを影へ向け真っ直《す》ぐ放つ――弾ける音と共に雷は直撃。しかし、

『この程度の攻撃が、通用すると思うのか？』

影の魔族はビクともしない――が、ラディとて本気で攻撃したわけではないだろう。挨《あい》拶《さつ》代わりの一撃か。

魔族は一切動かないままブラックゴブリンがラディ達へ迫る。そこでネストルとオルディアが迎撃を開始した。ゴブリンの数は全部で八体。二人でこれをさばききれるか。

先に剣を振るったのはオルディア。二振りの剣閃《けんせん》が敵を捉え、その体を薙《な》ぐとゴブリンはしわがれた悲鳴を上げながら地面に倒れ伏す。

魔族が従えているゴブリンも、隠し通路で遭遇した者と強さは変わらないようだ――と

なればオルディアの剣戟《けんげき》はいとも容易《たやす》く魔物を突破し、魔族を討つはず。

しかし、

『舐めるなよ、小僧』

影が徐々に魔族の周囲を侵食していく。床が黒に染まり、そこから棘《とげ》のようなものがいくつも出現し始める。

もし踏み込めば串刺しになる。つまり接近できない。ならばと、オルディアは地面に剣を走らせる。

長剣技の『流地剣』だ。これならいけるかと最初思ったが、白き衝撃波は黒に触れた瞬間、爆《は》ぜて消えてしまう。

『我が闇には効かん』

吐き捨てる魔族。ならばラディの魔法——しかし彼にはゴブリンが殺到する。

「はっ、残念だが狙《ねら》わせないさ！」

途端、ネストルが吠《ほ》えた。ラディの前に立ちはだかり、盾《たて》を構え受ける体勢に入る。

彼はラディを守る役割だが、押し寄せるゴブリンに対し果たして——直後、襲い掛かってきたブラックゴブリン一体を盾で弾き飛ばした。

次いで剣戟がゴブリンの腹部を直撃。これで狼狽《うろた》えた相手だったが、ネストルは追撃せず次に迫る二体を盾と剣で押し返す。威力もあったか、ゴブリンは衝撃により床に倒れた。

　そこでオルディアが側面からブラックゴブリンの群れを斬《き》り始め、ネストルは盾と剣でゴブリンの攻撃を防いでみせる。

　まさしく堅牢《けんろう》……派手さはないが堅実であり、剣と盾を駆使して敵を食い止めるのは、相応の技術を持っているからだ。ラディと共にいたことで彼もかなり成長したのか。

　そしてオルディアがブラックゴブリンを撃破していく……一方の魔族は、警戒はすれどまったく動かない。

　程なくしてゴブリンを殲滅《せんめつ》……が、魔族はラディ達をなおも観察するだけ。

「どうした？　ビビったか？」

　ラディが問う。どうやら杖《つえ》の先に魔力が存在しているようで、魔族からすればいつ何時魔法を放つのかと注意を払っているだろう。ゴブリンも倒したし、味方側が優勢か。

　とはいえ、攻めあぐねているのも事実。魔族の影から地面を浸食する光景は恐ろしげであり、オルディアやネストルは接近できない。長期戦となればさらに浸食するだろうし、なおかつ敵の援軍も……もしや、それが狙いか？

「挑発には乗らないか……ま、いずれにせよ終わりだ」

　ラディの宣告。それに魔族は反論する様子だったが――先に、彼が叫んだ。

「光の世界よ――大地の楔《くさび》となり――敵へ見せしめよ！」

次の瞬間、敵の足下が輝く――これは光属性中級魔法の『シャイニングアース』。対象者を中心に光を形成する攻撃魔法だが、おそらく今回は別に狙《ねら》いがある。

『ほう、魔法で我が影を打ち消そうと考えたか』

魔族が反応。魔法で影を塗りつぶせばオルディア達も攻め込むことができる……けれど光は影に飲み込まれ始める。押し負けたか？

『わかっただろう？　その魔法で私をどうこうすることはできんよ』

「そう思うか？」

ラディが不敵に笑う。光は影に浸食され力を失っていく――かに見えた。

刹那《せつな》、彼は杖《つえ》で地面を叩《たた》く。魔族の足下にあった光が一際強くなり、今度は影を覆い始める。

『何？』

予想外だったか魔族が呟《つぶや》く。それにラディはさらに杖を打ち、

「行けっ！　二人とも！」

さらに光が強くなったと同時、影を飲み込む！

『ぬうっ！』

魔族は抵抗を試みたようだが、どうやらラディの魔法の効果が上らしく戻らない。魔法に魔力を一気に注ぎ込むことで、魔族の反撃を防いだ。

そこへオルディアとネストルが迫る――口火を切ったのはネストル。剣は綺麗《きれい》な弧を描き上段から魔族の体に当たる。

『ぐうっ!』

呻《うめ》く間に追撃の横薙《な》ぎ。さらに斜めに一閃《いっせん》し、魔族を大いにたじろがせた。

今のは長剣中級技の『三段斬《ぎ》り』だ。それほど威力は高くないが隙《すき》もあまりなく、ネストルはしかと魔族にダメージを食らわせた。

さらにオルディアが魔族へ肉薄。まずは挨拶《あいさつ》代わりの一太刀を浴びせ、魔族の動きを縫い止める。

次いで彼が握り締める両手の剣が、一挙に魔族へ殺到する――五連撃『エッジフラッド』だ。

魔族は回避する素振《そぶ》りすらなく、それをまともに受ける……いや、少し違う。魔族の足下に白い光が。ラディが拘束しているのか!

魔族は声すらなくし、オルディアの剣戟《けんげき》を受け続ける。こうなってはもう術《すべ》はない。最後の刺突が相手の胸部を刺し貫き――しかし魔族はまだ滅びない。

「オルディアさん!」

ラディの呼び掛け。すぐにオルディアは察し、一歩引き下がる。

次の瞬間、魔族の足下にある光がその体を包み込んだ――!!

『ガ――』

声のような音を発した魔族は、光に包まれ一瞬視界から消え……清浄な光がその体を通り抜けた時、影はなくなり魔族の体はボロボロと崩れ落ちた。

「見事だ」

オルディアが称賛。けれどラディは首を振り、

「そっちの攻撃がきっちり決まったからだよ。俺とネストルじゃあ仕留めきれなかったかもしれない――」

言いかけた時、砦《とりで》の入口方向から逆走する魔物、ブラックゴブリンが。しかもその数は、ずいぶんと多い。

「援軍か？」

「魔族が滅ぶ前に呼んだのだろう」

ネストルの疑問にオルディアが剣を構え直しながら応じる。

「奥からどんどん来るな……ここは処理した方がいい」

「確かに、逃げてどうにかなりそうな数じゃないな」

ラディが魔力収束を始める。ネストルも戦闘態勢に入り、魔物に向かう――

それと同時、俺達にも大きな変化が訪れた。

ラディ達が戦う間もブラックゴブリンと戦闘はあったが、いずれも難なく退けている。けれど砦の奥まで来て、今度は棍棒《こんぼう》を持つオーガと遭遇した。

「数は三体か」

シルヴィが警戒を滲ませ呟《つぶや》く。

「一人一殺でいくか？　それとも協力？」

「まずは一体、確実に倒しましょう」

ソフィアの言葉にシルヴィは「わかった」と了承。同時、オーガが棍棒を掲げながら地響きのような足音と共に襲い掛かってきた！

即座に彼女達も反応――ソフィアが左でシルヴィが右。振り下ろされた棍棒は空を切り、ソフィアが的確に右腕を剣で薙《な》いだ。

切断とまではいかなかったが、それによりオーガは叫び声を上げる。そこへシルヴィが左足に斬撃《ざんげき》を叩《たた》き込み、さらなる悲鳴を絞り出す。

そこへ、ソフィアが――ふわり、と跳躍しオーガの首筋に剣を、決めた。

首から上が胴体から離れる。あっけなくオーガは消滅し、シルヴィは「さすが」と小さく声を上げた。

その間に二体目が彼女へ迫る。ソフィアはまだ援護できない状況だが……と、シルヴィは一体目に仕掛けた勢いそのままに突っ込んだ！

無謀だと最初は思ったが、オーガが反応するより先に懐《ふところ》へ潜り込んだ。こうなると棍棒《こんぼう》を持たない左腕の攻撃が怖いが、図体がでかい分動作が緩慢なオーガより先に攻撃すればいいという魂胆か。

おそらく仕掛けるのは乱舞技の類《たぐ》い……オーガにシルヴィが剣を入れる。最初の斬撃《ざんげき》が決まり――

そこからは、一瞬の出来事だった。

例えばオルディアの『エッジフラッド』は連撃をきっちり決めるだけでなく、威力を十分に乗せるよう努めている。単発技と比べれば当然威力は落ちるが、一撃が剛胆と称するくらいに勢いがあるのは確かだ。

翻ってシルヴィのそれは、威力ではなく紛《まが》う方なき速度を重視するもの。質より量、というより彼女の場合は速度を重視した結果威力が増した……そんな風にも感じられる。剣風すら生じ彼女の剣がオーガへと叩《たた》き込まれる。ソフィアが驚き凝視するほどの豪快さで、オーガは衝撃によって何一つできないまま剣をその身に受け続ける。

そしてトドメの振り下ろしが決まり――オーガは倒れ伏し、消滅した。

残る三体目は――俺が『ホーリーランス』を放つことにより対処。青き光の槍《やり》はオーガの脳天を貫き、首から上を吹っ飛ばす。

これで撃破。即座にシルヴィが先導し歩を進める。

「もうすぐ到着する……あとは、運だな」

シルヴィが呟《つぶや》く。確かに運――リーゼレイト王女が本当に無事かどうかは、俺にもわからない。

他の状況は……ラディ達はブラックゴブリンに問題なく対処し、さらに外にいるジイルダイン王国軍も優勢となってきた。魔族を撃破し砦《とりで》の中で魔物を倒しているため、敵側も統制がとれなくなってきているのかもしれない。

ここで外からさらなる怒号が。そうした中でシルヴィの記憶を頼りに突き進む。

やがて、
ふいに立ち止まった。一枚の鉄扉。彼女は聞き耳を立てた後、ドアノブを回す。

「牢屋《ろうや》だ」

「開いているな。物音もしない。入るぞ」

扉を開ける。俺とソフィアはすかさず中を窺《うかが》い……魔法の明かりに照らされた牢屋。通路が真っ直《す》ぐ延び、その左右に鉄格子が存在する。

ソフィアが緊張した面持ちとなる。無理もない。もしかするとここに王女がいるかもしれない。そして、どんな状態であるかわからない。魔法で生存を確認しているといってもそれはダミーで、王女はもう……そんな最悪の可能性もある。

俺はゆっくりと中へ。足音が静寂を破り、牢の中を確認していく。

少なくとも瘴気《しょうき》の類《たぐ》いはない。牢屋《ろうや》内に限っては、魔族や魔物もいない様子――

「……誰？」

唐突に声が聞こえた。どこかおっとりとしたもので、ソフィアが弾かれたように走り始める。

俺とシルヴィはすぐさま彼女を追う。突き当たりの牢屋の中で、当該の人物を発見した。

服装は騎士が着る礼服のようなもので、色は青。おそらく士官服。年齢は、二十歳前後くらいだろうか？　ソフィアが姉のような存在と言っていたので、年齢的に合致する。

一際目を引くのが艶やかな金髪。シルヴィのそれが黄色と表現する色合いに対し、彼女の髪は紛《まが》う方なき黄金。太陽の下なら間違いなくキラキラと輝く、ソフィアと対局に位置する美麗な髪。また首には彼女に似つかわしくない黒いチョーカーが巻き付いている。おそらく魔法などを封じる道具だ。

そして瞳の色が深い紫。双眸《そうぼう》が俺達を――いや、ソフィアを明確に射抜いていた。

「リーゼ姉さん！」

ソフィアが叫ぶ。俺が開錠の魔法で牢を開けると、彼女は勢いよく中へ入り――リーゼレイト王女に近づいていく。

「良かった、無事で――」

そこで、予想外の展開が待っていた。

ソフィアはきっと、リーゼレイト王女を抱きしめようとした――だがそれより先に、逆にソフィアが王女に抱きしめられた。

「え……？」

「……良かった」

体の底から絞り出すような声だった。

「一報を聞いて……もう助けることは無理なんだって思って……」

「リ、リーゼ姉さん……」

リーゼレイト王女もまた、エイナのようにソフィアが捕らわれたと知って焦燥に駆られていた人物だったのか。

「王女と親しげってことは、それなりの身分の人なのか？」

シルヴィが疑問を呈する。事情を知らないから当然の質問……どう答えたものか。

ひとまず言葉を濁すか……口を開こうとした寸前、牢の入口から瘴気を感じ取った。

即座に体を向ける。ソフィアも察したらしく、リーゼレイト王女から体を離すと牢から出て扉を注視した。

そして現れたのは――

「つくづく面倒事ばかり起きるな」

長い黒髪を持った鎧《よろい》姿の騎士。町中を歩いても、魔族だと認識されるようなこともないくらいの外見。

『――ルオン殿』

ここで、俺の体の中にいるガルクが名を呼んだ。

『魔族から明確な気配がする……間違いなくアズアの力を所持している』

この戦いもまた、水王アズアが関係していたか。

『だが、目の前の魔族からそれほど脅威は感じられない。ソフィア王女でも倒せるくらいだ。元々それほど力を持っていない魔族が、アズアの力を利用し強化した……といった具合かもしれん』

ガルクの解説を聞く間に、王女も牢《ろう》から顔を出し相手を捉え、

「あれが、この砦《とりで》を襲った魔族に間違いないわ」

「つまり、ここでアイツを倒せば仕事の大半は終わりか」

シルヴィが剣を構える。すると騎士魔族は醜悪な笑みを示し、

「王女を助けに来たようだが、袋のネズミだな。退路は断たれた。ここで死んでもらう」

「残念ですが、そうはいきません」

ソフィアが先頭に立つ。瞳の奥に、静かな怒りがあった。

「ここであなたを滅し、砦を解放します」

「……ソフィア」

ガルクからの情報を基に、俺は彼女にアドバイスする。

「全力で挑め。援護はするよ」

「わかりました」

「シルヴィさん、申し訳ないが王女の護衛を頼む」

「任せていいのか？」

「ああ」

「ずいぶんと、余裕だな」

魔族が語る。なおも見下しており、怒るような所作はない。侮っているのがわかる。

こういう相手は、本気を出される前に倒すに限る……そう思った直後、ソフィアが走った。

俺は動かない。魔族からすれば女剣士一人が無謀な突撃を仕掛けた——そんな風に映ったことだろう。

「愚かな」

剣を構え迎え撃とうとして——刹那《せつな》、ソフィアの魔力が解放された。刀身が緋色に輝き、魔族の余裕な表情が一変する。

それは五大魔族レドラスとの戦いで決めた地属性の上級魔導技『暁《あかつき》の地竜《ちりゅう》』。以前と比べても刀身の輝きとソフィアがまとう魔力が違う……新たに得た剣と衣服強化により魔法の力が底上げされた――魔法と組み合わせる魔導技は、武具それぞれの真価を発揮し、大幅に威力を上げる。

「くっ！」

動揺した魔族は剣を盾《たて》にしながら下がろうとする。だが、甘い！

俺の援護が入る。魔族の足へ向かって下級魔法『ホーリーショット』を放った。

狙《ねら》いは――光弾は真っ直《す》ぐ魔族の足へと迫り、直撃。それにより立ち止まる。

今のソフィアにとっては、その援護だけで十分だった。

「終わりです！」

宣言と共に振り下ろされた剣戟《けんげき》は、綺麗《きれい》に魔族の体へ入った。肩から腰に抜けた斬撃《ざんげき》を食らい、緋色の光が魔族を包む。

「――ガアアアアッ！」

獣のような叫び。ソフィアの攻撃を防ぐことはできなかったようで、そのまま床へ倒れ伏した。

魔力が拡散し、周囲の床や鉄格子を傷つける。緋色の塊は魔族が倒れる場所を中心にしばらく輝き……やがて消えると、魔族は影も形もなくなっていた。

「一撃、かあ」

ユノーが呟《つぶや》く。俺にとっては予想できたが、ここまで見事にやってくれると非常に気持ちが良い。

だが、魔族を倒しても外にいる魔物は消えていない。五大魔族とは異なる生成手段を用いているみたいだ。完全に砦《とりで》を解放するためには、残る敵を全て倒さなければならない。

問題はリーゼレイト王女をどうすべきか……俺は彼女へ向き直り、尋ねた。

「ご無事でなによりです。積もる話もおありでしょうけれど、今は脱出を優先しましょう」

「そうね。あなた達は私を救出するために砦の中に潜入を？」

そこで彼女はシルヴィに目を向けた。

「あなたは城にいたわね。シルヴィ＝エクアスだったかしら？」

「憶《おぼ》えていていただき光栄です」

「とすると、ソフィアは――」

「俺達は魔族討伐を聞きつけ、ここへ。シルヴィさん達と関わったのは、偶然です」

こちらの説明に王女は「そう」と短く応じ、

「脱出するなら、あなた達が侵入してきた道から？」

「そうなります」

と、リーゼレイト王女は突然考え込んだ。何か引っ掛かっているようだ。

「どうしましたか？」

「……おそらくだけれど、このまま城に戻っても私は殺される」

発言に、ソフィアとシルヴィが瞠目《どうもく》する。一方、俺はそうした可能性も確かにあるとして、比較的冷静に彼女の言葉を受け止めた。

「私が陣中見舞いに訪れたタイミングで襲撃された……しかも魔物達は恐ろしいほど周到に砦《とりで》を制圧。複雑な構造の砦をここまで速やかに占領したのは、間違いなく誰かが手引きしていたから」

「脱出路であるはずの道に、大量の魔物がいました。本来必要のない場所に配置されていた……事前にこっちの作戦が知られていたのでしょう」

俺が言うと、リーゼレイト王女は難しい顔をする。

「そうね。脱出路に戦力を集中させ救出部隊を追い返すつもりだったんでしょう」

策は半ば成功していた。ラディ達だけではあれだけの魔物を突破できなかっただろうし、俺達がいなければ危なかった。

「以上のことを勘案し、このまま戻ってもまずいわ。せめて魔族と手を組む人間を捕まえなければ……」

「このまま行方不明ということにしますか？」

シルヴィの意見。リーゼレイト王女は「そうね」と同意したが、やや渋い表情。

「けれど、姿を消したとなれば国側も必死に探すでしょう。砦を解放したのに私がいないのは不自然だから――」

「なら、偽装しますか？」

俺からの提案。王女は眉をひそめる。

「偽装、とは？」

「魔法で王女の姿を形作り、死亡したことにする……お望みであれば実行しますが」

ここで死亡扱いにすれば、リエルの資料通りの展開になる可能性は高い。賭けではあるが、王女がこのまま戻ることは間違いなく資料に沿わない流れになる。それよりは――

「王女！」

そこへ、牢屋《ろうや》へ入ってくる声。ラディだ。彼と共にネストルとオルディアがいる。魔物を全て倒したようだ。

「ご無事でしたか」

「ラディ＝ディアモンドね」

「はい、此度《こたび》の戦いで、あなたを救うよう厳命を受けまして」

と、彼の視線は俺に。

「ルオン殿の助力がなければ厳しかったかもしれませんが」

「そう……」

するとそこでリーゼレイト王女は策を思いついたのか大きく頷《うなず》いた。

「そうね、単純に姿を隠すだけでは内通者を捕まえるのは難しいわね」

「何か手が？」

俺の疑問に王女は笑みを浮かべ、

「まずは取り決めを。私が生きていることは、この場にいる人だけの秘密にして——」

第二十章　水王の脅威

そこから俺達はリーゼレイト王女の指示を受け、砦《とりで》を脱出する。彼女を伴って砦を離れたのは俺とソフィアとオルディア。途中、軍の面々と遭遇しないよう注意を払い、最終的に戦場からの離脱に成功した。

一方ラディ達は別の役目を王女から与えられた――彼女が言うにはもし自分が死んでいたとしたら、それを公にするようなことはしないであろうとのこと。自ら武器を持ち戦う彼女は騎士などから支持も厚く、もし亡くなった事実が広まれば士気が大いに下がる……父である国王はそう考え、隠蔽《いんぺい》するだろうと。

ラディにはそうなるよう上手《うま》くやってくれるようお願いした。魔族討伐の指揮官である騎士だけに彼女が死亡したと伝え、王に報告する。その結果は――

「ふう、結構遠いな」

俺は息をつき、森の中を歩く。現在は王都から離れ、山に囲まれた森林地帯にいる。都から西側で、人気《ひとけ》もほとんどない。以前は狩人などがいたらしいが、魔族侵攻などに際し避難したらしい。

そうした森の中にいる理由は——やがて開けた場所に出る。そこに、キャンプをする仲間の姿があった。

「ルオン様、お帰りなさいませ」

最初に口を開いたのはソフィア。彼女の目の前には火にかけた鍋があり、中身をかき混ぜているところだった。

「お食事はいかがされますか？」

「食べてないからもらうよ」

「それで、状況は？」

「狙《ねら》い通りになっている。都で王女のことは負傷し療養中ってことにされてる」

そう言い、俺は視線を彼女の横へ。そこに、本物のリーゼレイト王女がいた。

装備については以前のものから一新されている。肩当てのない鉄製の胸当てと、白を基調とした衣服。動きやすさを重視したもので、さらに両腕には白銀の小手。

また、魔法を封じられていたチョーカーについては既に解除して破棄している。どうやらこれにもアズアの力が活用されていたらしく、この一連の事件——王都にいる内通者を探すことは、間違いなくアズアに近づくことができると確信させられた。

「王女、作戦はひとまず成功ですね」

「そのようね」

「で、これからどうするの？」

俺の肩に止まるユノーが王女に訊《き》く。すると、

「内通者の捜索だけれど……それについては、ソフィアの精霊がやってくれているのよね。今は待つのが得策かしら」

現在、アマリアを中心として内通者のあぶり出しを行っている。単に裏切っているだけだとヒントもないため厳しいが、今回は事情が違う。

水王アズアの力については、アマリアや子ガルクなら探すことが可能らしく現在彼らに調査を任せている。建て前としては、チョーカーにアマリアの同胞の力が含まれていたため、それを基にして行方を捜し出すということにしてある。

よって、俺達はこうして野営し待っている――

「それがいいと思います」

ソフィアは同意しながら椀にスープを注ぎ、リーゼレイト王女へと渡す。

「はい、リーゼ姉さん」

「……旅をしていたのにもビックリだけれど、まさか料理ができるようになっているとはね」

微笑《ほほえ》みながら語る王女――こうしてソフィアと並ぶとずいぶんと印象が違う。ソフィアは月夜の下で儚《はかな》く消えてしまう美しい精霊をイメージすれば、リーゼレイト王女は青い空

の下で一面に咲くヒマワリのような明るいイメージ。どことなくおっとりとしている様子もありながら、接することで人を明るくさせる性質を併せ持っている。

「ルオン様も、どうぞ」

椀を差し出される。俺は「ありがとう」と礼を述べ、座って食べることに。

スープの中身は野菜や肉など、野営のために購入した食料がふんだんに使われている。

一口飲むとそれらの味が凝縮されており……なおかつ、体の芯から暖まる。

「美味《おい》しいよ」

「ありがとうございます」

「料理を習得した経緯を聞いたけれど、本当に驚きね」

そうリーゼレイト王女は述べる。ソフィアの成長能力のことを言っているのかと一瞬考えたが、

「主人の故郷まで行きご両親の下で料理を学ぶなんて……まさしく、従者の鑑《かがみ》ね」

「……王女、別に俺がそうしろと命令したわけではありませんからね？」

「わかっているわ」

捕捉に王女は微笑《ほほえ》みながら返事をした。

会話の間にソフィアはオルディアへスープを渡す。ちなみに彼は少し距離を置いて周囲の見張りを行っている。少しは休むべきだと言ったが「こうしていた方が落ち着く」と主

張し、結局任せることにした……たぶん待機を指示したらテントの中で寝るだけだろうし、せっかくなので働いてもらおう。

　そんな中、ガサガサと茂みで音が。誰が来たかは予想できたので、首だけそちらへ向けた。

　現れたのはシルヴィ。彼女はこちらに手を振りながら近寄ってくる。

「城の人間からようやく解放されたよ。一般の騎士や兵士、魔術師については王女が死んだなんてことは聞かされていない」

「公にするつもりはないようね。予想通り」

　なおも笑みを伴いリーゼは呟《つぶや》く。

「それでラディは？」

「王女奪還に協力し、魔族を打倒したことで色々と恩賞が与えられたよ。ラディはそれを受け入れて、臨時ではあるが宮廷魔術師として城勤めする気らしい。ネストルも同じように雇われた」

「あなたは拒否したの？」

「ボクは遠慮した。正直城みたいな堅苦しい所は嫌いなんでね。目的もあるし、それに」

　彼女はソフィアを一瞥《いちべつ》し、

「ルオンやソフィアと付き合っている方が面白そうだし、ね」

——さすがにソフィアと王女の感動の再会シーンを目撃しては彼女も気になってしまい、結局シルヴィにだけはソフィアのことを伝えた。ラディやネストルには——まだ話すべきじゃないと提案したのはリーゼレイト王女だった。

「王女、ラディ達にソフィアのことを伝えなかったのはよかったんですか？」

尋ねると王女はこちらに顔をやり、別のことを口にした。

「そういえば、あなただけ敬語ね。普通で構わないと最初に言ったはずよ？」

……ちなみにシルヴィとかは砦《とりで》を脱出して以降、普段通りの口調で接している。王女が提案したためだが、あっさりと態度を変えるのも大丈夫なのかとツッコミたくなる。

でもまあ、王女が自ら言っているし、

「それじゃあ改めて、王女」

「リーゼでいいわ。愛称の方が私としてもいい」

「ならリーゼ」

と、俺より先にシルヴィが発言。

「ルオンも言ったが、ラディ達になぜソフィアのことを伝えなかった？」

「彼のことは色々な人から話を聞いて、隠し事が苦手な人だと理解しているから。私については緊張感もあるから大丈夫だろうけど」

……うん、確かに彼は嘘《うそ》が下手である。この国に留《とど》まることが長かったから、人となりが結構知られているな。

　彼が知ったら挙動とかで怪しまれるかもしれない……リーゼの判断なら、それに従うことにしよう。

　ここでシルヴィがソフィアからスープを受け取る。俺はパンをかじりつつさらなる質問をした。

「リーゼ、精霊達が内通者を発見できたら、どうする？」

「相手によるわ。例えば一般の人々や王室と関わりの少ない貴族なら、ラディさんを経由して城に情報を伝えれば調べてくれるはず。相手が反抗しなければそれで終わりよ」

「反撃に備え、俺も協力するよ」

「頼もしいわね。もし相手が国の中枢にいる人や王室に対し発言力を持っている人ならやり方を工夫しないと。私が死ぬ間際にメモを残し、ラディがそれを父上に渡す……嫌疑を掛け屋敷などを捜索し、証拠をつかむといったところかしら」

「屋敷に踏み込む、か」

「そうね」

　返事をして、リーゼは口元に手を当てた。

「砦を占拠した魔族は、私を捕らえ何かに利用するつもりだったみたい。だからこそ牢《ろう》に入れられただけだった」

もし助けていなかったら、ゲームのソフィア同様、悲惨なことになっていただろう。

「魔法の実験体か、それとも傀儡《かいらい》にするのか……内通者もそれに一枚噛《か》んでいるとしたら、精霊達の調査で確実にわかるはず」

なかなか強引……まあこちらには王女がいる。少々の無茶も通るだろうし、それが事件解決策としてはベストか。

「そういうわけで、しばらくお世話になるわ」

「別に構わないが……リーゼのことが知られるとまずいからこのまま野営になるぞ。問題ないのか？」

「騎士として泥まみれになるようなことはよくしているわよ？」

「あ、ルオン様。そこは心配いりませんよ。リーゼ姉さんはそれこそ、私などよりずっとこういう場に慣れていますから」

ソフィアのフォロー……まったくそうは見えないが。

「騎士として活動している期間も長いですし、実際魔物討伐のために長期間城を離れ山の中で戦い続けた、なんてエピソードもあるくらいですから」

「ここまで見た目にそぐわない人も珍しいな」

シルヴィがコメント。それにリーゼは「なら」と反応し、椀の中身を空にして立ち上がった。

「試しに戦ってみる？　実力の一端を知れば、騎士として鍛錬していた証明にもなるし」

「疑っているわけではないが、戦うのなら乗ろう」

シルヴィは満面の笑み——彼女は闘技場のある町ガーナイゼで日々戦う闘士。こういう場面で好戦的になるのは彼女らしい。

二人はテントや俺達から離れ、対峙《たいじ》する。シルヴィは剣を抜き放つが、リーゼは自然体のまま。

「リーゼ、武器はどうするんだ？」

「魔法で作っているのよ。さすがに持ち歩くにはかさばるからね」

その腕に魔力が収束し始める。使い慣れているのか、その流れはずいぶんと流麗なものだった。

刹那《せつな》、両腕に光が迸《ほとばし》る。それは一瞬で形を成し、彼女の手には大きな——

「……ハ、ハルバード？」

「はい、まさしく」

俺の呟《つぶや》きにソフィアが応答。細腕に似つかわしくない、ずいぶんと重厚な武器だった。

刀身は分厚く、長さは彼女の身長を超えている。

「意外な武器だな」

シルヴィも多少ながら驚いているようで、目を凝らしまじまじとハルバードを眺める。

――ゲームにも一応ハルバードは存在していた。斧技《ふぎ》と槍技《そうぎ》を併用できる使い勝手のよい武器だったが、便利さ故に強力な物を用意しなかったのか、物語後半に運用できる威力を持った物は存在していなかった。使うにしても強化無しではせいぜい中盤くらい。強化ありでも他に有用な武器に素材を使った方がいいので、結局後半は使わない。

しかし現実ではそんなこともないし、そもそもリーゼは魔法で武器を作っている。威力だって自ら決めることができる。

「私から行くわよ？」

「どうぞ」

リーゼの言葉にシルヴィは腰を落とし迎え撃つ構え。真正面から受けるか、受け流すつもりか――

突如ダン！　とリーゼが地を蹴《け》った。重厚な武器を持っているとは思えない俊敏な動きで、シルヴィが次の動作へ移るより前に間合いに到達する。

放ったのは刺突。シルヴィは即応し、身をひねってまずはかわした。次いでリーゼは薙《な》ぎ払いを決め、シルヴィは剣で受け流したが体勢を崩す。

「っ……！」

短く呻《うめ》くのが聞こえた。動きを縫い止められた形か。

シルヴィは後退を選択し、リーゼは追撃。ハルバードをそれこそ木の棒でも振り回すように操り、攻撃を注ぐ。なるほど、ソフィアが大丈夫だとコメントするのも頷《うなず》ける。

「はえー、すごいねえ」

迫力ある光景に、ユノーが感想を漏らした。

「ねえルオン、リーゼみたいに扱うことってできる？」

「身体強化を施せば似たようなことはできるかもしれないけど、戦いぶりからリーゼはハルバードの扱いを相当熟知しているのがわかる。技術だけで言えば打ち負かされるかもな」

会話するうちに勝負は佳境へ向かう。シルヴィはなおもじりじりと下がり防戦一方。対するリーゼはまったく攻撃を緩めず、このままシルヴィの剣が弾かれて終わるか……いや、彼女の目はまだあきらめていない。

現状、シルヴィはリーゼに反撃できていない。大きな理由は武器のリーチ。リーゼが接近させないようにしているのは、さすがといったところか。

しかしシルヴィもさすがに黙ってはいない――なにせ彼女はゲームの仲間における『三強』の一人。彼女の強さはステータスにおいてではなく、二つの技が強力なことにあった。

苛烈《かれつ》なリーゼの攻めに対し、シルヴィはなおも防戦し続け隙《すき》を窺《うかが》い――ほんの一瞬、ハルバードが止まった時、彼女が握る剣に風が舞う。

習得していたか……！　これは彼女の固有技の一つである『旋嵐剣《せんらんけん》』だ。小規模な竜巻を起こし相手を拘束する——ゲームではこの特性が曲者《くせもの》で、竜巻が起こっている五秒ほどの時間、敵を完全に硬直させることができる。

ゲーム内の五秒間は恐ろしく長い——いや、現実だったら五秒あれば急所を狙《ねら》い即死させることだってできる。竜巻の影響を受けるくらい体重が軽い魔物はボスですら通用し完封できた技で、現実では……風圧により、リーゼのハルバードが鈍った。

それは、シルヴィにとって間違いなく勝機——即座に間合いを詰める。リーゼのハルバードはまだ動かない。

もう一つの固有技はさすがに習得していないはずだが——そちらは乱舞系の大技であり、砦《とりで》の戦いを振り返ればあれを覚える下地はできていると考えていい。よって近づいて連撃を叩《たた》き込むか。まともに受ければリーゼとてタダでは済まない——

ここで、思いがけないことが起きた。突如リーゼがハルバードを、手放す。

「っ⁉」

シルヴィは驚くが、今更攻撃をやめるわけにもいかない。勝負を決めるべく剣戟《けんげき》を見舞う。

それをリーゼは、小手で受けた。ガキンと甲高《かんだか》い音と共に刃が触れ——魔力により強化しているのか、押し留《とど》めることに成功する。

しかし武器はない……それにも関わらずシルヴィの懐《ふところ》へ入り込むリーゼ。そして決めたのは、正拳《せいけん》突き!?

「ぐっ!?」

拳《こぶし》は腹部に入り、戸惑った表情を伴いシルヴィは呻《うめ》く。数歩たたらを踏む程度の衝撃だったが、戦いにおいては大きな隙《すき》。

シルヴィは体勢を立て直そうとして――それより前にリーゼがハルバードを拾い彼女の首筋に刃の先端を突きつけた。勝負ありだ。

「ソフィア、最後の攻防については……」

「話していませんでしたが、リーゼ姉さんは槍術《そうじゅつ》、斧術《ふじゅつ》、体術、短剣術と学んでいますから……」

武芸特化の王女様ってことか。しかしそれだけ学んで使いこなせているのは、間違いなく彼女もまた傑物だ。

「……最後のは、実質奇襲だったわね」

リーゼが口を開く。それにシルヴィは肩をすくめ、

「体術で対抗するとは予想外も甚《はなは》だしい。間合いを詰めれば勝てると思い込ませるのは、敵の裏をかくための戦術か？」

「そうね」

「ならしてやられたことになるな。楽しかったよ」

「どうも……けれど紙一重だったわ。武器捨てが一歩でも遅れていたら、あなたの剣を受けていたでしょうから。ちなみに、どんな攻撃を？」

「高速で斬撃《ざんげき》を浴びせる技で、まだ未完成だ。実際は寸止めで戦意を失わせ勝負ありとしたかったよ」

――未完成と語るのは固有技の『一刹那《いっせつな》』だな。これこそ彼女が『三強』に数えられる最大の理由。ゲームでは目に留まらぬ速さで十五連撃を叩《たた》き込み、加えて威力が明らかにおかしかった。

普通、連撃技は通常攻撃より威力が低くなる。上がるにしても倍になるようなケースは、それこそ最終奥義のレベルだろう。だが『一刹那』は違う。その攻撃力、なんと通常攻撃力の三倍。限界まで強化すれば、魔王も三回ぐらい攻撃して沈む程の威力になる。

乱舞系でこんな威力、この技しか存在していない。この点についてはメーカー側も一切言及しなかったためなぜこんな威力になったかはわからない――開発時、設定値の入力を間違えたとか、そんな説も出るほどで――結局アナウンスの一つもなかったため、そういう仕様ということになった。

さすがに完成してもゲーム通りの威力にならないとは思うけど……と、ここでソフィアが立ち上がった。

「シルヴィさん、少々よろしいですか？」

「ん、何だ？」

「私も、参加してよろしいですか？」

「お、戦いたくなったのかい？」

「私も少し体を動かしたいなと」

「いいよ、来るといい」

ソフィアが対峙《たいじ》し剣を抜く——砦《とりで》や先ほどの戦いぶりから、あの連撃と打ち合ってみたい……そんな心境を俺は感じ取った。

対するリーゼは彼女と入れ違いに俺の隣に座り、観戦の構え。

「触発されたのかしら？」

「たぶんそうだ」

微笑《ほほえ》みながらソフィア達を眺める彼女。その目はまさしく妹を慮《おもんぱか》るもの。俺はなんとなく、雑談のつもりで話を振ってみる。

「……ソフィアとは、どのくらいの付き合いなんだ？　友人であることは聞いたけど」

「赤ん坊の頃から。ソフィアのお母様のことは？」

「俺は聞いてるよ」

「あたしは知らない」

ユノーがリーゼの肩に乗る。

「そう、ルオンは……あ、呼び方これでいい？」

「構わないよ」

「なら遠慮なく。ルオンはソフィアのお母様に会ったことは？」

「ないよ。以前城に滞在した時のことはソフィアも話しただろ？　その時は療養中で城にはいなかった」

「そっか。魔熱はよほどのことがない限り命の危険はないけれど、厄介《やっかい》な病気だから少し不安なのよね。バールクス王国が崩壊したことを受け、心労が重なっているかもしれないし」

「そこは王様がフォローしているよ」

「そうね……今のソフィアは、あの方の生き写しね。もっともあの方は宮廷魔術師だったから、剣は持たなかったけれど」

ソフィアとシルヴィはじっと構えたまま動かない。双方出方を窺《うかが》っている様子。

「ソフィアの気品とか物腰の柔らかさは、間違いなくあの方譲りね」

「はいはーい、質問」

「どうぞ、ユノー」

「一度決めたらてこでも動かない性格は？」

「それはきっとクローディウス王の性格ね。ともあれ、ソフィアは母親の影響を強く受けてきた。小さい頃から顔を合わせてきた私に対しても懇切丁寧《ていねい》なのは、それが原因ね。例外なのはエイナくらいじゃないかしら」

そこまで解説した時、ソフィアが走った。まさしく電光石火で、シルヴィとの間合いを一瞬で詰める。

相手は反応できない……いや、初撃を受け、横に流し後退。ソフィアも追わず立ち止まる。

「お、対応できてるね」

「――魔族を一蹴《いっしゅう》するほどだから、とても強くなったようね」

ユノーの呟《つぶや》きに合わせ、リーゼが語る。

「ただ、魔族と人間とでは戦い方を少し変える必要があるから、勝負はわからないわ」

そこまで彼女が言った時、今度はシルヴィが疾駆《しっく》する。俺は刀身や両腕に魔力が収束しているのに気付く。『一刹那』の未完成版といったところか――

ソフィアは真正面から受ける構え……勝負するようだ。まるで待っていたと言わんばかりに。

次の瞬間に起こったことは、シルヴィの両腕から魔力が迸《ほとばし》り、凄《すさ》まじい速度で剣戟《けんげき》が繰り出されたことだった。

さあどうなる。俺は意識を集中。ソフィアが魔力の塊となった剣を弾き返す。一、二、三、四と次々剣が重なる度、ユノーが声を上げるほどの金属音が天高く響く。

ソフィアも魔力により身体強化は行っている。力負けするとは到底思えなかったが――予測とは裏腹に、ソフィアは押され始めた。

「くっ⁉」

「こうなるとソフィアは不利ね」

決然と述べるリーゼ。剣がぶつかるごとにソフィアの顔が苦しそうになっていく。

「ねえルオン、どうして――」

「シルヴィの連撃には、別の狙《ねら》いがあるんだよ」

俺もここに至り意図を理解し答えた。そして。

ガキン、と今までリズムよく奏でていた音に変化が。ソフィアがとうとう間合いを外れ、一度体勢を立て直そうとする。

が、シルヴィはそれを許さない。接近し決めにかかる。

「例えば魔族なら、力で押し潰《つぶ》そうとするだろう。けれどシルヴィは力押しが通用しないと判断し、剣に収束させる魔力を工夫し、腕をしびれさせるような効果を付与した……そんなところかな」

「そういうこと」

リーゼが賛同。ソフィアは思うように腕が動かないのか、立て続けに迫る剣戟《けんげき》に対処できなくなっていく。シルヴィも最初の勢いはなくなりつつあったが、なおも攻め立て――

キィン、と乾いた音が響いた。ソフィアの剣が弾き飛ばされ、シルヴィが息をつく姿。

勝負は決した。ソフィアが勝つと予想していたので、意外な結果だ。

「ボクの勝ちだ。力比べじゃ負けると確信していたから少しやり方を変えてみたが、成功してよかった」

地面に落ちた剣を眺めるソフィアに対し、シルヴィは悠然と話す。

「あとソフィアはもう少し考えを柔らかくすべきだな。真正面からぶつかるのはそうした戦法を得意とする……わけじゃなく、どんな相手でも正々堂々と戦うって心情的な問題だろ？　別にそれを否定しないが、ボクの戦術みたいに仇《あだ》となることもある。少しは狡猾《こうかつ》で上手《うま》いやり方も学ぼう」

助言にソフィアは何も答えない。別に怒っているわけではなさそうだが……少しして、

「……もう一度」

「うん？」

「もう一度、お願いします」

ソフィアが要求した瞬間、突如リーゼが噴き出した。何事かと思った矢先、彼女はやおら立ち上がりソフィアへ近づいていく。

「はいはい。ソフィア、シルヴィは連戦で少し疲れているでしょうし、ひとまず休憩しましょう？」

「ボクは構わないぞ」

「リーゼ姉さん、シルヴィさんはああ言っていますし」

「そんなこと言って、勝つまでやるつもりでしょう？」

ソフィアが押し黙る……と、ユノーがここでコメント。

「負けず嫌いなところもあるんだねえ」

「一度決めたら突っ走るタイプだし、そんな性格も予想できたな」

「ボクは構わないぞ」

会話の間にシルヴィはリピートする。

「それほど疲れてもいないしな。しかしそっちは大丈夫なのかい？　魔力で守っていたにしろ、まだしびれは残っているはずだ」

「問題ありません」

キッパリ。いや、これは弱みを見せまいと言いつのってるだけだ。俺にもわかる。

「ソフィア、勝負はいつでもできるから今はやめにしよう？」

「リーゼ姉さん、私は平気ですから心配しないでください」

頑《かたく》なな主張にリーゼはさらに含み笑い。なんだかソフィアの反応を楽しんでいる。

「……久しぶりに会って、国を追われてもソフィアはソフィアね。すごくほっとした」

「リーゼ姉さん――」

「そして、その性格も気品も相変わらずね」

と、リーゼは突如背中からソフィアを抱きしめ、頭がくしゃくしゃになるくらい勢いよくなで始めた。

「って、リーゼ姉さん!?」

「ホントに可愛いわあー、ソフィア」

その様子は、じゃれ合う子猫のよう……あ、シルヴィが面白そうにソフィアに近づく。

「え、シルヴィさん？」

「いや、なし崩し的に事情を聞き、こうして剣を交わしたが……こっちは喧嘩《けんか》するつもりもないし、闘うなら受けて立とう。よろしく」

そう言って彼女はリーゼと同じように頭をなで始めた。うん、面白がってるな。

そんな二人の攻撃に対し、ソフィアはただただ戸惑った表情を示すだけ。

「あ、あの二人とも……リーゼ姉さん、子供扱いはやめてください――って、どさくさに紛れてどこ触ってるんですか!?」

「シルヴィさん触ってよ、この綺麗《きれい》な肌。とても旅をしているとは思えないわね」

「ん……あ、本当だ。羨ましい」

「スタイルもいいし、本当にソフィアって完璧よね……羨ましいわあ」

「ん、そういうことならリーゼもだろ？　身長はあるし気品もある。申し分ない」

「訓練しているからスラリとしているのは認めるけど、ソフィアみたいに美しく、って感じじゃないのよね。だからソフィアに憧れるのよ」

「ルオン、ソフィアがなんか遊ばれてるねえ」

「彼女なりのスキンシップ……かな？」

オモチャにされているソフィアを眺めながら、俺は水筒に口をつける。

「ソフィアにとっては気軽に話せる相手と良い共闘相手ができたしよかったかな」

「シルヴィさんが共闘相手？」

「ソフィアはまだまだ成長の余地がある。実戦で強くなるタイプだって師匠も明言していたから、いい刺激になるんじゃないか？」

いまだもみくちゃにされるソフィアを観察しながら告げる……いい刺激に、なるよな？

「ま、あたしは楽しそうだから歓迎だよ」

「こうやって共闘するのは短い間だろうから、今のうちに楽しんでおけばいいさ」

――その時、アマリアが戻ってきた。これにはリーゼ達も動きを止める。

「それらしい所が見つかったわ」

『――少し苦労したが、どうにか発見した』

頭の中でガルクの声がする。彼も戻ってきたようだ。

というわけで、俺達は得た情報から次の方針を決めることにした。


全員が円になるように座ると、アマリアが口を開いた。

「改めて説明するけど、手がかりはリーゼ王女の首に巻かれていたチョーカー。そこに精霊の力が宿っていた。方法はわからないけど、精霊の力を魔族が利用していたことから、似たようなことを内通者がやっている可能性を考慮したわけね。状況的に砦《とりで》の制圧は人間の手引きがあったとみなしていいし、それなら間違いなく精霊と人間も繋《つな》がっているはずで、実際候補があった」

「その精霊が裏切り者だな？」

問い掛けたのはオルディア。アマリアは小首を傾《かし》げ、

「裏切ったかどうかは、直接尋ねない限り真意は不明ね。私はソフィア達におかしな動きをしている精霊がいるってことで協力を頼んだけれど、単に操られているだけかもしれないし」

実際は神霊アズアなのだから操られているとは考えにくいが、アマリアの言う通り、理由については直接問《と》い質《ただ》すしかない。

「話を進めるわね。その精霊の力が町中にないか調べて、結果として見つけた。大きなお

屋敷の地下ね」

「その屋敷はどこにあるの？」

リーゼが訊《き》くと、アマリアは説明を加える。

「えっと、町の北西部にある……赤い屋敷ね」

それでわかるのか――と、リーゼの顔が途端に曇る。

「赤い屋敷……周辺の屋敷で似たような色合いの建物は他になかったわね」

「そうね。すごく目立っていたから近くに行けばすぐにわかるわ」

「誰の屋敷なのかわかるのか？」

こっちがリーゼへ質問。すると、

「……宮廷魔術師長」

「え？」

「宮廷魔術師長アルバ＝ジェザイルの屋敷ね」

おいおい、宮廷魔術師長って……。

「単なる貴族とかなら話は早いけれど、宮廷魔術師長となると、かなり慎重にならないといけないわね。アマリアさん、そこで間違いないのよね？」

「ええ。確実に証拠を手に入れることができると思うわよ」

「どうして？」

「感じられた魔力は、屋敷地下からのものがずいぶん多かったから」

「それって、つまり」

ソフィアが難しい顔をしながら続ける。

「その魔力を利用して、何かしていると……？」

「実験、でしょうね」

リーゼが表情を一切変えぬまま、述べた。

「魔族と結託して実験をしていると考えれば合点《がてん》がいく。宮廷魔術師長の屋敷は敷地も広いし、広大な地下室だって作れるし……さっきの推測通り、私を捕まえて実験体にしようってつもりだったのかしら」

「そこで証拠を得れば、解決か」

俺が結論をまとめると、リーゼは口元に手を当て、

「相手が相手だから、単純に情報を流すだけではまずいわね」

「問題はリーゼのことをどこまで把握しているか。上層部の人間だから、当然戦いの結末は知っているよな？」

「砦《とりで》の戦いについて詳細は聞いているはずだから、私が死んだという情報を得ていると考えていいわね。表立って何かしてくることはないと思うけれど」

「リーゼ姉さん、どうするんですか？」

「そうねえ……」

俺やシルヴィに視線を移す。

「私が出向けば動くでしょうけれど、生きていることを明確にするわけだからリスクもあるわね」

ソフィアへ目を向ける——リーゼには、リエルのことや資料について伝えている。これはソフィアの判断で、この事件や騒動が解決後、どう動くか判断する材料にしてもらった方がいいと考えたためだ。

よって、死んだことになっているリーゼを表舞台に上げるのは、色々と面倒事を引き寄せると本人もわかっている……再び彼女の身が危うくなるかもしれないし、魔族側が干渉してくるかも——

「うん、ここはラディさんに任せましょうか」

「さっき言っていた案か？」

シルヴィの疑問にリーゼはほのかに笑みを浮かべ、

「ルオン、メモはあるかしら？」

「ん、ちょっと待ってくれ」

俺は収納箱を召喚《しょうかん》し、紙とペンを取り出す。

「どうぞ」

「ありがとう」

受け取ると、彼女はサラサラと紙へペンを走らせる。

「私がメモを残していたってことにして、宮廷魔術師長が黒幕であることを父上に伝えましょう。シルヴィ、ラディに情報を渡してもらえないかしら」

「それは構わないが、本当にラディに情報を渡してもいいのか？」

「私が生きていることをわかっているからね。今回の討伐でかなり信用も得られたし、宮廷側も動くわよ」

そこでピッ、とペンを勢いよく滑らせ、書き終える。綺麗《きれい》に折りたたみメモをシルヴィへ渡すのを見ながら、俺は口を開いた。

「なら俺やシルヴィもそれに協力、ってところか」

「この事件に最後まで付き合ってくれるのね？」

「もちろん」

「ありがとう。けれどソフィアは駄目ね。顔を知っている人もいるから」

「私は留守番ですね。オルディアさんは？」

「ルオンさんに従おう」

「なら留守番を頼む。念のためソフィアやリーゼの護衛を」

「了解した」

方針は決定かな。シルヴィはここで立ち上がり、

「なら早速行こうか。ルオン、よろしく頼む」

「こちらこそ。あ、そういえばユノーはどうするんだ?」

「当然ついていくに決まってるじゃん」

「……毎度毎度、別についてこなくてもいいんだぞ?」

「あたしの助言が役立ったこともあるでしょ?」

「ルオン様を頼みますね、ユノー」

「おう！　主人のあたしがしっかり見てやらないとね！」

「今度それ言ったらデコピン一発な」

「ひどっ!?」

ソフィアやリーゼは笑う——ま、王女の身を守る仕事だ。率先してやらせてもらおう。

そういうわけで俺はシルヴィを伴って、都へ向かう……のだが、その道中で彼女からいくつか質問が。

「ルオンは旅をして長いのか?」

「ああ。今は魔族打倒を目的としているけど、それ以前から色々大陸を巡っていたよ」

「そうか……ボクは人を探しているんだ。名はジェルガ＝フルガイト。聞いたことはないか?」

――彼女が腕を磨く目的は、復讐《ふくしゅう》だ。告げた名はまさしくその相手。最強技『一刹那』もその復讐の中で習得する。

「いや、知らない」

「もし名前を聞いたら、一報を頼む」

言葉が途切れる。当該の人物は魔剣に魅入られ、彼女の故郷を襲った。魔王襲来と関連は薄いかもしれないが、殺人鬼として魔族が興味を持つ可能性は否定できない。

復讐相手との戦いはゲームにおいて独立したイベントで、こっちから積極的に行動しない限り関わることはなかったが……アズアが魔族と協力しているような状況だ。その辺り変化があってもおかしくない。

彼女のイベントにどこまで関わるべきか考えながら歩を進め、都へ到達。町自体は穏やかで問題など発生していないのが幸いか。

「シルヴィ、ラディ達はどこに？」

「現在は城の中で過ごしているが、呼べば飛んでくるだろ」

通りを真っ直《す》ぐ進み城へ近づいていく。魔族が討伐されたこともあってか人々の表情は明るい。大陸の東部は魔族に侵攻されても追い払っているため、まだまだ余裕もありそうだ。

無言のままどんどん進み、城の前へ。王宮は青と白をメインとした色合いで人々に権威を示すためか重厚な印象を与えてくる。

シルヴィは門番と話をする。相手は彼女に憶《おぼ》えがあるのかあっさりと話が通り、連絡するため城の中へ。

「ずいぶんと信頼されているな」

「ラディのおかげだな。困ったことがあったら放っておけない性格で、ずいぶんと城からの依頼を受けていた」

ふむ、ラディらしいと言えばらしいな。この調子だとジイルダイン王国を拠点にして活動することになりそうだ。そうなったら五大魔族ダクライドとの戦闘に加わらなければ、魔王を討つ資格を得ることは難しいな。

俺は各地に飛ばしている使い魔に意識を傾ける。ゲーム主人公のうち、フィリが徐々にこの国へ近づいている。何か情報をつかんだのか、それとも別に目的地があるのか……ともあれダクライドに関連するイベントに首を突っ込みそうだ。ラディが湖へ赴《おもむ》かなければ、彼と連携してダクライドと戦うことになりそう。

思案していると、ラディとネストルがやってくる。装備は変わっていないが、臨時で雇われたのだからいずれ格好は一新されるだろう。

「シルヴィ、城に入る気になったのか？」

「まさか。今回は別に仕事の話を持ってきた。場所を移さないか？」

「いいぞ」

あっさり承諾。俺達は町中へ戻り、密談のため適当な宿の一室を借りる。

俺が手近にあったベッドに腰を下ろすと、シルヴィは扉を背にして語り始めた。

「ラディ、王女を殺そうとした人物の続報だ。ルオンさん達と共にいる精霊が、怪しい人間を発見した」

「本当か？　ならすぐに成敗しないと」

目つきが変わる。なんだかすぐに宿を飛び出しそうだ。

「落ち着け。肝心の相手は、王宮と密接な関わりのある人物だ」

「砦《とりで》襲撃の内容を考慮すれば、当然だな」

ここでネストルが意見を言う。彼もまた推測していたようだ。

「少なくとも王女の所在について情報を得られる人間……王や王妃でなければ、国の中枢にいる人物じゃないか？」

「正解だ。黒幕は宮廷魔術師長。当該の人物の屋敷から、砦を占領していた魔族が所持していた力を感知した」

ラディ達の表情が厳しくなる。さすがにまずいと悟ったようだ。

「兵を動かす立場の人間が敵なのか」

その声は、非常に苦々しい。

「なら、どうする？」

「普通に陳情しても揉《も》み消されてしまうが……王女はラディ達がしかるべき人物に通告すれば、いけると判断した」

「俺が……!?」

「王女からしても、ラディの功績は大きいと捉えたようだ」

シルヴィの指摘にラディは一度身震いし——

「王女が言うのなら、やるしかなさそうだ」

「宮廷魔術師長が相手である以上、下手な人物に話せば露見する。王女はその人物が黒幕であることを伝えるメモを作成した。これを相手に悟られないよう王に渡してほしいと」

「重大な任務だな……」

メモを受け取りラディは呟《つぶや》く。一方ネストルは緊張する彼へ向け背中をバン、と叩《たた》いた。

「らしくねえな。お前はいつも通り突っ走ってればいいんだよ」

「ネストル……」

「ボクも同意だ。それとラディ、王女の筆跡であるため宮廷魔術師長が首謀者であることを理解してもらえるはずだが、こっちの対応がまずければ王は彼に問い質《ただ》すことから始めるだろう。バレれば事件がどう転ぶかわからない。王にはすぐに屋敷を捜索すべき——そう説得してくれ」

「わかった……任せろ」

自信に満ちた声。事件が大きな山場を迎えやる気に満ちており、先ほどまでの不安な表情は消えていた。

熱血的な性格から、こういう事態になると逆に燃えるのかな……話は終わり、改めて行動開始。といっても俺は城の人間と面識がないので、屋敷へ向かうまで宿で待機と相成った。シルヴィもラディについていったので、結果部屋に一人残ることに。

「あとは待つだけか……」

宮廷魔術師長の動向が鍵だな。下手を打てばまずい展開となる。ここは成功することを祈るばかり――

『ルオン殿』

ふいに、頭の中でガルクの声が響いた。

『野営している周辺を確認したが、少なくとも周囲に魔物を始めルオン殿達を窺《うかが》おうとする存在はいなかった。リーゼ王女が生きていることが知られている可能性はないと考えていい』

「お、それは朗報だな」

『うむ。あと……アマリアに話していないことがある』

口調から、雲行きが怪しくなっていく。

『断定して言えなかったため事実を伏せたが……この事件、根深いものになるかもしれん。どうやら屋敷にはアズア以外にも別の力が存在している』

「……研究しているのは、アズアが所有する力だけではないってことか？」

『おそらくな』

事態はより深刻か――どこまでできるかわからないが、力の限り解決に導こう……そう心の中で決意し、待ち続けた。


およそ二時間後……シルヴィが宿に戻ってきて俺に告げる。

「王の親衛隊が動いた。宮廷魔術師長は現在城内。彼を宮廷内に足止めし、屋敷に潜入。証拠をつかむ」

「思い切りがいいな。説得に成功したか」

「メモが効いたようだ。王にとっては王女が残した最後の言葉だからな。行こう」

宿を出てシルヴィの案内に従い屋敷への道を歩む。彼女の話によると親衛隊は先行しているらしい。

「シルヴィ、俺のことは何か話したのか？」

「知り合いってことにした。偶然国を訪れたルオンに協力を頼んだ、と」

「了解した。それに合わせるよ」

程なくして赤い屋根を持つ屋敷に到着。確かに周囲に似たような色合いの建物はなく、一際目立っている。

敷地を石造りの塀で囲っており、玄関へ繋《つな》がる門からは綺麗《きれい》に手入れされた庭園が見える。相当広く、なるほど悪事ができそうな環境だ。

玄関周辺には十人程度の騎士が既に到着し、侍女と話をしていた。その中にはもちろんラディとネストルの姿も。こちらが近づくと、ラディは視線を向けて手を振った。

「ルオンさん、今から捜索ってことになる」

「宮廷魔術師長当人は大丈夫なんだな？」

「屋敷へ戻らないよう抑えているから。さっさと証拠を見つけ、捕まえようじゃないか」

親衛隊の一人が侍女を説得し、中へ。戸惑う彼女を尻目に俺達も屋敷へ入り、捜索を始める。

「地下の入口があるにしても、大っぴらにはないよな。侍女とかもいるわけだし」

『ルオン殿、屋敷内で怪しい場所があったら報告するぞ』

ガルクが言う。お、それはいいな。

「ラディさん、俺はどうすればいい？」

「シルヴィと一緒についてきてくれ」

屋敷の中は整然としており、掃除も行き届きほこりもまったくない。そんな綺麗な室内を歩き回り、一部屋一部屋調べていく。

屋敷は結構広いので、親衛隊と共に調べていても時間がかかりそうだ……首謀者を城でどのくらい抑えていられるのかわからないし、急いだ方がいい……そう思った矢先、ある部屋でガルクの声が頭の中に響いた。

『うむ、瘴気《しょうき》を感じるな』

「ラディ、待て」

部屋を出ようとするラディを俺は呼び止めた。

「ちょっとばかり瘴気を感じた。ここをもう少し調べないか？」

「わかった」

あっさりと同意——部屋は書斎なのか壁にいくつもの本棚が存在している。もっともそこに収まっている本の数はそう多くない。中には本が半分未満の棚さえある。

仮に地下への階段とかがあるのなら、本棚に仕掛けでもあるのか。ひとまず棚をくまなく調べることにするが、果たして俺達にわかるのか……悩んでいると、

『ルオン殿、この本棚だ』

断言したガルク。目の前にはそれなりに本で埋まっている壁中央の棚。

「ここが怪しいな」

俺は本棚をコンコンと叩《たた》き、ラディに近づきながら告げる。

「瘴気《しょうき》を感じる……どこかにこれを動かす仕掛けがあるのかも」

「ルオンさん、ここで間違いないな？」

ラディが確認。俺は頷《うなず》き、

「ああ、ここが怪しい」

「本当だな？」

念を押す。再度頷くと、ラディは本棚へ向け杖《つえ》を構えた——って、ちょっと!?

声を発する前に彼の杖先から魔力が溢《あふ》れた。光属性のおそらく『ホーリーショット』。

それをちょっと応用したか、サイズが俺の放つ倍以上になっている。

それが容赦なく本棚に突き刺さり——爆発した。光と轟音《ごうおん》、振動が生まれ、心の中で大丈夫なのかと不安になってしまう。

ほこりなどが舞う中、少しして破壊された本棚が見えた。その奥には空洞……いや、階段が。

「よし、大当たりだ」

「地下が現れたことにより、明確に瘴気を感じられるな」

シルヴィが階段を覗《のぞ》きながら呟《つぶや》く。

ただ……うん、無茶苦茶である。ユノーも同じ心情らしく「強引だあ……」と呆然《ぼうぜん》としながら呟いている。

「しかし相変わらずだな、ラディ」

シルヴィが完全に呆《あき》れている。

「いざ事が起こるとこっちが唖然《あぜん》となるくらい突っ走る。ルオンだってまさかこんなことをするとは思ってなかったはずだ」

「ルオンさん、怪しかったんだろ？」

いやまあ、ガルクが主張したしその通りなんだけどさ……以後こういうことがないよう釘《くぎ》を刺しておくべきか考慮した時、階段下から唸《うな》り声が聞こえてきた。

「……魔物がいるっぽいな」

警戒を抱きながら呟くと、ラディ達も注目する。

階段は壁に魔法の明かりを灯す燭台が設置されており、それが光源となって歩くには支障がない。また階段下から先は見えず、声の主については下りて確認するしかなさそうだ。

「しかし派手に魔法をぶちまけたのに魔物は来ないな」

シルヴィがコメント。俺はそれに対し推測を述べる。

「命令を受けているんだろ。この通路を守れってさ」

「宮廷魔術師長が使役する魔物ってことか？」

「魔族から融通されたのか、それとも自分で作ったかはわからないが、たぶんそんなところだ」

と、ここでノックもなしに部屋の扉が開いた。視線を移せば、親衛隊。

「ラディ殿、やはりあなたか」

「いやあ」

頭に手をやりながらごまかすように返事をするラディ。城の人間からもこんな感じの人物だと認知されているのか……こうであっても信頼を勝ち得ているのだから、さすがというべきか首を傾《かし》げるべきか。

「まあいい。では入口を固め、進もう」

親衛隊が率先して階段を下り始める。ユノーも懐《ふところ》に入り、全員が緊張した面持ちで進み、下りきると――

直進の通路で、大人が並んで五人くらいは歩ける幅。天井は前世におけるトンネルのようなアーチ状。それなりに高く、この通路だけでもずいぶんな規模だ。

少し先には大扉が一つ。ただしそれを阻《はば》むように傭兵《ようへい》らしき人物が一人、立っていた。俯《うつむ》いていて顔つきはわからないが、右手に剣をぶら下げるように握り、黒髪で鉄鎧《よろい》を着込んでいることがわかる……が、明らかに様子がおかしい。俺達が来たのに棒立ちで、こちらの顔すら窺《うかが》おうとしない。

そして先ほどの唸《うな》り声……おそらく、

「魔物化している……のか？」

「魔物化、だと？」

親衛隊の一人が反芻《はんすう》する。俺は首肯《しゅこう》し、

「魔族から力を受け、理性をなくしたケース……あるいは、魔剣などの瘴気《しょうき》を含んだ武器を手にすることで、こうなることがある」

「今回は、宮廷魔術師長の実験により……か？」

親衛隊が問うた瞬間、傭兵が吠《ほ》えた。まるで獣の雄叫《おたけ》び。俺達を威嚇《いかく》している。

「……実験なのかどうかは奥を調べないと。目の前の傭兵は障害……一人なのでそう対処は難しくないが――」

俺が解説している間に、傭兵が駆けた。親衛隊は瞠目《どうもく》しシルヴィやネストルが構え――一方俺は、魔法により剣を瞬時に生み出し、走る！

傭兵の動作は鋭く、容赦なく剣を振るう。目標は先頭にいた親衛隊。狼狽《うろた》え対応が一歩遅れたその人物を援護すべく、横から割って入った。

「このっ！」

差し向けられた剣を弾く。刃が激突した瞬間、乾いた音が通路にこだまし傭兵はさらに吠えた。

激突した感触としては、相当な力がある。魔力強化で俺は難なく対処できたが、シルヴィ達や親衛隊はどうなのか――

追撃で傭兵《ようへい》の鎧《よろい》に剣を当てる……が、魔力障壁を形成しているらしく、弾かれた。なので一度退《ひ》こうと足を後ろへ――そこで入れ替わるように親衛隊の一人が仕掛けた。

間合いの詰め方はさすが精鋭と言うべきか。傭兵の懐《ふところ》へすばやく潜り込み、容赦のない刺突が放たれる。その先端に魔力を集中させているのは明白で、胸部を狙《ねら》ったものだと確信できた。

鎧を突破し、心臓を貫けば倒せるか……刹那《せつな》、ガキンと音が鳴った。

何事か。見れば刺し貫こうとした親衛隊の剣が、押し留《とど》められている。

「な――」

誰かが呟《つぶや》き、その声の主を探す間もなく傭兵が反撃に転じる。愚直な横薙《な》ぎだが速度はなかなかで、親衛隊は回避が無理と悟りその剣を流そうとしたか、まずは受けた。

次の瞬間、信じがたいことが起こる。

親衛隊の剣は傭兵の剣に押し込まれ――浮いた⁉

瞬きする間に、その体が俺達の頭上を通過した。遅れて地面に激突する音。残る親衛隊の誰もが目を丸くし、ラディ達も傭兵に対する認識を改めたか最大限の警戒を示す。

単なる兵士なら、恐慌に陥っていたかもしれない。しかし親衛隊はかなりの強敵と判断し、全員が傭兵を凝視。迂闊《うかつ》に攻め入ろうとしなくなった。

膠着《こうちゃく》状態――このまま親衛隊に任せていたら終わらないだろうし、犠牲者が出るかもしれない。ならば、結論は一つだ。

「――ここは俺が」

声と共に前に。するとラディ達が反応。

「ルオンさん一人はまずいだろ……いや、結構な敵を倒したって噂《うわさ》だし、どうにかなりそうなのか？」

「さすが天の剣士だな」

シルヴィが言う……というか、わざと言ってるだろ……。

「シルヴィ、できればその異名《いみょう》やめてもらえるかな……」

「いいじゃん、別に」

横から会話に入るユノー。

「で、どうするの？　力押しでいくの？」

「単純に魔力が高いみたいだし、正攻法しかないな……ラディさん、そっちの手持ちで強力な魔法は？」

「いくつかある。俺の判断で使ってもいいか？」

「構わない。それじゃあ――」

直後、傭兵《ようへい》が動く。恐ろしく俊敏で、この場で対応できたのは俺だけだ。

その狙《ねら》いが誰なのかわからなかったが、こっちは阻《はば》むようにして剣を合わせた。金属音が通路全体に響き、凄《すさ》まじい衝撃が腕全体を襲う。魔力により強化していなければさっきの親衛隊と同じ結末を迎えていた。

「こいつ……！」

そこへ割って入ったのがネストル。鍔迫《つばぜ》り合《あ》いとなった俺の剣に加勢し、二人で押し合いとなる。拮抗《きっこう》していた状態だったため、当然こっちが押し始める……それを傭兵は虚《うつ》ろな目で眺める。

次の一手が来る前に――援護に入ったのはシルヴィ。横に回り彼女の剣は傭兵の左足、アキレス腱《けん》を狙う。

魔力で強化していようが物理的に足を斬《き》ってしまえば――そういう魂胆のようだが、彼女の刃は食い込まない。

「固いぞ……！」

ならば――俺は押し合いになっている状態で、叫ぶ。

「魔を貫け――天空《てんくう》の聖槍《せいそう》！」

光属性中級魔法『ホーリーランス』。手の先に青い光が生まれ、それがゼロ距離で射出される！

ゴアッ、と衝撃波による音が耳を刺激。さすがの傭兵も吹き飛んだ。これで倒れてくれればよかったが――耐えるどころか踏みとどまる。

「ラディさん！」

すかさず俺は名を呼ぶ。それに呼応するようにラディもまた叫ぶ！

「親愛なる氷河――我が白き腕に宿り――世界を青に染めろ！」

口上と共に彼の周囲から冷気が生まれた。氷属性魔法だと悟った瞬間、彼の杖《つえ》先から氷の塊が生じ、傭兵へ向け放たれる。

「回避！」

俺が叫ぶとネストルやシルヴィが退《ひ》く。親衛隊も巻き込まれないよう後ろに下がり、魔法が炸裂《さくれつ》した。

塊が直撃した瞬間、通路内に氷が爆散する。冷気と共に乾いた音が響き、ガラガラと氷が砕け床に落ち、周囲の気温を下げていく。

使用した魔法は……中級魔法の『アイスバースト』か？　本来は大きな氷柱を相手にぶつけそれが爆裂する魔法だが、ラディのそれは氷柱ではなく氷塊だった。それが威力を押し上げ、傭兵が立っていた周囲を氷漬けにしたか。

「……どうだ？」

ラディが様子を窺《うかが》う。当の傭兵は氷漬けとなり身動き一つできない。

俺は目を細め傭兵《ようへい》を注視。やがて氷がパキパキと割れ始め、それがガシャンと崩れた時、傭兵もまた氷と共に砕け、光の粒子となって消えていった。

「倒したな」

「奥にある部屋の護衛のようだったが、十分すぎるほどだな」

親衛隊の一人が呟《つぶや》く。その目は、深刻なもの。

「我々の想定以上の力……一層警戒すべきだ」

「研究室には、他の内通者に関する情報があるかもしれない」

そうラディは語る。

「それを基にして、先手を打てればいいな」

「ああ、そうであってほしいな……では、進もう」

冷気が残る中、俺達はラディが生み出した氷のカケラを踏みながら、通路を歩んだ。


奥の鉄扉を抜けた先は……体育館くらいの広さはある地下空間。

研究をしている、となれば実験器具が大量にあるのかと勝手に想像していたが、実際はほとんどなく、設置された机などの上にはひたすら紙の束が積まれている。

さらに壁際には本棚が並んでいる。そこに突っ込まれている物も綺麗《きれい》に装丁された本などではなく、紙の束ばかり。唯一目立つ物としては、一番奥に水槽らしき物が一つあることくらいか。その中には、黒い藻のような物体が底にわだかまっている。

「よほど研究熱心だったんだな、ここの宮廷魔術師様は」

皮肉を込めてシルヴィが言う。すると親衛隊の一人は律儀《りちぎ》に頷《うなず》き、

「研究資料の検証は後だ。今は魔族と繋《つな》がっていることを示す文書を探す」

親衛隊達は散開する。さて、俺達も――

「ラディ、一つ聞きたい」

ふいにシルヴィが口を開く。手には机にあった資料が一枚。

「ボクにはここに書かれていることはまったくわからないが、ラディはわかるのか？」

「……魔力に関する研究をしていたようだ」

ラディはいくつかの資料を手に取りながら返答。そこで俺は、

「結構前から密かに研究し続けていたってことか」

するとシルヴィやネストルはこちらに視線を向けた。

「これだけの膨大な資料……おそらく魔王が現れる前から何かしら研究をしていたのは確定だ。そこへ魔族がやってきて、研究を発展させるような材料を提示され、寝返った……そんな感じかな」

「確かに、そのようだ」

ラディが資料とにらめっこしながら答えた。

「おぼろげながら理解できる。ここにある大半の資料は魔剣など、人間が魔物と化すまでのメカニズムについて調べている。けれどそれ以外もある。資料は少ないが、変わった力みたいだ」

元々メインは魔物化に関することだったのか。そこに魔族がやってきて、協力する見返りにアズアの力を……そういうことなのか？

親衛隊がなおも探し回る間に、俺は近くにあった資料を手に取った。専門用語ばかりでほとんど理解できないが……確かにラディの言う通り、魔力だの人体に対する作用だのといった単語が並んでいる。

ただこれはアズアの力と関連があるのか？　それについての資料を精査したいけど……今はひとまず裏切り者について――

その時だった。親衛隊の一人が声を上げる。目当ての物があったのか？

他の面々が近づいていく。俺もまたそちらへ行くと、

「内通者と思《おぼ》しき名前が記載されています。少し目を通しましたが、記憶にある名はありません」

「うむ、これはひとまず押収だ。内容の精査は隊長に確認を――」

それっぽい物があったか。でも見せてはもらえないよな……そう思いながらもさらに親衛隊に近寄ろうとした瞬間――新たな変化が起きた。

奥にある水槽がゴボリ、と一つ呼吸をしたように音を立てる。途端周囲にいた親衛隊達は水槽から距離を置いた。

「……あの水槽の中にあるものは、魔物か？」

シルヴィが問う。けれど誰も答えない……いや、全員わからないと言うべきか。

漆黒の藻が水中を漂っている。グロテスクなわけではなく、ただただ不気味に藻は水の中をゆらめき、しばし沈黙が室内に生じ、

『──もしやと、確認しに来たが』

突如、声が聞こえた。

『制圧されていたか……砦《とりで》の戦いに負けた以上、やむなしか』

次の瞬間、水中の藻が一挙に集まり球体を成す。不可思議な姿をしているが──水槽から発せられるようになった気配が、異質だった。

「退避！」

即座に親衛隊長が叫ぶと、全員作業を中断し下がり始める。剣を抜き放ち水槽へ向かって構える中、さらに声は続く。

『後始末は私か……面倒でしかないな』

どうするつもりだ──胸中で呟《つぶや》いた矢先、闇が水槽の中で膨《ふく》れあがり、上部が水中を脱する。親衛隊やラディ達も武器をかざす中、

『――ルオン殿』

俺はガルクの声を聞いた。

『これは……間違いない、アズアだ』

水王アズア――とうとう姿を現したか。

「まだ、顔は出すなよ」

『わかっている。ルオン殿の中にいれば露見することはあるまい……あれはおそらく分身だ。依《よ》り代《しろ》となる物体をここに用意しておき、定期的に宮廷魔術師長の動向を監視していたのだろう』

分身……いよいよ闇の塊が水槽から離れ、床へ降り立つ。

形は球体から人を模したものとなったが、全てが黒で出来損ないの魔法生物といった風体。ただ感じられる魔力が半端じゃない。

水と闇を司る存在とはいえ、神霊である以上瘴気《しょうき》は持っていないはず。魔族や魔物とは少々異なる存在――だからなのか、親衛隊やラディ達も硬直し、アズアから目を離せない。

『ここで手に入れた物は置いていってもらおう』

「……断る、と言ったら？」

親衛隊長が問う。刹那《せつな》、

『ならば、滅するまでだ』

魔力を発した――その瞬間、肩に剣を振り下ろされたような衝撃が走った。

同時に視界が歪《ゆが》む……いや、これは錯覚だ。視界の端々に見える輝くような粒子は、魔力が視覚として映り込んだのか、これも幻視しているだけなのか。

耳もおかしい。ノイズのような雑音が聞こえ始める。それは時折人の嘆き声のようにも聞こえ、五感全てに神霊が干渉してくる。

「ひえっ……」

ユノーが短く声を上げた。俺と共にい続け、強敵とも遭遇した彼女でさえ、怯《おび》えた声を上げるほどの威圧。周囲にいる親衛隊やラディがいかほどに思うのか――

『この力はおそらく威嚇《いかく》として発せられたもの』

暴虐的な空間の中で、ガルクが静かに語り始める。

『分身故、そう力は大きくないはずだ……しかし闇の力というのは人に対し根源的に恐怖をあおる。それを利用し相手を脅す意味で五感を刺激し、また体に響くほどの魔力で圧をかけた』

『もう一度、警告しよう』

パーツが何一つない闇が告げた。この段に至り誰もが言葉をなくしている。

『資料を放棄し、ここを立ち去れ。さすれば命までは取らない』

「――退却！」

裏返りそうな親衛隊長の叫び声。同時、彼らは踵《きびす》を返し逃げ始めた。

それはまさに恐慌だった。圧する魔力から少しでも早く脱したくて必死に駆ける。なおかつ彼らは死にたくないばかりに資料を床に投げ捨てる……威嚇《いかく》だけで戦闘のプロと言っていい親衛隊の心をへし折った。神霊ともなれば、こんなこともできるのか。

「おい、どうするんだよ……これ……」

ネストルが呻《うめ》きながらじりじりと下がっていく。ラディはまだ杖《つえ》を構えているが……首筋に汗が伝うのがはっきり見えた。

正義感からどうにかしなければと考えているみたいだが……まだ立ち止まったままの俺達に対し、アズアはなおも警告する。

『お前達は死ぬか？　もう一度言おう。このまま去れ』

「……退《ひ》くしか、ないな」

ラディは苦々しく言うと、ゆっくりと下がり始めた。それに従い俺もまた後退を始める。

下がりながら、チラッと投げ捨てられた資料に目を移す。部屋に誰もいなくなれば資料を抹消するに違いない。

親衛隊達が魔物――実際は神霊――と出会った事実は消えないので、宮廷魔術師長については捕まえることができるかもしれない。ただ、物的証拠がない以上、そこからは城の頑張り次第になるが……しかし——

部屋の入口に到達。ラディはここで逡巡《しゅんじゅん》したが、さらなるアズアの圧力により、退却を余儀なくされる。彼に続きネストルとシルヴィも扉を越え……俺は、

「ラディさん」

「……どうした？」

「先に戻っていてくれ」

言うや否や、俺は鉄扉に手を掛けると——強引に閉め、鍵を掛けた。

「——おい!?　ルオン!?」

シルヴィの声が聞こえた。けれどそれを無視し、俺はアズアを振り返り一歩踏み出す。

『どういうつもりだ？』

なおも威嚇を継続する神霊。凄《すさ》まじいプレッシャーであり、普通の人間ならば卒倒してもおかしくない。

「あんたがとんでもない存在なのはわかるさ」

俺は呼吸を整え、剣を強く握り締める。

「だが、こっちにも退けない理由があってね」

『戦うのか。それは勇気ではない……愚かなだけだ』

「さて、どうかな」

全力で迎え撃てば、それが魔族に伝わるのは必定。よって力は発揮できないが……ガルクが言っていたことが本当なら、本気でなくとも倒せるかもしれない。勝てなくとも足下に散らばっている資料くらいは回収できるか——

『警告はしたはずだ。お前については滅することになるぞ？』

「やれるものなら」

声と共に、闇が膨《ふく》らんだ。ボコボコと水音を発し、人を模した体が一回り大きくなる。

『ルオン殿、来るぞ！』

ガルクが声を発する。同時、闇の塊が俺に向かい飛翔《ひしょう》する！

それはまるで大砲のようで、すかさず姿勢を低くしながら横へ逃れる。そこで一度剣を消し、床に投げ捨てられた資料をつかんで懐《ふところ》へ入れていく。

『律儀《りちぎ》だな。拾っても無駄だぞ！』

次の瞬間、黒い塊が鉄扉に直撃した。ゴウン、と部屋が鳴動し、俺は入口を確認する。

扉は無事だった。特殊な処理がされていて、魔力を弾く構造になっているんだろう。俺が本気なら強引に破壊することはできるかもしれないが……外からここへ入ってこられる人間はおそらくいない。

「ル、ルオン、勝てるの？」

ユノーが訊《き》く。気配だけは今まで遭遇したどんな相手よりも遙《はる》かに濃い。彼女が不安になるのも無理はない。だが、

「心配するなって。大丈夫――」

闇の塊が来る。頭上から降り注ぐそれを、俺はまたも横へ逃れ、避けた。

グシャ、と近くにあった机が押し潰《つぶ》され砕けていく。バキバキと室内に鳴り響くのを聞いて、アズアが次はお前の骨だと言っているように思えた。

『どうした？　啖呵《たんか》を切ったはいいが、それまでか？』

挑発的な物言いを俺は無視し、後退しようとするが――アズアが手をかざした。

『逃がさんぞ』

ゴボリ、と背後から音が聞こえる。最初に放った闇の塊を操って、俺を威圧しているのか？　こちらは再度剣を生成しながら、意識を闇へ集中させる。

ぶちまけられた闇が部屋をどんどん浸食していく。砦《とりで》で遭遇した影の魔族などとは比較にならないほど、闇はうごめき部屋を黒に染めていく。

「危機的状況ってやつだな」

『予想してしかるべきだっただろう？』

今すぐ背に闇の塊が飛来してもおかしくないが、来ないな。出口を固めることに終始し、別口で俺を葬るつもりか？

なら——魔力を左腕に集め、

「——我が力は魔を打ち消す刃となる——光の剣よ！」

魔法発動。光属性中級魔法『デュランダル』——左手に現れた光の剣は、闇に浸食されようとしている部屋の中で一際輝く。

『それで私を滅するつもりか？』

問い掛けに俺は接近することで応じた。狙《ねら》いはアズアの分身そのもの。しかし。

右手を振ると、神霊の奥にあった闇が動き、俺へ迫ってくる。それは空中で球体を成し、俺を押し潰そうと——

「はっ！」

掛け声一閃《いっせん》。左手に収束した光の剣を、球体へ叩《たた》きつける！

触れた瞬間、重い感触が跳ね返ってくるが……いける——そう踏んで振り抜いた。塊は斬撃《ざんげき》に伴い軌道を変え、横へとすっ飛んでいく。

地面に着弾し弾ける轟音《ごうおん》。光の剣にはわずかながら黒い粒子が付着したが、それもやがて消えた。

『ほう、少しはやるようだな』

アズアは言う。それなりに力を入れたが、俺の能力についてはバレていない。

『その自信は私の力に対抗できると踏んでか……しかし、それでは勝てないぞ』

「どうかな」

俺は右手に握る剣に魔力を込める。光属性の下級魔導技『聖光剣《せいこうけん》』……さすがにこれでアズアを倒せるとは思っていない。

ソフィアにも話した……開発中の技法を使えばいける。まだアズアは俺をどこか侮っている。この間に決着をつければ――

アズアが次に仕掛ける前に走り、両腕に力を入れる。すると、

『どうした？』

相手は反応した――が、遅い！

次の瞬間、俺は左腕に宿す光の剣を、右の魔法剣へ重ねる。アズアは何事かと一瞬動きを止め、
同時、光が魔法剣へと吸い込まれていく――!!

『何……？』

呟《つぶや》いたアズアは右腕に闇をまとわせる。それは盾《たて》代わりのようだったが、俺は構わず上段からの振り下ろしを決める！

魔法と技の光が一つになり、威力が増す――アズアの腕に触れた瞬間、予想以上に腕へと食い込んだ。それはどうやら神霊側にとっても想定外だったらしく、下がろうとした。

その間に腕を――両断する。粒子が舞い、アズアは即座に腕を振り切断された部位を再

生した。

『頭部か胸部か……その辺りに強い魔力を感じる。魔法生物のように核となる部分があり、そこを潰《つぶ》さなければならんようだ』

ガルクの助言。ならばと、俺はさらに魔力を刀身に込め、前進する。

アズアが俺の力を目《ま》の当たりにしてどう考えたのかわからないが……相手も前に出た。

そしてかざされる両腕。俺の斬撃《ざんげき》を防ぐ構えであり、おそらく一度剣を受け、それを流しながら前進の勢いを利用し懐《ふところ》へ滑り込む――

なら俺のやることは一つだ！

斬撃を斜めに振り下ろす。剣は交差した腕を直撃し、一時止まった。

俺の力で押し切れるか微妙なところ……このまま膠着《こうちゃく》状態に陥れば――いや、構うか！

「――あああっ！」

叫び、振り抜く。腕に入り込んだ刃が、漆黒をとうとう両断する！

そのままの勢いで体に到達。勢い任せに剣戟《けんげき》を叩《たた》き込む。

胸部に刃が当たる。金属的な感触が手に伝わってきたが、それに構わず薙《な》いだ。途端に体が揺れるアズアの分身。さらに追撃として刺突を放つ。

腕は両断されたまま。再生は間に合わない――その一撃は、見事頭部を刺し貫いた。

『ぐ――』

呻《うめ》く間に俺は剣を引き、胸部にトドメの横薙《な》ぎを決める。それがアズアの体に食い込み、確実に弱っていくのがわかった。

そして、体から圧倒的な魔力が霧散し始める。

『……なるほど、少々できる人間のようだな』

分身が消えていく……その光景を間近で眺めながら、アズアの声を聞く。

『私の本体はここから西の湖にある……決着をつけたければ、来るがいい』

ザアアア——黒い粒子となり、分身は影も形もなくなる。それと共に部屋を侵食していた闇も、溶けてなくなった。

『完全に消えたな。もうアズアは去ったと考えていい』

ガルクの指摘。次いでユノーが質問してくる。

「……終わった、の？」

「ああ、どうにか」

答えた俺は、大きく息をついた。

「しかし、最初凄《すさ》まじかったたな。あれはあくまで威嚇《いかく》のためで、全力でなくても勝てたが……ガルクの助言がなければ俺も退避していたな」

「ガルクのおかげで戦うって決めたのか……あたしに教えてくれてもいいじゃん」

「アズアの前でガルクの名は出したくなかったからな。そんなに不安だったのか？」

「さすがにすごい魔力だったから驚いたよ」

ユノーでさえビビるほど。もっとも全力でない俺が倒せるレベルなので、何かしら技術を用いているはずだが――

『少ない魔力量でも一挙に噴出すれば、アズアがやったように瞬発的に強化できる』

俺の疑問に答えたのは、ガルクだった。

『収束した魔力を、技術を用いて一気に解放する……そんなイメージだ』

「それって俺も使えるのか？」

『うむ』

「例えば身体強化に応用して、瞬間的に力を増幅させるとか……」

『それもできるぞ。技術的にも難しくないので、少し指導すればルオン殿も使えるようになる』

「お、なら教えてもらおうかな」

「ねえ、ガルクと何の話をしてるの？」

会話に入れないユノーが懐《ふところ》から飛び出ながら尋ねる。咄嗟《とっさ》に答えようとして……この場ではさっさと話を進めた方がいいことに気付く。

「それは後にしよう。肝心の資料は……」

部屋を一瞥《いちべつ》し否応なくわかる。資料は闇に飲まれそのほとんどが消失していた。凄まじい魔力だったのだ。これは仕方がない。

床に散らばる資料も消え失せていたが……俺は拾った資料を懐《ふところ》から取り出す。近くにあった物を適当に選んだのだが——

「……大当たり。値千金《あたいせんきん》の情報だ」

「ルオン、何が書いてあるの？」

「内通者に関する密書だ。魔族と繋《つな》がっている人物というべきか——」

その中には、シルヴィの復讐《ふくしゅう》相手であるジェルガの名も存在していた……なおかつ、文書の内容からして、

「これは、アズアの力に関連する物じゃないな」

「え？」

「この研究施設自体、人間の魔物化についてのものだったはずだ。おそらくそうした研究に関わった、あるいはスポンサーか協力者か……そういう人物達の名が記されている」

その中で——顔が自然と険しくなる名前を発見した。以前、ソフィアの口からも漏れたその名は、

「おい、マジかよ……」

「そんなに深刻なの？」

「……ゼクエス＝ラジード＝ナテリーア」

「は？」

「ここから北にある魔法大国……魔族を追い返した国、ナテリーア王国の第二王子の名が記されてる」

――さすがのユノーも口を開けてポカンとなる。

「ちょ、ちょっと待って!?　王子様の名前!?　しかもこの国じゃなくて……!?」

「この一件、俺達が想像する以上に根深いものみたいだな……下手すると国家間の紛争にまで発展しそうだ」

深刻だ……俺は大きく息をつき、資料を丁寧《ていねい》に折りたたんだ。

「これは、俺がどうこうできるレベルを超えているな。ラディを通し国王に伝えるべきだ。現段階で公表できるような内容じゃない」

「う、うん、そうだね……それじゃあ戻ろう」

「ああ」

入口へ近寄っていく。その足は戦いが終わったのに重くなっていた。

鍵を開け、扉を開放。すると右往左往しているラディ達と鉢合わせした。

「ルオンさん、大丈夫なのか!?」

「ルオン、なんという無茶をする！」

と、ラディとシルヴィが近寄り詰問してくる。俺はちょっと驚き、

「あ、ああ、平気だよ……えっと、逃げ回っていたら次第に魔力がしぼんでどうにか倒すことができたよ。あの魔力は見かけ倒しだったみたいだ」

「ルオン、なぜ一人で戦ったんだ？」

しかめっ面でシルヴィが訊《き》いてくる……のだが、ここで疑問が一つ。

「なぜそこまでシルヴィが反応するんだ？」

「火を囲み共に食事をすればもう仲間だ。心配するのは当然だ」

「……そうか。別に戦おうとは思っていなかったよ。床に散らばった資料を拾い上げる策があったからそれを実行して、逃げ回っていた。それだけの話さ」

そう言いながら俺は資料をラディへ渡す。

「これを王へ。内容は、王様が直接確認するべきだ」

「読んだのか？」

「ちょっとは確認しないといけないからさわりだけな。この資料があれば、確実に宮廷魔術師長を追い詰めることができるよ」

「そうか……ありがとう」

「それとラディ、俺のことは話さないでくれ。事情ありであんまり国と関わりたくないんだ。手柄は全部そっちでいいから」

「い、いいのか？」

「ラディにとっては不本意かもしれないが、俺としてはその方がいい。遠慮なく貰《もら》っておいてくれ」

「太っ腹だな、ずいぶんと」

なんだか呆《あき》れた調子のネストル。少しすると一転、笑顔になり、

「それなら礼におごるよ。酒場で飲み明かさないか？」

「申し出は嬉《うれ》しいけど、酒は飲めないんだよ。不服なら貸し一つってことで」

そして俺はラディの背中を押すように言った。

「ここでの戦いは終わりだ……あとは国の人達に託そう」

第二十一章　湖の城

宮廷魔術師長のスキャンダルは、瞬く間に都を駆け巡り大騒ぎとなった。事件から数日経《た》った今は町を歩けばその話題で持ちきり。どれだけ衝撃だったのか如実に物語っている。

公にされた顛末《てんまつ》としては、宮廷魔術師長が魔族と結託し砦《とりで》の襲撃を画策したとして処断という形に。だが屋敷で手に入れた資料に関する情報はない。さすがに公表しなかったか。

「町は何事もなく、目立った混乱もない。騎士達が無茶苦茶になった研究室を捜索したところ、砦を襲撃した魔族と内通する文書なんかも残っていたらしいから、一連の事件は解決したと捉えていいな」

俺の言葉に、向かい合って座るシルヴィとオルディアは頷《うなず》く――時間は昼前くらい。野営地に戻り、どうなったかを食事しながら一通り話し終えた後だ。

ちなみに今日の料理はシチュー。ソフィアお手製で相変わらず美味《おい》しい。

「ルオンさん、資料に記載されていた隣国の王子については？」

オルディアの質問に俺は口元に手を当てて、

「現段階ではわからない。ラディは王様にそれを伝えたみたいだし、何かしら手は打ってくれるだろうけど……」

「デリケートな問題だからな。対応に悩むところだ」

シルヴィの発言。その目はどこか殺気に満ちている。

理由は……彼女の復讐《ふくしゅう》相手であるジェルガについて教えたから。どうしようか迷い、最終的には伝えた。まあ彼が事件の関係者であることが判明しただけで居所がわかったわけではないし、これを通して彼女のイベントが進展、とはいかないだろうな。

「ルオン、王子に近づけばジェルガに会えると思うか？」

「厳しいんじゃないか？　そもそもあの資料は宮廷魔術師長と関わりがあった件だけで、王子とジェルガが直接顔を合わせているかどうかは確認できない」

「それもそうか……」

「シルヴィが言った通りデリケートな部分だ。事態が進展するまで王子については首を突っ込まない方がいい」

これから王子がどういった行動をとるのか……事態が知れ渡った段階でどうするのか。ナテリーア王国内で反乱など起きた日には――

「そう心配する必要はないですよ」

口を挟んだのは、俺の真横にやってきたソフィア――ゼクエス王子とは親交があったと以前語っていた。思うところはあるはずだけど、彼女もリーゼも事態を重く受けとめ、私情を挟まず冷静だ。

「ゼクエス王子は個別に軍隊などを所持していませんし、魔族を追い返した戦力もナテリーアにはありますから、仮に王子が反旗を翻そうにも無理でしょう」

「なら、王子は――」

「宮廷魔術師長が処断されました。私の予想ですが、この情報が広まった時点で自分の身も危ういと感じるでしょう。国を脱し魔族と合流する……その可能性が高いですね」

もし王子を捕らえるなら、事件のことは公にせず水面下で段取りをして……いや、それをやると王子が本当に関与していたのかどうか、疑われる羽目になるか。

「両国の関係はそれほどよくありませんから、動くとしたら事件が公になってから。密かに王子を捕まえるのは、まず無理だと考えていいでしょう」

彼女の予想が一番現実的……仮に王子が出奔《しゅっぽん》したとしてどこに行くのか。使い魔を使ってナテリーア王国の首都を観察しよう。王子を捕捉できるかは厳しいが、やっておいて損はない。

ソフィアが俺とすれ違う。こちらは彼女から視線を外しシルヴィに話を向けた。

「そっちはこれからどうするんだ？」

「逆に訊《き》きたいが、ルオンはどうする？」

「俺達がここに来た目的は話したよな？　精霊に関することを調査しているが、研究室で遭遇した敵……あいつがその力を持っていた」

「追うのか」

「ああ。おそらくシルヴィの目的とは合致しないぞ」

「ついてくると思ったのか……その予想は正解だよ。ボクはルオン達について行った方が目的を達成できるのではないかと考えている」

　正直厳しいぞ……沈黙していると彼女は笑い、

「情報を基に無我夢中で追うよりも、ルオンと一緒にいた方が案外飛び込んでくるんじゃないかと思ってね。迷惑にならないようにするからさ――」

　その時だった。突如背後から、

「やああああっ!!」

「はあああああっ!!」

　女性二人の裂帛《れっぱく》の気合い。ソフィアともう一人――

「見ないのか？」

　オルディアが質問。同時に森の中に重い金属音が響き渡る。

「正直見飽きた。この数日間で何回やっていることか」

「ちなみにボクも参加してるぞ」

「知ってるよ。誰がメシ作るか勝ち負けで決定してるのも知ってる」

今日の食事はソフィアが負けた結果によるもの。個人的には彼女の料理が食べたいと思ったりするが……つまり負け続けるってことで、これ言ったら怒られそうだ。

そこでようやく振り向く。丁度ソフィアがリーゼのハルバードを弾き飛ばしているところだった。

間合いを詰めようとする彼女に対しリーゼは適度に距離を置き、突きを差し込んでいる。ソフィアは接近して仕留めたいようだが、リーゼには体術もある。無闇に近づいてもカモにされるだけ。判断が難しい。

リーゼの突きを幾度となくソフィアは打ち払う。剣によってハルバードの軌道が変わる光景はなんだか奇妙で、相対するリーゼは攻めあぐねている様子。

ソフィアの身体強化は練度もなかなかのもので、その成長速度も相まって騎士だって対抗できる人間は少ないはず。しかしそんな彼女にリーゼも食らいついている——賢者の血筋であるソフィアの影響を受けて彼女も大きく成長しているのか、あるいはソフィアに対抗できるほどの技量をたゆまぬ努力で得たのか——

ここで勝負が動く。針に糸を通すようなタイミングでソフィアは一歩足を踏み込み、剣を見舞う。体術でもハルバードでも咄嗟《とっさ》に応じることができない絶妙な間……リーゼは遅れて小手により防ごうとしたが、力が入りきっていない以上、剣戟《けんげき》を押し留《とど》めることはできなかった。

　小手もまた剣に弾かれる。そして首筋に突きつけられたソフィアの刃……そこで俺は立ち上がった。

「ソフィアの勝ちだな」

「隙《すき》を見極めるのが上手《うま》くなったわね」

「ありがとうございます」

「ところでリーゼ」

　俺はハルバードを手放す彼女に尋ねる。

「事件は解決して安全は確保した……なのに、どうしてまだここにいるんだ？」

「いてはいけないの？」

「駄目とは言わないが……いい加減城に戻るべきじゃないか？」

「事件は解決し砦《とりで》襲撃の手引きをした人物は捕まえたけれど、まだ城内に魔族のスパイがいるかもしれないでしょう？」

　リーゼには重要な情報を伝えているから、色々考えたらしい。

「それは、まあ」

「だったらこのまま姿を隠した方がいいわ。シルヴィ、ラディに手紙を渡してくれた？」

「無論だ。ラディによれば、王も王妃も涙を流していたそうだ」

――さすがに王には無事であることを伝えるべきってことで、彼女直筆の手紙をラディに託した。よって王や王妃には彼女が生きていると伝わっているのだが……。

「いや、それでも戻るべきじゃないか？　王と相談して――」

「普通に帰れば私が存命だと知れ渡る。そうなったら魔族が何をしてくるかわからないでしょ？　それを防ぐには私が誰にも見つからないよう城の中で隠れて過ごすしかない」

そこまで言うと、リーゼは憮然《ぶぜん》とした面持ちで、

「嫌よそんなの。だったらルオンやソフィアと一緒に旅をするわ」

「主張は理解できるが、俺達は魔族と戦っている。危険と隣合わせだ。王や王妃だって同意しないだろ」

「旅をする旨は手紙に書いておいたわ。駄目だったら返信してほしいって要望したけど、来なかったから同意したということなのよ」

「……どうしてこう、説得されちゃうかな」

「リーゼ姉さんは相当場数踏んでますから、信用されているのでしょう」

と、ソフィアが口を挟む。

「それに言い出したら聞かないのはご存じでしょうし」

「頑固さはソフィアと一緒か……」

「私、頑固ですか？」

「一度決めたらてこでも動かない姿はどう考えても頑固だよ」

「そうだな。ソフィア、一戦やろう」

シルヴィが椀を空にして立ち上がる。それに同意し対峙《たいじ》するソフィア。ちなみにこの組み合わせの場合、決まって激しい乱打戦になる。というか、ソフィアが頑《かたく》なにそういう戦いに持ち込んでいる。

「ボクとしてはいい練習になるからいいけど、たまにはやり方を変えたらどうだい？」

「いえ、私としてもよい訓練になりますから」

「ルオンの言う通り、頑固者だねえ。リーゼ、王族は誰もがこんな性格なのかい？」

「どうかしら」

小首を傾《かし》げるリーゼ。そこでソフィアが接近し――先ほどと比べ負けず劣らずの金属音が響き渡った。

両者の剣が一切の加減なく放たれる。双方の中間地点で激突したかと思うと同時に引き、また狙《ねら》いを定め剣戟《けんげき》が衝突する。

どちらが攻勢でどっちが守勢なのかわかりにくいが……この勝負は基本シルヴィが攻撃側でソフィアが防御しているといった具合。しばらく経《た》つとソフィアの顔が苦しそうになり、打ち負ける――それがいつものことであった。

しかし今回は違った。シルヴィの剣を受ける度に少しずつ、ソフィアの剣速が増していくように感じた。

「これは……!?」

シルヴィが驚愕《きょうがく》する。どうやら今までと違う展開……！

刹那《せつな》、ソフィアの剣が勢いよくシルヴィの剣を弾き飛ばした。さすがに手放すほどではなかったが、シルヴィの動きが鈍って隙《すき》が生まれる。

そこへ押し込んでいくソフィア——勝負は一瞬、打ち合いを制し、ソフィアは相手の首筋に剣を突きつけた。

「おー、初勝利だね」

ユノーが言う。そしてシルヴィは小さくため息をつき、

「見事。ソフィアの勝ちだ」

言葉の直後、ソフィアは綺麗《きれい》に一礼してから、ツカツカと早歩きで俺達の横を通り過ぎ、テントの中へと入って行った。

「……どうしたんだ？　あれ」

「嬉《うれ》しいんでしょうね」

リーゼのコメント。嬉しい？

「やっと勝てたぶん飛び上がりたいほど嬉しいのでしょう。でも喜ぶのは人目もあるから

テントの中に入ったと」

「……そんなに？」

「なんだかんだで負け続けていたからな」

シルヴィが近寄ってきて、俺の横に座りながら述べた。

「正直負けるつもりはなかった……適応能力が高いな。ボクの自慢の技に対しこれだけ短期間で一本取るくらいまで成長されると、ただただ凄《すさ》まじいと感心するばかりだ」

……そうは言うが、シルヴィについてもソフィアと打ち合うことで急速に成長している。本来ゲーム中最強技に位置する『一刹那』は復讐《ふくしゅう》相手との一騎打ちを経て覚えるのだが――

「シルヴィ、さっきの技って完成しているのか？」

「いや、まだだ。けれどソフィアとの戦いで大きく進んだ」

もしかすると、賢者の血筋であるソフィアと鍛錬すれば完成するのかもしれない……そんなことを思っていると、リーゼが彼女に尋ねた。

「料理については私かシルヴィの担当になるけれど」

「一応作れるが……個人的にはソフィアの料理が食べたい」

俺とまったく同じ考えである。

「リーゼはどうだ？」

「そうねえ……ならシルヴィ。ちょっといいかしら？」

「悪巧みをしてそうな顔つきだな」

ニンマリとなったリーゼに俺がコメント。

「あ、そう見える？」

「ああ、はっきりと」

「どうするんだ？」

シルヴィが食いついた。ここで止めることができればいいんだけど……彼女達、俺がたしなめても一切聞かないから、たぶん無理だな。

リーゼがシルヴィに顔を近づけ、耳元でささやく。すると、

「よし、それでいこう」

嫌な予感がする……なおかつこっちに顔を向けている。え、俺絡みなの？

「いいだろう。リーゼ、頼んだ」

「ふふふ、任せて」

と、二人の会話が終わったところでソフィアが戻ってくる。

「私も食べますね」

「ああ。はい、どうぞ」

「ありがとうございます」

中身が入った椀を受け取り、礼を述べるソフィア……事の推移を見守っていると、シルヴィが口を開いた。

「ところでソフィア」

「はい」

「とうとう勝ったわけだが……こうなると料理当番はボクかリーゼってことになるな」

「そういう約束でしたね」

「別に料理は作れるし問題はないが……個人的にはソフィアの手料理が食べたい」

「そうね、とても美味《おい》しいし」

「褒めても何も出ませんよ」

シチューを口に入れながら一言。それに対しリーゼは、

「そういえば、ルオンはずっと食べたいって言っていたわよ？」

――あやうく噴き出しそうになった。勢い余って口に入れたばかりのニンジンをそのまま飲み込んでしまう。

ソフィアも同じようで……そうまで直接的に言われたことがないためか、つんのめりそうになった。

「ソフィア、どうしたの？」

「……リーゼ姉さん、料理したくないからルオン様を利用していませんか？」

「いえ、以前本当にルオンは言っていたし」

「言ってないぞ」

さすがにそれは否定したが、リーゼは俺の心の声をしかと聞いたとばかりに、

「そう思っているのは事実よね？」

憎たらしいくらい満面の笑み。これはあれか、料理がどうとかいうより、俺を引っ張り出してソフィアの表情が変わるのを楽しんでいるのか。

「ルオンってさ」

と、ユノーが参戦。リーゼの味方が増えた。

「胃袋完全につかまれてるよね」

「……うるさいな」

そう言ってしまったので実質肯定しているも同然。内心ではそんなことないと否定はしたくなかった。本当に美味《おい》しいし、実際胃袋つかまれてるし……。

「そ、そうですか」

どことなく照れた様子のソフィア。その様子にリーゼやシルヴィがニヤニヤする。

「私は構いませんよ。元々作り続けるつもりではありましたし」

「いや、さすがに負担全てを押しつけるわけには……」

「私自身迷惑ではありませんし、楽しいですから」

にこやかに語るソフィアに対し、俺は申し訳ない思いとずっと食べたいな、などと考えたことに罪悪感が……。

「ソフィア、お手伝いはするから」

そう告げるリーゼ……俺はここで一つ質問した。

「リーゼ、本当に俺達と一緒に旅をするつもりか？」

「ええ、そのつもりよ」

と、リーゼは一転表情を引き締め、

「ソフィアのことは任せてもらおうかしら」

「……一応訊《き》くが、どこまでついてくるんだ？」

「それはもちろん魔王を打倒するまで――」

リーゼは真剣な眼差《まなざ》しを伴い、

「大切な、妹のような子が戦っている。私としてはこれを見過ごすことはできないの」

「リーゼ姉さん……」

「もちろん足手まといになったら素直に引き下がるわ。ルオン、お願い」

――彼女もまた、自分の意志だ。俺にはそれを拒否する権利はない。

それに、戦力的な観点でもリーゼは十分すぎるほどだ。ソフィアと互角に渡り合う騎士……この上ない仲間となるに違いない。

「わかったよ。旅の道中知り合った仲間ということにするか？」

「いえ、ソフィアの姉ということにしておきましょう。私の名前はリーゼ＝ラトルね」

「すごいなルオン、王女様二人と旅を共にすることになるとは」

シルヴィが横槍《よこやり》を入れる……そう言われるとなんだか緊張してきた。

「……まあ、よろしく頼むよ」

そこから女性陣が会話を始める。ここで俺は視線を黙々と食べ進めるオルディアへ。

「そういうわけで、リーゼとシルヴィが旅に同行するぞ」

「俺はルオンさんの決定に従おう」

「今回、ここの見張りを任せて悪かったな」

「気にしていない。俺も訓練に参加して、色々と学ぶことができたしな……それに」

彼は口の端に小さく笑みを浮かべた。

「色々と新たな技術を開発できた」

「技術？」

「まだ検証段階であるためすぐに実戦で使えるわけではないが……いずれ役立つ時はくる。期待していてくれ」

自信を覗《のぞ》かせるオルディア。ふむ、彼がそう言う以上、これからの戦いで活躍してもらえそうだな。

ともあれ彼にもまた良い刺激になったようだ。ソフィア、オルディア共にこの国でレベルアップを果たしたわけか。

「ひとまず、出発は明日にしよう」

俺は改めて口を開く。

「目的地はここから西にある湖……ほとりに町があるから、そこを目指すことになるな」

なお、まるで誘われるようにそこへ向かっているゲーム主人公――フィリがいる。彼と協力して魔族を倒す……しかしアズアのこともある。一層警戒しなければと胸中で思う。

「そこで、屋敷で遭遇した敵とも決着をつけると」

シルヴィが会話を中断し告げた。

俺が「そうだな」と同意すると、彼女はやや不安な表情を示す。

「あれは分身だったんだろう？　それであの魔力……到底勝てるとは思えないぞ」

「手はあるから大丈夫よ」

そうフォローを入れたのは、突如現れたレーフィンだった。

「該当の魔族について、ルオンから聞いた内容だと十中八九精霊の力を利用している……決して無謀な戦いではない」

シルヴィに対する方便だ。

「そうか……とはいえルオンと共にいる天使様が怯《おび》える声を出すくらいだ。しっかり対策を講じておくべきだ」

「――え？」

ソフィアが呟《つぶや》いた。威圧がどれほどのものだったかは伝えていないので、ユノーが怯《おび》えた事実は、彼女にとって衝撃だったらしい。

「その辺りは心配しないで」

と、レーフィンがすかさずフォローを入れた。シルヴィとしてはそれでも不安みたいだが、精霊が大丈夫と太鼓判を押す以上、引き下がった。

「それならこの話は終わりだな。ソフィア、食事も済んだし腹ごなしにもう一勝負といこうじゃないか」

「構いませんよ」

ソフィアとシルヴィはおもむろに立ち上がる。俺を含めた残りの面々は、そんな様子をどこか微笑《ほほえ》ましく眺めるのだった。


――夜、全員が寝静まった中で俺は一人外で夜風に当たる。たき火もなく完全に月明かりのみだけど、野営地周辺は魔法により薄いながら魔力障壁を構成しているので獣や魔物は近寄ってこないし、もし来てもわかるようになっている。

二つあるテントの一つは女性陣が眠り、オルディアはもう一方で眠っている。俺は夜半密かにテントから出て月明かりの下、こうして待っている――レーフィン達を。

やがてテントからわずかに音が。視線を移せばユノーとレーフィン、そしてアマリアの姿が。

「レーフィン、問題ないか?」

「全員ぐっすり眠ってるわよ。起きたらロクトが連絡を」

「……ロクトにはなんだか申し訳ないな」

「私やアマリアに遠慮しているのもあるけれどね」

「別にそんな必要はないのだけれど」

レーフィンに続きアマリアが言った。

「ねえねえルオン、聞いてよ」

次にユノーが楽しげに喋《しゃべ》る。

「ソフィアとリーゼが寄り添って寝てるの。これがまた可愛くて。ルオンも見る?」

「なぜ俺に話を振るのか……遠慮しておくよ。それで、本題は――」

『うむ、我から話そう』

俺の右肩にガルクが現れた。俺以外全員小さい姿で、傍《はた》からはずいぶん妙な光景。

『アズアが実際に魔族と協力関係を結んでいる……この事実は先の戦いで確定となった。しかし、我としては疑問が二つある』

「疑問？」

 聞き返すと、ガルクは自身の見解を述べた。

『アズアは屋敷で依《よ》り代《しろ》を用いて証拠隠滅を謀《はか》った……と考えるのが筋だが、アズアの行動にいくつか違和感を覚えた。その最たるものが、あの威嚇《いかく》だ』

「魔力をあれだけ発していたのが怪しいと？」

『アズアがあの場に現れた際、魔族と手を結んでいるのなら資料破壊と現場にいた人間をどうにかするのが普通だ。にも関わらず、アズアは威嚇し退けと命じた』

「さっさと人間を追い出し、資料を抹消したかったんじゃない？」

ユノーの意見。しかしガルクは首を横に振る。

『居合わせた人間を逃がすのはどう考えてもおかしい。あれだけ威嚇すれば、国側が報告を受け相応の防衛準備をすることになる。我々はこの国に五大魔族の拠点があることを知っているが、あの時点で国側は裏切り者がいると認知していたにすぎん。わざわざ恐怖をあおり必要以上に警戒させるのは愚策だ。あの場における最善の策は、資料とあの場にいた人間を始末。やられた理由は開発していた魔物の暴走ということにすればいいだろう。これなら内通者に全ての罪を押しつければ、少なくとも国側は裏切り者に注意こそすれ、魔族に対し警戒の度合いを深めるようなことにはならないはず』

「……ガルクはこう思っているのか？」

俺は内容を頭の中で整理しながら問い掛ける。

「ああして仰々しく威嚇したのには、理由がある……また人間を積極的に殺そうとしなかったと」

「アズア様が、味方であるかもしれないってこと？」

アマリアが尋ねる。言葉の響きに、どこか安堵《あんど》したようなものも混ざっている。

「無闇に殺生《せっしょう》せず、むしろ人間に魔族がいると警戒を抱かせるためにわざと威嚇を？」

『あくまで推測だぞ。しかし我は今回の件でアズアが魔族と手を組んでいる……それが寝返ったとイコールではないと考えた』

「そうか……疑問の二つ目は？」

こちらの言及に、ガルクはさらに続ける。

『アズアがルオン殿に残した言葉だ』

「湖で待っているって言葉か」

『我らはルオン殿の知識から、五大魔族ダクライドの目的が魔法実験なのだとわかっている。そしてそれはルオン殿が言う物語の主人公によって止められるが、本来魔法実験――それも国に大きな被害を及ぶすほどの実験ならば、魔族もかなりの資源を投入し、その分防衛なども手薄になる。そういう実験をするなら当然、魔族としても秘密にしておきたいはずで、ルオン殿に居所を伝えるのは変だ。我としては、ルオン殿の実力を目《ま》の当たりにして、アズアが来るよう仕向けたのでは、と考えている』

「確かに、実験中に拠点へ踏み込ませようなんて、考えにくいわね」

レーフィンがガルクに賛同……うん、納得できる説明だ。

『アズアの行動はどこか詰めが甘い……というより、明確なミスがある。やつのことはある程度理解している我からしたら奇妙だ。もっともアズアの真意が魔族と手を組む以外にあるとしても、まだ結論を出す段階ではないな』

「どちらにせよ、ダクライドとの戦いも一筋縄ではいかないようだ」

俺はふう、とため息を一つ。

「現在、物語の主人公の一人が湖方面へ進んでいる。そこで五大魔族と関わるかどうかは不明だが、可能性は高そうだ」

「ルオン、その人は誰？」

「フィリだ」

ユノーの質問に答えた俺は、口元に手を当て、

「顔見知りだから共に戦うのは問題ない。アズアの一件がなければイベントをこなし、ダクライドを倒すだけ……懸念《けねん》はアズアについてだな」

「砦《とりで》や屋敷の戦いを考慮するなら」

今度はレーフィンからだった。

「魔族を一撃で倒したソフィアと、分身と対等に戦ったルオンには何かあると思うわ」

「ダクライドとの戦いを密かに取りはからってくれるとかなら理想なんだけどさ……仮にアズアがこちらの味方であったとしても魔族にそうだとバレないようにするだろうし、妨害の一つや二つ覚悟しておくべきだな」

「ならそれを逆手に取れば？」

と、ユノーが提案する。

「ルオンやソフィアが二人で動いて、他の仲間達をダクライドの所へ行かせるとかさ」

「……ダクライドの拠点における魔物の能力なども加味しないといけないが、確かに候補の一つだな」

フィリはともかく、オルディアやリーゼの能力なら、いけないこともないかな？

「ダクライドの拠点における戦いは、魔物との遭遇率が高かったはず。それ以外、取り立てて特徴はないし」

「ルオン、罠《わな》とかもないの？」

ユノーの問いに俺は「ああ」と肯定し、

「注意していればさして問題にならない……こっちにはダクライドの位置がある程度わかるオルディアもいるし、対決まではそう問題もないはずだ」

「肝心のダクライドって魔族の能力は？」

「五大魔族はそれぞれ得意な属性を持っている。レドラスが風、ベルーナが地というように。今回は水……主体的に使うのは氷か。動きを止めてくる攻撃が多いな」

仮に俺やソフィアがアズアの気を引く役割を担ったとしたら、そこが問題になるかな？

「五大魔族ダクライドの見た目は……二刀流の鎧武者《よろいむしゃ》だ」

「ムシャ？」

ユノーが首を傾《かし》げる。あ、そうか。この世界に武者って言葉はないのか。

「ちょっと特徴的な騎士と思えばいいよ」

東洋風の鎧に身を固めた特徴的なデザインで、この世界に対し違和感のある容姿だったのをはっきり憶《おぼ》えている。

「防御能力なんかはまあそこそこで、二刀流の剣はどちらかというと防御に使うパターンが多い。ダクライドの主役は魔法だから、フィリ達には魔法に注意しろ、といったアドバイスが適切かな」

俺はゲームにおけるダクライドを思い出し、続ける。

「そいつには氷属性の特殊技が二つある。一つは『アイスバインド』という魔導技で、魔力を込めた衝撃波を放つ。直撃すると瞬時に足などが氷漬けになって動けなくなる。時間にしてそう長くないが、拘束されることが致命的なのは理解できるだろ？」

他には専用魔法『アイシクルスフィア』が厄介《やっかい》だろうか。中級魔法『アイシクル』の強化版で、四方八方から大量の氷柱が襲い掛かってくる。

「ダクライドの氷は人間の体表面にある魔力に反応して凍り付く設定だったから、体に触れなければ大丈夫なはず。あとは『アイスシールド』を使えば魔法も大抵防げるから、氷属性であることを言い含めておけば、対策としては十分……アマリア」

「何？」

「居城に入り込んだら氷属性の形質があるとか言って、仲間に警告してくれ。俺が情報を持っているのは怪しまれるし、知識があるなら元魔王軍のオルディアが助言するはずだけど、彼から残る五大魔族で情報を持っているのはグディースだけだと旅の途中に聞いたから、今回はこっちからアドバイスする」

「なるほど、わかったわ」

ひとまず事前に対応しておくことは以上かな。

フィリ達についてはーーこっちが五人で、フィリには二人の仲間がいる。その内一人は俺も驚くような人物であり……大きな助けになりそうだ。

しかし、合計八人ーーゲームにおける定員だ。この大所帯に加えアズアは俺やソフィアのことを知っている……相手の出方が不明瞭だが、やるしかない。

「話し合いはこんなところかな。他に何か言うことは？」

「では、私から」

レーフィンが小さく手を上げる。

「この戦いが終わったら、次は火の精霊との契約に赴《おもむ》くと思うのだけれど……その後は大陸の情勢を見極めて動くのよね？」

「そうなるな。ただ王子の裏切りの件もある……悠長にしてはいられないな。何かあるのか？」

「いえ、四精霊……それも選りすぐりの存在が集まったとあらば、何かしら私達の力を利用した技などを編み出せないかな、と」

お、それはいい案だな……オリジナル技ってことか。

「レーフィンに案があるなら是非ソフィアに提言してみてくれ。彼女は実戦で強くなるタイプだから、それを参考にして色々やるだろ」

「わかったわ。ひとまず最後の精霊、サラマンダーとの契約をしてからね」

これで作戦会議は終了。ガルクが消え精霊が戻り……唯一ユノーだけが残った。

「どうした？」

「寝顔とか確認しとく？」

「するわけないだろ」

こちらの反応にユノーは笑う。まったく……。

「冗談はほどほどにしておけよ」

「わかったよ。でさ、ルオン。サラマンダーってどこにいるの？」

「北のナテリーア王国内だ……王子の件もあるから、丁度いいかもしれない」

北部は魔王軍の影響で魔物が強くなっていたりもするが、今のソフィアなら問題にもならないはず。

そしてサラマンダーのすみか近くに神霊である不死鳥フェウスもいる。協力を取り付け、これからの戦い――大陸崩壊の魔法『ラストアビス』を防ぐべく下準備を進めるわけだ。

「ダクライドを倒したら、残る五大魔族どちらかを倒した段階で南部侵攻が始まる……それまでに、今よりも状況を盛り返したいな」

レドラスの時もベルーナの時もリエルの資料に基づけば被害は抑えられている。これで南部侵攻の際、盟主となるアラスティン王国のカナン王子が立ち上がれば戦争勝利に向け大きく前進することになる。

ただし懸念《けねん》もある――バールクス王国について。ゲームでは放置しても南部侵攻に対処すれば自動的に解放されたが、現実ではそうもいかない。むしろ放っておけばバールクス王国から大量の魔物が援軍として押し寄せるだろう。できることなら解放したいが……。

「ダクライドを倒したらどうするか再度考えるよ」

「了解。頑張ってね」

ユノーは手を振りながらテントへ戻っていく。そんな彼女を見送り、俺も体を休めることにした。

翌日、俺達は湖がある西へと進路を向ける。リーゼが仲間になったことからパーティーの雰囲気も明るく、道中トラブルもなく進むことができた。

そうして何事もなく到着したのは湖のほとりにある町。名はレガント。ゲームにも登場した所で、ダクライドと戦う際の拠点になる。

なおかつフィリは一足先に到着している。酒場にいるようなので、偶然を装い接触することにしよう。

「時間は昼前だけど、食事をしてから情報収集といこう」

ダクライドとの戦いが始まるイベントは、町中にある湖を一望できる広場から始まる。ただアズアが関与しているので、その度合いが深いのならイベントに変更があるかもしれない。

まあアズアが来いと言ったので、ここで右往左往していたら干渉してくるかもしれないな……ともあれ実験は防がなければならないため、是が非でも話を進めよう。

「ずいぶんと穏やかな町ですね」

ソフィアが感想を述べる。それに答えたのはリーゼ。

「元々ここは湖を利用した観光の町だからね。メインの街道からも外れていて軍事的にも価値はないし、国側も関心を寄せなかった」

「けれど、この周辺に魔族がいる……」

「私達はそれを知っているけれど、確固たる情報がなければ見向きもしなかったでしょうね」

町中を進み、フィリがいる酒場に目をつける。外観もそれなりによく、彼がいなくともここを選んでいたかもしれない。

「あそこにしようか。いいか？」

全員頷《うなず》いたので、率先して中へ。店内を一瞥《いちべつ》し……左の方に当該の人物がいた。

「……あ」

「ルオン様？」

呟《つぶや》きに反応したソフィアを無視し、俺は左へ近寄る。

音で気付いたのだろう。三人のうち一人――フィリが顔を向け、

「――ルオンさん!?」

「まさかこんなところで会うとはね……」

女性の声により視線を彼の隣に。そこに彼と共にいる女戦士のコーリが手を振る姿。格好は変わっていないが風格は以前と比べてさらに増している。なおかつ戦士としての雰囲気が強く漂い、美人ではあるがショートカットの金髪も相まってやや迫力が勝っているよ

うに感じた。

「久しぶりね。活躍は聞いているよ」

「……知っているのか？」

「ええ、『天の剣士』様」

ちょっと強調するような言い方に、がっくりとなる。

「それ、やめてもらえないかな……」

「いいではありませんか」

ソフィアが隣にやってきて俺に言い、続けてフィリ達に挨拶《あいさつ》をした。

「初めまして、ルオン様の従者をしております、ソフィア＝ラトルと申します」

「……ルオン、フィーントにいた時は従者なんていなかったわよね？」

「村を離れてから仲間にしたんだよ。そして後ろにいるのが――」

残る三人を紹介し、俺はフィリ達と共に座る三人目に目を向けた。

「そちらは初めてだな」

「ああ、名はクウザ＝バファットだ。よろしく」

どこか軽そうな印象。なんとなく以前一緒に旅をしたギルバートの記憶が蘇《よみがえ》る。

年齢は二十歳そこそこ。髪色は真紅で少々癖毛なのかあちこち跳ねている。冒険者風の革鎧《よろい》姿で、彼の横にある壁には杖《つえ》が立てかけてある。

「杖からすると、魔法使いってことでいいのか？」

「そう解釈してくれて構わないぜー」

どこか間延びした口調。さて、話をしたいが人数も多いしどうするか――

「コーリ、クウザ、移動しようか」

と、フィリが唐突に立ち上がった。

するとコーリ達はあっさりと従う。俺は仲間達に目配せをして移動し、十人くらいは余裕で座れる円卓の席に腰を落ち着けた。

「ここに来たのには理由があるのか？」

まずは俺から質問。フィリは小さく頷《うなず》き、

「別の仕事を終えた際、近頃この周辺で魔物が活発になっていると噂《うわさ》を聞きまして」

「都でそんな話はなかったけれど？」

小首を傾《かし》げるリーゼ。それにフィリは、

「猟師などからの情報なので、まだ都には伝わっていないのかもしれません」

「なるほど、自然と共に暮らす彼らがいち早く気付いたと」

「はい。所詮噂なのですが、なんとなく気になってしまい……」

――フィリはフィーントの村にいた際、洞窟《どうくつ》の中で封じられていた魔獣と突然遭遇した。ゲーム的なイベントだからと片付けてしまってもいいが……彼はもしかするとゲームイベントに対し『におい』を感じるのかもしれない。賢者の血筋による力だろうか。

「コーリ、フィリのこうした言動に従っているってことは、確証があるのか？」

話の矛先《ほこさき》を彼の隣に座る彼女へ。すると、

「フィリがこんな風に言う時、なんだかんだで騒動があったからね」

なるほど……第六感的なものを持ち合わせているってことかな。例えばソフィアの父であるクローディウス王が俺に対し何か感じていたように、賢者の血筋が作用していると考えていいのか？

「ルオンさんは、なぜ？」

今度は逆にフィリから問い掛け。ここで俺は仲間達の顔を窺《うかが》う。

すると全員が俺を見返していた。特にリーゼやソフィアは俺に向かって頷《うなず》いてもいる。

こっちの判断に任せるってことかな。

なら――ひとまずソフィアやリーゼの素性については話さないことにして、

「……俺の従者であるソフィアが、精霊と契約した際に一つ頼み事を引き受けた。契約した精霊の同胞が魔族と関わっているらしく、真相を調べてほしいと」

精霊、と聞いてにわかにフィリの表情が険しくなる。

「精霊が……？」

「精霊の中にも魔族と同調する存在がいるってこと。それでこの国を訪れ、道中でこのメンバーになり、色々調べ回った結果この湖に行き着いた」

「フィリの予感と関係しているかもしれないな」

クウザの発言。背もたれに体を預けた彼はどこか斜《しゃ》に構え、言葉を続ける。

「今日からこの町で情報を集めようとしていたところなんだが……提案だ。一緒にやらないか？」

元々イベントを進めるために情報収集しようとしていたのだ。よって、

「ああ、構わないよ。みんなもそれでいいか？」

こちら側は一同頷いた。ならば、

「食事の後に早速、ってことでいいか？」

「はい」

フィリの返事にクウザやコーリは同意する様子。簡単に話がまとまり、方針はあっさりと決定した。

なのでここからは雑談……なのだが、いの一番に口を開いたのはユノーだった。

「コーリさんはフィリさんとずっと一緒なんだね」

「その言い方、なんだか語弊を招かない？」

「そうかな？」

わざとやってるだろ、お前……。

「そっちのクウザさんは？」

「とある仕事でかち合って、それ以来行動を共にしている」

「魔法使いなのに結構重装備。お城に仕える人とかはこういう装備をしていたりもするけど、冒険者は少ないよね」

「一応これには意味があるんだぞ」

「魔法使いなのに武闘派なんだよ、彼は」

コーリが両者の会話に割って入った。

「彼は無詠唱魔法の達人で、時には前線で戦ったりもするからね」

「達人って……言いすぎだろ」

クウザが苦笑。ユノーは興味を持ったか「へえー」と感嘆の声を上げた。

――彼は、ゲームに存在していた『三強』の一人。俺はこれで『三強』全員と交流を持ったことになる。

ゲームにおいて彼の特筆すべき点は、魔法の詠唱速度。仲間になる魔法使いは隠しパラメータに詠唱速度が存在し、下級魔法だと判別つかないが中級魔法以上だと差が出るようになる。基準の速度に対しプラスもしくはマイナス補正がかかる。

基本的には得意な属性魔法の速度が速い、といった形で特徴づけられていた。例えばフィスイリア王国で共に戦ったカティなら炎属性の詠唱速度が早くなる、といった具合だ。

もっともこれらは普通にゲームをプレイしていてもわかりにくいが……例外がクウザである。

ステータスは彼より上の魔法使いも結構いたが、詠唱速度――現実となった今では魔力収束速度か――がダントツに早く、下級魔法ならほぼノーモーションで放つことができる。

それがどういう結果をもたらしたか……連続で下級魔法を使い続けることにより、一人で魔物を食い止めるどころか完封できる魔法使いのできあがりである。技の場合は攻撃を行った後に硬直してしまうのでこうはいかないが、魔法はタイムラグがなかった。よってこんな芸当ができたわけだ。

そのゲームの特徴は、現実にも当てはまっているようだ。そんなクウザについて反応を示したのは、

「……無詠唱魔法、ですか」

ソフィアであった。そういえば故郷で話し合った時、魔法についても色々言及していたな。

「少々話をお聞かせ願えないでしょうか」

「おいおい、ずいぶんと食いつくな」

「無詠唱魔法に興味がありまして。技と魔法を効率よく運用するにはその手法も一つでは

ないかと」

「あー、戦術の一つではあるな。でもコツとかいるし、違和感なく使えるようになるまでには時間がかかるぞ」

「……ソフィアなら、あっという間に習得しそう」

ユノーが横槍《よこやり》を入れる。クウザは天使を見返し、

「根拠があるのか？」

「物覚えがすっごくいいからね」

「ふうん、そうか……協力することになったから指導してもいいぞ」

——シルヴィに続き『三強』の一角が指南するのか。俺からしたらずいぶんと贅沢。ソフィアのレベルアップになりそうだし、彼女の思うようにさせることにしよう。

「ソフィア、教えを受けるのは構わないが、まず聞き込みが終わってからだぞ」

「はい、わかっていますよ」

「あー、ルオンさん。いいのか？」

「ソフィアのしたいようにさせてやってくれ」

「もし変なことしようとしたら私がどうにかするから任せて」

と、なぜかコーリが笑いながら言う。その冗談にクウザは「何もしないっての」とため息を漏らしながら返した。

和やかな昼食を終え、俺達は情報収集のために分かれることに。フィリ達は三人で聞き込みを開始し、俺達は――

「そういうわけで、この組み合わせにしましょう」

述べたのはリーゼ……横には俺が立つ。

話し合いの結果、俺とリーゼが組み、ソフィアとシルヴィが共に聞き込みをすることに。ちなみにオルディアは宿で留守番。彼いわく「雰囲気が悪くなるだろう」と率先して聞き込みを辞退した……その実、単に寝たかっただけかもしれない。本当に将来が危ぶまれる。

最初俺はソフィアと一緒にやるつもりだったが、リーゼがこの組み合わせを提案した。

「ソフィア、夕方までには宿に戻るように」

「はい、ルオン様。それでは」

ソフィアとシルヴィは町中へ。野営していた際、二人は幾度となく剣を交わしたことで親交を深めている。問題にはならないだろ。

「ルオン、行きましょうか」

「おーし、聞き込み開始だねー」

「――ユノーは俺達についてくるんだな」

横で飛び回る天使に一言。すると、

「なによう、あたしがいた方が町の人だって話しやすいでしょ？」

「どうだかな……そもそもユノー、俺達と一緒なのは理由があるのか？」

「強いて言えば、どうしてリーゼがルオンと組むことを提案したのかなー、と」

じーっとリーゼを見つめるユノー。期待しているような素振《そぶ》りだが、絶対そういうことではないぞ。

「残念だけど、ユノーの期待には応えられないかな」

「えー、そんなー」

「お前宿に戻ったら憶《おぼ》えとけよ」

「何でよ⁉」

「自分の胸に手を当てて考えてみろ、まったく……でも確かに、リーゼが俺と組むことにしたのはちょっと疑問に感じたよ」

「ソフィアのことでちょっとね。あ、決して問題があるわけではないのよ」

手をパタパタと振りながら答える彼女。深刻な話ってわけではなさそうだ――

「話していてソフィアがルオンのことを好きだとわかったから、尋ねておきたくて」

――うん、まあ。さすがにわかるか。

「ちなみにシルヴィも気付いているわね」

「……バレバレかよ」

「あれだけ接していたからこそよ。さすがに出会ってすぐ気付くとかはないから安心して」

安心って……まあいいや。俺は「そうか」と相づちを打ち、ひとまず歩き始める。

それから少しして、リーゼが口を開いた。

「なんというか……ルオンがソフィアのことを慮《おもんぱか》っているのはわかるのだけれど、ルオン自身どうしたいのかってことを訊《き》きたくて」

「軽薄な回答だったら張り倒すのか？」

「そんな心配はしてないけれど」

……俺は少し言葉を考え、

「どうしたいか、ねえ。故郷を訪れた時も色々あったけど……今は魔王との戦いのことで手が一杯だ。彼女のことを大切に思っているのは認めるけど、どうしたいかは答えられない」

「以前、ソフィアとくっつきたければ王女って身分に比肩しうる功績を上げればいいって助言があったね」

ユノーの指摘。それにリーゼは「なるほど」と一つ呟《つぶや》き、

「そうね、周りがルオンのことを認めるにはそれが一番……けれど、ソフィアの心の中に

ある壁を突破するには、まだ足りないかしら」

――ここで俺は、ルナレートでデートしたときのことを思い返す。夕日に染まった世界で感じた彼女の壁。

「足りない？」

聞き返すとリーゼはニンマリとなり、

「壁を突破したいの？」

それってつまり、ソフィアと一緒になるかどうかってことを聞きたいんだよな。

「その辺りはどうなのかしら？」

「……結論はどうあれ、ソフィアは大切な仲間だ。できるだけのことはしたいと思っているよ」

「うーん、ちょっと微妙な回答ねえ」

俺の顔を窺《うかが》うリーゼ。なおかつ横で不満顔のユノー。むかつく。

「まあいいわ。ルオンがソフィアのことを大切にしているのは本人からしっかり聞いているし、話そうかしら」

「……ちなみに、ソフィアはどんな話を？」

「ざっくり言うと、出会いから今日に至るまでのことを」

「ざっくりしすぎだろ」

ツッコミに笑顔で返すリーゼ。会話の間に大通りから離れ、人気《ひとけ》が少ない場所に到達。横に看板があったので確認すると、この先は湖を見渡せる広場らしい。ふむ、これはもしかすると――

「せっかくここまで来たから、湖を眺めてみないか？」

「あ、いいわね。ごめんなさいね、ソフィアとではなくて」

……彼女の言葉を無視して歩く。俺が先導する形となり、広場へ。

そこは湖を一望できて、爽快な景色が存在していた。湖を中心に右手には山脈が連なり、左には森がある。

前方に広がる青の湖……ユノーが「わあ」と声を漏らすくらいに綺麗《きれい》な景色であり、この湖の周囲に魔族がいるなどと到底考えられない。

「……湖にいると、屋敷で遭遇した魔族は言っていたのよね」

湖面を眺めながら、リーゼは呟《つぶや》く。

「拠点があるにしてもその場所は……湖の底、あるいは森の中……？　いえ、山肌に隠れるようにして存在しているのかも」

――実際は山を使って隠れるように居城はある。しかも普段は魔法を使い全貌を隠している。ゲームでは町で聞き込みをすることにより居城の場所を特定し、行くことができるようになる。この流れはおそらく同じだ。

「まずは聞き込みをして、湖周辺で変なことが起こっていないか調べるしかないな」

俺はそうリーゼへ言うと、湖から目を外し彼女の顔を窺《うかが》う。

「その前にソフィアのことだ……さっきの話、どういうことだ？」

「ソフィアは、いずれ国を継ぐことになる。もしあの子の隣に立つのだとしたら、国を背負う重圧が降りかかることになる。それだけならまだしも、羨望と嫉妬が降り注ぐ……大なり小なり様々な貴族が、あなたに取り入ったりあるいは失脚させるために暗躍するか……政争が起きるでしょうね」

「つまり、そんな重荷を俺に背負わせたくないと？」

「そうね。大切な人で、なおかつ政争に縁もゆかりもないから巻き込みたくはないのよ。お城の中は様々なものが渦巻いているし、それを私もソフィアもよく知っているから」

リーゼは湖を眺めながら、どこか自嘲的に語る。

「ルオンは国を背負うということがピンとこないでしょう？　でも、ソフィアは王の背中をずっと見つめてきた……政治と関係ない箱入りのお姫様なら何も気にしないでしょう。でもいずれ女王となるからこそ、ひとときの感情に流されるべきではない……そんなところかしら」

「ねえねえ、だからこそソフィアは素直にならないってこと？」

ユノーの質問に、リーゼはあっさりと頷《うなず》いた。

「そういうことね」

「……好きな人に告白するのも駄目ってこと？」

「悲しいけれど、そういうこと。そしてバールクス王国を解放したら、彼女はきっと粉骨砕身、国のために尽くすでしょう。それが責務であり、また一度は滅亡してしまい多数の被害が出てしまった国に対する贖罪《しょくざい》でしょうから」

「そこまで自分を追い込まなくてもいいんじゃないかな……」

「ソフィアはどこまでも真面目《まじめ》だからね。ルオンに対する想《おも》いはあるけれど、もし魔王を討伐したらどうするか……それを思うと、どうしても前に進めないのよね。ルオンは協力すると言うかもしれないけれど、ソフィアとしては自分の重責を誰かに背負わせるべきじゃないとして、断るのではないかしら」

……きっとあの夕焼けの世界で告白しても、リーゼの言った理由で受け入れてくれなかっただろうな。もし告白してしまったら今までの関係が崩れる——とまではいかないが、大きく変化することは間違いない。だからこそ、ソフィアは壁を形成していた。

「うーん……リーゼ、どうにかなんないのかな？」

「ユノーがもやもやするのもわかるわよ。けれど私達王族は、普通の人とは少し違うの。特にソフィアは国の人々のことを第一に考えるような子だから、余計にそうね。自己犠牲的な考えが前提にあって、壁を作っているのよ——」

「言いたいことはわかったよ」

俺はリーゼの言葉を遮《さえぎ》るように口を開く。

「内容も理解できた。どうするか参考にさせてもらうよ」

「結論は出たのかしら？」

「まあ、ね」

――俺は一つ、バールクス王国に対し負い目を持っている。魔王との戦い……シナリオ通り進めるため、魔族の侵攻に際し何もしなかった。

それは必要なことであったかもしれないけれど、免罪符を手にしたとは思えない――だから、

「この話題は、ソフィアに全てを伝えてからだな」

「え？」

「いや、何でもない」

小さな呟《つぶや》きに首を傾《かし》げたリーゼへ、俺は言葉を濁して返答をする。

「ソフィアについては終わりかな？」

「ええ、そうね……あ、もう一つだけいいかしら？」

「ああ」

一転、彼女は笑顔で、

「男女関係の問題で、もしソフィアを泣かせたら——私が許さないからね」

大切な妹を心配するリーゼの姿……なのに、俺は彼女の背後に鬼でも立っているような錯覚に襲われた。

途轍《とてつ》もない無言の圧力。言われた俺は彼女を見返し、ひたすら頷《うなず》くだけ……笑っているのに有無を言わせぬその雰囲気は、さすが修羅場をくぐってきた王女——ってところか。

俺と同じことを思ったか、ユノーも小さく「あわわわ」と驚いた。うん、一点の曇りもない笑顔のはずなのに、こんなに怖いと感じるのは生まれて初めてである。

「……もちろんだ。約束するよ」

と、答えた瞬間リーゼの背後にいた鬼が消えた。

「信じているわよ」

「ああ。それじゃあ改めて、聞き込みを始めよう——」

その時だった。湖の一角に、光が。

最初それはとても綺麗《きれい》だと感じたが——次の瞬間、光と同時に発せられた濃密な瘴気《しょうき》。

リーゼはそれを認識した瞬間、湖を凝視し顔をしかめた。

「これは……」

「宮廷魔術師長の屋敷にいた存在がどこにいるのかわからないが、この湖で悪さをしているのは間違いないな」

瘴気は消え失せる――これこそ、五大魔族ダクライドと戦うために必要な最初のイベント。ゲームの主人公は瘴気を感知し、湖が怪しいと感じ調べ始め、居城へと乗り込む。

「どうやら、手がかりみたいだな……よし、町に戻ろう」

「そうね……今のは気になるし」

一瞬だけ眼光鋭く湖をにらむリーゼ。その顔は戦闘モードに変わっていた。


それから町の人間に尋ねて回り……夕刻になってフィリと遭遇した酒場に集まった際、情報をまとめることにした。

「フィリ達が得たのは、湖で度々光を確認したっていう情報か」

「はい。ルオンさんはその光景を見たんですよね？」

「ああ。少なくとも光の出現が一度や二度ではなく、住民の目に触れる程度に頻度が高いってことだな。次にソフィア達は、朝靄《あさもや》の中で山肌に沿って城が一時現れたっていう猟師の情報か」

「ここに魔族がいるとすれば、拠点があるはずです。湖周辺を歩き回る人なら何か知っているかもしれないと、聞き込みをしました。湖の底にあったらお手上げでしたが、そうではないみたいですね」

「だな……俺とリーゼは夜に山肌から飛び立つ悪魔の群れを目撃したって人を見つけた。

情報を統合すると、山脈沿いに魔族の拠点があり、どうやら湖に対し悪さをしているらしい。また悪魔の群れはいても、この湖周辺で少なくとも魔物に襲われたって話はない。犠牲者についてはゼロで、逆に不気味なくらいだ」

「わざとこの周辺で悪さをしない、ということでしょうね」

ソフィアの推測。仲間達は一様に賛同するようで、各々頷《うなず》いていた。

「つまり、この辺りに拠点があると知られたくない……」

「実験でもしているのかもしれないな」

俺の発言に誰もが息をのむ。魔族が密かに実験を行う……字面《じづら》だけで嫌な予感がひしひしとしてくる。

「山沿いに城があるとしたら、湖を渡るため船を使わないと。湖の魚を捕る漁師もいるみたいだから借りること自体はそう難しくないな」

ここで一拍置いて……さらに見解を述べる。

「推測の域を出ないが、魔族の居城は手薄なのではないかと思っている」

「根拠はあるのか？」

シルヴィの問い。以前ガルク達と話し合った推測もあるし、ゲームシナリオ上そうだからというのもある……仲間には、もっともらしい理由を語ることにする。

「実験していたと仮定すると、当然ながらそっちに資源を割くことになるはずだ。そこに集中していたら当然魔物を作成することも少なくなるだろ」

「筋は通っているな……これで城の中に入ったら魔物がわんさかいた、としたら笑い話にもならないが」

「これぱかりは城に侵入しない限り確証は得られないな……魔族の居城に乗り込んだ。多少なりともリスクはつきものだろ」

「過去の戦いと違い、魔族が大々的に動いていないのが幸いだな」

これはオルディアの発言だ。

「実験と聞くとロクな内容ではなさそうだが、一日二日で完了するようなものではないだろう。準備をすることができる」

「やることは船を借りることと……帰りどうするか。船を置いて本拠に入り込んで、船が無事かどうかはわからないし」

ゲームでは五大魔族を倒したら町に戻るまでは省略だったが、さすがにそうもいかないよな。

「船が壊れた場合は、弁償を含め戦いが終わってから考えるか」

「最悪、手はあるから」

リーゼが言う。ジイルダインの城に頼るってことかな。それが無理でも俺が所持している資金でどうにでもなるか。

「ならリーゼに任せようか……最終確認だが、魔族の居城を調べるってことでいいな?」

「はい」

フィリの明瞭な返事。他の面々も同様の答えを示す。

結論が出たので、以降は和やかな夕食の時間となる。ソフィアはクウザから無詠唱魔法について聞き、リーゼとシルヴィは延々と雑談。そしてフィリとコーリが談笑する。

俺はパンを口に運びながら、この戦いについて考える。アズアが真っ先に姿を現すとは思えないが……もし遭遇するのなら、全力で応じる必要があるかもしれない。しかし現段階で俺の力が露見すれば……魔王との戦いはさらに混迷を極める。判断が難しい。

そしてガルクとの戦いと同様、間違っても滅してはいけない。またもしかすると味方である可能性も浮上した。仮にそうなら戦闘せずそのまま仲間になってくれることを祈りたいが――いや、味方であったとしても、まだ問題は残る。

魔王側はさすがに神霊を味方に引き入れたことは知っているだろう。それが再度敵となったら……その辺りどうするかについても、相談しなければならないな。

この戦いについて、どう転ぶかわからないのが何より困りものだ。アズアがいなければ単純に五大魔族ダクライドの城へ踏み込み倒すだけで終わるのだが、不確定要素が多い。

しかも今回は俺を含め合計八人という大所帯。もしもの場合はソフィア達を守るため――

全力を出すことも覚悟し、そうなった際どうするかを熟慮しておこう。

「ルオン様？」

ふいにソフィアから声が。あ、集中しすぎていたか。

「ああ、ごめん。どう立ち回るか頭を悩ませていたんだよ」

「そうですか、微動だにしなかったので……もし何かあれば、ご相談ください」

「ん、ありがとう」

礼を述べ――やがて食事を終え宿に戻ろうとする段階で……俺を呼び止める存在が。

「ねえねえ、ルオン」

「ユノー？　どうした？」

「色々悩んでるっぽいけど、大丈夫？」

「まさかユノーに心配されるとは」

「む、そういう言い方はよくないなあ。いざとなったらルオンが本気になって万事解決だし、大丈夫じゃない？」

「簡単に言ってくれるな……その後のことが心配なんだよ」

「魔王が動くんじゃないかって？」

「かもしれないって話だ」

「うーん、そう心配しなくてもいいんじゃないかな」

「どういうことだ？」

聞き返すと、ユノーは小首を傾《かし》げながら、

「もしルオンの力がバレたとしても、人間側は少しずつ盛り返しているわけでしょ？　魔王は警戒してこっちの出方を窺《うかが》うんじゃないかなあ」

「どちらにせよ、シナリオは崩壊するぞ……とはいえ、アズアが姿を現し戦う意思を示したなら、応じなければならないのは事実」

『そう悲観的になる必要はあるまい』

唐突にガルクの声が聞こえた。

『我は何かしら裏があると考えている……ルオン殿の言うとおり懸念《けねん》材料はあるが、決して詰みの状態ではない。場合によっては我も動こう』

「そう言ってもらえるとありがたいよ……ま、アズアがこうして魔族と協力していること自体、俺が把握している物語とは違う。なるようにしかならないか」

息をつき——静かに覚悟する。

アズアがソフィア達を狙《ねら》うのならば、俺も相応に抗《あらが》うと。

翌日は船などを借りるために動き回り、確保に成功。その次の日、早朝から湖に漕《こ》ぎ出した。

視界は朝靄《あさもや》がかかっているため悪く、早朝であるため動物の鳴き声も少ない。俺は船首

に立って周囲を見回しながら、

「ソフィア、城の位置はどの辺りかわかるか？」

「森に一際高い木があって、そこから湖の反対側へ真っ直《す》ぐ進んだ所に存在していたと」

ゲームも同じ設定だったな。

「なら木を探そう」

「進路を左に変えればいいな？」

オルディアが問う。船の漕ぎ手は彼とフィリ。クウザやシルヴィは警戒に当たり、ソフィアとリーゼは俺の後ろに座り込んでいる。

ゆっくりとした速度で船は進み、やがて朝霧がかかっていてもわかる距離で大きい木を発見した。

「森全体を確認できないからこれが正解かわからないが……試してみよう。オルディア、進路をこの木から真っ直ぐ進むようにして対岸へ」

「承った」

オルディアとフィリは操作。しばし船が湖を走る音だけが耳に入る。

その時だった――朝霧の向こうに、城らしきシルエットが浮かび上がったのは。

「大当たり、だな」

俺は一つ呟《つぶや》き、オルディアへさらに進むよう指示。

周囲に魔物はいない。湖の底から水棲系《すいせい》の魔物が襲い掛かってきてもおかしくないが、それもない。ゲームでは城に入るまで遭遇することはなかったが、これは現実でも同じらしい。

「不気味なくらい静かですね」

ソフィアが言う。すると同意するかのようにリーゼが口を開いた。

「私達の存在を察知しているのかどうか……とにかく進むしかなさそうね」

それからトラブルもなく城に辿《たど》り着く——深い青の城。それが五大魔族ダクライドの居城であった。

城は山と半ばくっついているという表現が似合うだろうか。まるで古くから山と融合し佇《たたず》んでいる……そんな印象さえ受け、つい最近できたものとは思えない。

俺達は船を下り、城を眺める。相変わらず魔物の姿は皆無。瘴気《しょうき》もなく、何もないことが逆に異様さを際立たせている。

「あの扉を開けたらわんさか魔物が……だとしたら、どうする？」

シルヴィが問う。ゲームではそんなことなかったけれど、アズアの件もあるから確実なことは言えないよな。

「ダッシュで逃げて、作戦を練り直すくらいかな」

「行き当たりばったりだ」

「うるさいな、ユノー。向こうから来る気配がなく、こっちから調べるしかないからどうしようもないだろ」

「確かに、そうですね」

フィリが俺に賛同する。

「本当なら、この状況を国側へ報告すべきでしょう」

「軍が動けば、おそらく魔族は雲隠れするでしょうね」

と、これはリーゼの意見。

「私達が来たことは把握しているはずよ。少人数だから問題ないと考えているのかしら」

「その可能性が極めて高いな」

彼女に続き、俺が言う。

「これが魔族を討つ唯一のチャンスかもしれない……危険かもしれないが、踏み込もう」

——城内にいる魔物の質が一番の問題かな。そこさえクリアできれば、突破できるはず。

ゆっくりと城へ歩み寄る。するとソフィアの横に精霊が出現した。アマリアだ。

「レーフィンと一緒に城の中の魔力を探れないか頑張ってみた結果、それほど多大な魔力は感じられないわね。たぶん扉を開けたら魔物が大量に、とはならないわ」

そこでアマリアは一度言葉を切り、仲間達を一瞥《いちべつ》。

「あと、この魔族は湖の中で色々やっているみたいね……ここに来て瘴気《しょうき》の中に水や氷の性質を持っていることがわかったわ。おそらくこの城の主は、そうした性質の魔法なんかを得意としているかも」

――以前作戦会議をした際、言及を頼んだ部分だ。すかさず俺も口を開く。

「実験をしていて湖に魔力が存在するから、感じ取れたってことか？」

「そういうことね。特に氷の形質が強い……動きを封じ込める魔法が多そうだから、注意して」

「助言、感謝します」

フィリが礼を述べ、それから入口の鉄扉前に辿《たど》り着き……罠《わな》がないことを確認し、手を掛けた。

すると、あっさりと開く。中は――

視界に魔物を捉えた瞬間、先に反応したのは相手だった。敵は――オーガだ！

「行くぞ！」

俺が声を発するといち早く動いたのはクウザ。杖《つえ》を振りかざすと無詠唱魔法で――オーガの機先を制す！

放ったのは風系の魔法。刃がその身を刻み、悲鳴を上げさせる。

途端、城内が慌《あわ》ただしくなる。通路から魔物が現れ、俺達は入口付近で武器を構えた。

オーガ以外はその大半がコボルト——中級クラスの魔物に属する『スラッシャー』だ。右手に先端がやや湾曲した剣、シャムシールを握りしめ、今にも飛びかかりそうな雰囲気でこっちをにらんでいる。

しかしこの城の防衛を行う割に数は多くない。エントランスにいるのはせいぜい十数体。さすがにこれで全部ではないはずだが、一度に襲い掛かってくる数がこれなら、魔物の質的にも問題なく対応できる。

「懸念《けねん》としては、入口は閉まったら開かない可能性があるよな」

扉を押さえたまま、俺は呟《つぶや》く。

「中に入れたら閉じ込めるくらいの罠はあってよさそうだし」

「強行突破できそうな数ではあるが」

オルディアが冷静に言葉を紡ぐ。シルヴィも同意見なのか、しきりに頷《うなず》いている。

……まあ、ここまで来た以上退く理由もないか。逃げたらリーゼの言う通り姿を消す可能性も高い。

「フィリ、こっちは覚悟ができてる。そっちは？」

「行きましょう」

「決まりだな……戦闘開始だ！」

八人が一斉に城内へ——背後で扉が閉まると同時、コボルト達が一斉になだれ込んでくる！

それを予想していた俺は、剣を作り対抗。まずは接近してきたコボルトへ一撃。電光石火の剣戟《けんげき》で、相手が防御に移る前に体を両断、消滅させる。

こいつらは攻撃力が高めかつ防御は低めなので、一気に攻めた方がいい……そういう意図を持った攻撃であり、他の仲間にも伝わった様子。俺の次に仕掛けたのは、リーゼ。

「はああっ！」

声と共に繰り出した横薙《な》ぎを、コボルトは剣で防ごうとした。しかしそれはまったく意味を成さず、ハルバードは易々と剣を弾き飛ばし、その胴体を一閃《いっせん》する！

ザアアッ――一撃であっさりと消滅するコボルト。とはいえ大振りであるため隙《すき》が生じる……そこへカバーに入ったのがソフィア。

「ふっ！」

リーゼを狙《ねら》おうとしたコボルトの剣を綺麗《きれい》に受け流す。次いで一瞬で間合いを詰め、流麗な足運びで胸部へ斬撃《ざんげき》。討ち果たす。

他はどうだ――？　オルディアは既にソフィア達よりも先行し迎撃していた。シャムシールを平然と弾きながら一刀で切り伏せるその様は、魔物にとって相当脅威に映ることだろう。

シルヴィも負けていない。連撃を放つ必要もなく、コボルトの間合いを見切って的確に剣を入れていく。ソフィアやオルディアのように一撃必殺とはいかないが、体力をほとんど消費しないままあっさりと撃破に成功。

ならばフィリ達は――彼らは単独でコボルトを相手にしていない。ただそれは一人で対抗できないというよりは、単独よりも連携で対処した方が楽だからみたいだ。

接近してきたコボルトをまずフィリが引きつける。敵の切り払いに対しフィリは素早く引き下がると、入れ替わるようにコーリが前へ。

彼女が放ったのは刺突。技ではなく、それで十分だと判断したようだ。コボルトは回避できず剣が胸に突き刺さり――悲鳴を上げながら消え去った。

そこへ二体目が近づくが、クウザの援護が入る。いや、そればかりかフィリ達に迫ろうとするコボルトに対し雷撃や風の刃で牽制《けんせい》、動きを鈍らせていた。

クウザの無詠唱魔法を牽制として使うのか。俺のパーティーは通常の魔物相手なら牽制の必要はないが、フィリ達にとっては非常に重要のようだ。

クウザが魔法で敵を抑える間に、フィリ達が各個撃破する……しっかり対処していることから、彼らも魔族を討つに十分だと俺は結論づけた。

フィリ達の戦いを観戦する間に、エントランスの戦闘は佳境に入る。特に大暴れしたのがオルディアとリーゼ。二刀流とハルバードの火力はさすがの一言で、瞬く間に敵を殲滅《せんめつ》していく。

結果、数分足らずで戦いは終わる……うん、問題ないな。

「ルオン、すごいあっさりだねー」

懐《ふところ》に入っているユノーが感想を漏らす。

「そうだな。魔物が弱いわけではなく、こっちの戦力が充実してる」

「だね。これなら魔族にも楽勝じゃない？」

ゲームシナリオ通りならダクライド撃破もそう難しくなさそうだけど、アズアがどう干渉してくるのか……ここまで一切姿を現さないのがひどく不気味。とはいえいつ来てもいいように備えはしておきたい。

「どの通路を進む？」

一息ついてシルヴィが問い掛ける。進路は三つ。正面と左右。正解は確か――

「真正面、奥に広い空間があるな。まずはそっちでいいんじゃないか？」

俺が発言。すると全員頷《うなず》いたので、そちらへ進むことにした。

このまま真っ直《す》ぐ行けばどういう所に辿《たど》り着くのかは知っている。辺りを警戒しながら慎重に歩み……開けた空間に到達した。

そこは吹き抜けの回廊――しかもそれが城の上部まで続いている。このフロアは城の中央に存在し、最上階で待つ五大魔族ダクライドと戦うには、この回廊をグルグルと回って上らなければならない。フロアごとに魔物が存在し、それらと戦いながら進んでいく。

「上から瘴気《しょうき》を感じるな」

オルディアが吹き抜けを見上げながら告げる。

「どうやらここの城主は上にいるらしい……長期戦になりそうだ」

「魔法で上れないのか？」

これはシルヴィの意見。しかしそれをクウザが否定した。

「目を凝らさないとわからないが、一定間隔ごとに魔力障壁が張られているよ」

「そうか、残念だ。時間はかかるが行くしかないな」

「覚悟はとうにできていますよ」

そのセリフはフィリから。やる気を示す彼にコーリやクウザが賛同の意を示す。

「そういうわけだ。こっちはとことんやるつもりだ」

「できればさっさと決着をつけたいわよね」

「魔物の質が入口で戦ったものと同じなら、油断しない限り突破できるはずだ」

俺からの提言。途端、視線がこちらに注がれる。

「上に魔族がいるのなら、上がる度に敵が強くなる可能性もあるが……今まで入り込んだ魔族の居城だと、進めば進むほど魔物が強くなるなんてことはなかった。おそらく大丈夫じゃないかな」

「ま、どちらにせよ行くしかない」

シルヴィが剣を握り直しながら述べる。

「先頭は誰が？」

「なら俺が」

オルディアが手を上げ、近くにあった階段へ歩いて行く。それに追随する仲間達。

俺もまた仲間達を追おうとして――立ち止まる。

「……ルオン様？」

ソフィアが察し名を呼ぶが、俺は答えないまま視線を横へ。

その先にあったのは、上ではなく下へと進む階段。ゲームでは存在していなかったが、現実では構造が複雑になって下へ進める道もあるようだ。

そこに、上から感じられる瘴気《しょうき》とは異なる魔力がある。一度接したことがあるそれは間違いなく――

「……ソフィア」

声を掛けたその瞬間、視線を送っていた階段から――闇が現れた。

それはまるで津波のように襲い掛かってくる……誰もが瞠目《どうもく》する中で、俺は左手に魔力を集め、叫ぶ！

「――光の剣よ！」

迫り来る闇に対し『デュランダル』を起動。そして眼前に到達した漆黒へ――横薙《な》ぎが炸裂《さくれつ》！

光と闇が混じり合いながらバアン！　と、弾ける音が生まれる。そこでようやく仲間達が硬直から解け、

「ルオン様!?」

「ソフィア！　先に行け！」

指示に彼女は逡巡《しゅんじゅん》。とはいえこのまま突っ立っていたら闇にのみ込まれる――!!　俺は平気だが、他の人間が巻き込まれたらシャレにならない！

「いいから先へ進め！　俺は大丈夫だから早く！」

「し、しかし……」

「リーゼ！　ソフィアと一緒に先へ！」

強引だがこれしかない――するとリーゼは厳しい顔をしていたが迫る闇を一瞥《いちべつ》し、俺の指示通り強引にソフィアの手を引き、走り去る。

オルディアはこちらが視線を送ると頷《うなず》き仲間を先導し始める。シルヴィはどこか不満そうではあったがオルディアに追随。そしてフィリは、

「ルオンさん！」

「いいから行ってくれ！　ソフィア達を頼む！」

その言葉に、フィリ達もまた階段へ向かう。

「ずいぶん強引だね、ルオン」

「ユノー、仕方がないだろ。さすがにこの状況じゃあ……な！」

なおも光の剣で闇を弾き飛ばす。斬撃《ざんげき》を叩《たた》き込んだ場所から闇が消滅していくので、対処自体は本気じゃなくてもできそうだ。

もっともこれは、アズアも本気じゃないってこと……ん、待てよ？

「ガルク、ここにアズアの魔力があるってことは、城の地下にいるってことだよな？」

『おそらくな』

「アズアは神霊であり、そのことをダクライドが知っていたなら、侵入者排除に利用してもおかしくないはずだ」

『実際、目の前で起きているぞ』

「だけど神霊だと魔族が把握しているなら、本気じゃない俺でも防げる程度の攻撃しか出さないって、なぜ本気を出さないのかとダクライドに怪しまれるんじゃないか？」

『……言われてみれば、そうだな。となると可能性は一つ』

俺はガルクが先に言うより早く、口を開く。

「アズア自身、素性をダクライドに明かしていない……？」

『うむ。こうなってくると、アズアは分身を使ってダクライドに協力しつつも探りを入れている……などと考えられるが――』

「ルオン様！」

「——ソフィア!?」

声に思わず振り向いた。そこにはソフィアがたった一人で俺に駆け寄ろうとする姿が。

「戻ってきたのか!?」

「さすがにお一人では無茶です！　私も協力しますから一緒に——」

続きは言えなかった。闇が彼女に反応し、矛先《ほこさき》を俺から変えた。

「ちっ！」

舌打ち一つ、俺はソフィアの下へ駆け寄りながら闇を消し飛ばす。走りながらの斬撃なので全てを処理できなかったが、彼女を狙《ねら》おうとした漆黒だけはどうにか対処できた。

そして彼女の前へ。口をつぐんだソフィアを一瞥《いちべつ》しながら、理解する。

「……囲まれたか」

上り階段周辺に闇が。俺がソフィアを狙う闇に気を取られている間に道を塞《ふさ》いだな。

そのまま上へ突き進んでもおかしくなかったが、そんなつもりはないらしい。闇を動かせる範囲が限定されているのか、それとも俺達の様子を窺《うかが》っているのか。

やがて闇は攻撃を止め、左右に分かれ地下へ通じる階段への道を作った。

「……この場で始末するのは難しいと判断し、あえて誘うか」

「ル、ルオン様……」

ソフィアが名を呼ぶ。声色に複雑な感情を読み取れたが、俺はそこに言及せず、

「屋敷にいた魔族に間違いない……つまり精霊絡みだ。頼まれているし、ここは行く」

「は、はい」

「一つ約束してくれ」

ソフィアと目を合わせる。硬い表情に対し俺は、

「絶対俺の傍《そば》を離れるな」

その言葉の瞬間、ソフィアが驚いた顔をした。ただそれはどこか、感情を押し殺しているようにも見られ、

「……はい」

わずかな沈黙の後、彼女は返事をした。俺は「頼む」と念押しして、歩を進める。

その横を、ソフィアが黙ってついてくる……そうして俺達は、地下への階段に足を掛けた。

もし襲われたら全力でソフィアを守る——俺は細心の注意を闇へ向けながら地下への階段を下りきった。

そこにあったのは一枚の扉。木製で簡素な作りのそれは、物置か何かのように見える。

「……入るぞ」

「はい」

わずかに緊張した声。俺は近づくと、ドアノブには手を伸ばさず、思いっきり扉を蹴《け》り飛ばした。

それにより扉が勢いよく開き、中から闇が溢《あふ》れる——などと一瞬想像したが、球体状の黒い塊が視界に映った。

それは周囲に存在する闇とは異なり、停滞している。間違いない、これが——

「ここに誘い込んだのは、俺に用があるからだろ？」

『ああ、その通りだ』

声も宮廷魔術師長の屋敷で遭遇した時と同じ。間違いなく水王アズア。

『厳命を受けてな。我らを妨害したお前には、凄惨な死を与えろと』

「単に前、俺を仕留めきれずにいたのを、尻ぬぐいしろと命令されたんじゃないのか？」

挑発で返すと、黒い塊がわずかに揺らめく。

できれば俺だけを狙《ねら》ってくれるとありがたいが……周囲の闇が俺達を取り巻くように動き始める。

『宣言通り、お前には死を。隣にいる仲間もな』

闇がいつ俺達に襲い掛かってきてもおかしくない。この局面を打開するには本気なら楽勝だが、居城の中でやるのは——

『──ルオン殿、アレを使おう。どうやらここにいるアズアもまた分身の様子。裏切りの全容が見えてきた。ここにいる存在は倒して構わない』

ガルクの声が頭に響く。アレ、という言葉でどうすればいいのかわかった。

まず呼吸を整える。アズアはこちらの出方を窺《うかが》っているのか、闇を留めた状態を維持している……まるでこちらの準備が整うのを待っているよう。

ガルクは以前言っていた、アズアの行動には疑問があると。確かにここで待つ選択肢より、一気に片付けた方が都合もいいはず。

それをしないのは……ガルクの解説がなくとも段々理解できてきた。つまり──

『アズアはこの場所にいる自分の分身を、倒してほしかったのだ』

心臓がドクン、と高鳴る。体は準備ができた。

「ルオン様……？」

ソフィアが声をこぼすが、俺はそれを無視し右手の剣に魔力を加える。次いで左手には『デュランダル』を起動し、完全に体勢を整えた。

『以前と同じやり方か？』

アズアが問う。けれど答えないまま静かに呼吸を繰り返す。

ガルクが指摘する手段は、俺が使いたいと願った瞬間的な魔力の解放。彼から教わり、短期間で技法を扱えるようになっていた。

たった一時、力を引き出す術。例えば目前に迫る闇――その全てを打ち消すために必要な力を、この技術が提供してくれる――!!

闇が迫る。対する俺は叫んだ。

「ソフィア！　伏せろ！」

彼女が反応した直後、俺は体の奥底から力を引き出す。それは火山が噴火するようなイメージであり、途端俺の魔力が瘴気《しょうき》を押し返すほどとなる。

「っ――!!」

ソフィアが呻《うめ》くのと同時、俺は闇へ向かって両手の剣を薙《な》いだ。回転切り――技にもそうした系統のものはあったが、今回は使わなかった。

濁流となった闇に光が触れた瞬間、ザアアアアと一挙に粒子となっていく。俺の力がアズアの闇を吹き飛ばす形――一回転し状況が一変。闇が光に飲まれて消えていく。

『……馬鹿な』

アズアの声が聞こえた。それが演技なのかそれとも本音なのか知らないが、討つなら今しかない！

隙《すき》が生じた相手へ向け駆ける。『デュランダル』を右手の剣と合わせ、屋敷で発動させた魔法と技の融合を成し遂げ、さらにもう一度魔力を高め、内から噴出させる。

準備もほとんどできなかったため、強化具合は一度目よりも少なかったが――問答無用で球体へ斬撃《ざんげき》を叩《たた》き込む！　弾力のある感触が伝わってきて一瞬押し留《とど》められたが、いけると確信した。

勢いが勝り、球体に刃が食い込む。そこからはあっという間の出来事。瞬きする間に黒い塊が真っ二つとなり、粒子へと変わっていく。

やった――アズアは……消えゆく球体を眺めていると、

『……見事だ』

それはどこか、今までとは異なり優しさを含んだ声色だった。

少しして完全に魔力が途切れる。周囲の闇もはがれ落ち、俺とソフィアだけが残された。

「……消えた、のでしょうか？」

ソフィアが呟《つぶや》く。それに反応したのは、彼女の体から現れたアマリアだった。

「先ほどの闇が、間違いなく私達の同胞だった……けれど、魔族に取り込まれ、最早引き返せなくなって、こんな結末を迎えてしまったようね」

と、アマリアは残念そうな顔をして、

「ルオン、ソフィア、協力してくれてありがとう。悲しい終わり方だけれど、これで私からの依頼は終わりでいいわ」

――アマリアも事態を察知しているはず。この文言はソフィアを納得させる意味合いがあるのだろう。

「滅ぶ寸前まで、精霊とは思えませんでしたね……」

「違いないな……さて、寄り道はこれまでだ。リーゼ達と合流しよう」

「……はい」

共に駆け出す。途中彼女の横顔を窺《うかが》うと、複雑な顔つきだった。

「ソフィア、何かあるのか？」

「あ、いえ、その……出しゃばった真似《まね》、申し訳ありませんでした」

戦いの過程と結果を鑑《かんが》みればこうなるのはソフィアの性格からして至極当然か。これはフォローしとかないと。

「以前も言ったけど、ソフィアが判断したのならそれでいい。気に病む必要はないし、俺も怒ったりはしないさ」

「ルオン様……」

「けど、一つだけいいかな？」

足を止めないまま、俺は告げる。

「ソフィアが従者として心配してくれるのはとてもありがたいよ。でも、俺も引き際とかはわかるからさ。その辺り、少しばかり信用してもらえると……」

はっとなる彼女。そしてどこか落ち込んだ様子で、

「そう、ですよね」

「あ、いや、ソフィアが俺に意見するのは構わないよ。ただ俺がさっきの漆黒についても問題ないと判断したわけで……」

「そこを見誤っているわけではなかった、と言いたいのですね？」

「うん、そんな感じ。俺もソフィアに伝えていないことがあるから、判断に差異が生じるのは仕方がないのはわかるけど」

「私を認めてくださった時、話して欲しいと要望したのは他ならぬ私自身ですからね」

納得したような顔つき。ひとまず落ち込んだ様子はなくなった。今はこれでよしとしよう。

「わかりました。ルオン様――」

言いかけて、吹き抜け部分に戻ってくる。戦闘の音は聞こえないが、果たしてどこにいるのか――

その時だった。かなり上部の方でバキバキと乾いた音が聞こえた。

「……氷？」

ソフィアが眉をひそめた瞬間、俺は走り出した。

「ルオン様!?」

「早く上に！」

氷——もしかするとフィリ達は既にダクライドと交戦しているかもしれない。ゲームにおいてエンカウント率が高いこの城なら多少先行していても追いつけると思っていたが、この短時間で……待て、もしかしてアズアが何かしたのか？

疑問はあったが、とにかく上を目指す。その間にも戦闘の音らしきものが吹き抜けに響き、逸《はや》る気持ちを抑え周囲を警戒しながら上へと進んでいく。

やがて——最上階にある広間に到達した。

ガラス張りのような、空が見える天井が特徴の広間。奥には玉座のようなものがしつらえてあり、中央に仲間達がいた——そして、魔族と相対している。

『……ほう、残りの仲間も来たか』

魔族が発する。広間に通る、男性の声。

その姿はゲームと同じく、武士と呼ぶにふさわしい甲冑《かっちゅう》姿。また両手には刀が握られているが、主立った戦法は魔法と魔導技。どちらかというと刀は防御や反撃に用いることが多い。

かぶとは身につけているが顔に当たる部分にパーツが無い。黒い、先ほど戦ったアズアのようなわだかまりが存在しており、そこから瘴気《しょうき》を発しているのがわかる。

そして肝心の戦況は、一言で表すならば苦戦。まず魔族——ダクライドに相対しているのがリーゼとフィリ。その後方にクウザが杖《つえ》を構えている。

他の三名は——オルディアとシルヴィは魔族とやや離れた位置に立っていた。よくよく見ればシルヴィの腕が白くなっている。氷漬け、とまではいかないが冷気の魔法か技を受け手が止まってしまったのか。

コーリについては無事だが、こちらはシルヴィ達を守るように立っている。おそらく二人に差し向けられた魔法を受ける盾《たて》の役割。

『やつはずいぶんと頑張っていたが、最後は滅んだようだな』

「……あの精霊は、お前が勧誘したのか？」

答えが返ってくるかわからなかったが問い掛ける。すると、

『あいつから話が来た。そして使えそうだから使ったまでだ』

神霊アズアだとわかっていればこんな態度にはならないはずだ。アズアは素性を偽って協力していたに違いない。つまり——

結論に至る前に思考を中断する。今は目の前の敵だ。

「リーゼ、敵に攻撃は当てたか？」

「ええ、それなりにね」

『貴様らの攻撃など、まったく通用せんぞ』

……オルディアやリーゼならばそれなりにダメージを与えられるはず。多少手傷を負わ

せたが、動きに影響があるレベルではないようだ。

「ソフィア」

「はい」

「俺が隙《すき》を作る。一撃ぶち込んでやれ」

「わかりました」

指示はそれだけ――次いで俺はクウザに近寄り目配せした。

彼は即座に頷《うなず》き、同時に俺とソフィアは駆ける。

「リーゼ！　フィリ！」

名を叫びながら突撃。数で押し込む――ダクライドにはそう映ったらしく、

『ふははははは！　その手は通じんぞ！』

おそらくオルディア達は最初、一斉に仕掛けたのだろう。その結果が現状であり――だが俺達はひと味違う！

ダクライドがどういう手を使うのかは想像できる。ゲームにおいてもAI《人工知能》が見せる基本的な戦法だったが、わかっていても受けてしまうずいぶんと嫌な方法だった。

けれど、それを突破しさえすれば――!!

俺が先頭を走りダクライドへと肉薄。剣の間合いに到達した瞬間、ダクライドが両手に握る刀を振りかざし、

『貴様も仲間と同じ末路よ』

宣言。刀の切っ先から氷が生じ、それが俺へ向け射出される――!!

これこそが『アイスバインド』であり、次の瞬間には俺の目の前で氷が衝撃波を伴って爆散する。まともに食らえば全身が氷漬けになってもおかしくない。オルディア達がまだ無事だったのは、寸前で退いたかアマリアの警告が効いて防御魔法を使用していたか。

俺はすかさず『アイスシールド』を行使。氷に対する耐性を引き上げる――といっても氷属性は腕などにまとわりついて動きを物理的に制限する。まともに食らえば、ノーダメージでも足を止められてしまう。

ここにもう一手加われば――握り締める剣に魔力を込めると、刀身から炎が舞う。

『ほう?』

ダクライドが呟《つぶや》く間に氷と俺の剣が、激突――前方で氷が爆裂四散し、それを俺の炎が受け止め、一挙に溶かしていく。

使用したのは火属性魔導技『紅蓮撃《ぐれんげき》』。以前エイナが使用していた技であり、炎によって『アイスバインド』の氷が、俺に届く前に消え失せた。

ダクライドの気配が一瞬変わる。防がれた――そして自身の戦況を理解したはず。

あの技を使った後、明確な隙《すき》ができる。数秒足らずだが、俺達が怒濤《どとう》の攻勢に転じるには十分な時間だ。

先陣を切ったのは俺。継続して燃え上がる炎の剣を、魔力を漏らさないギリギリの出力で叩《たた》きつける――呻《うめ》く魔族の声とその体を取り巻く炎。ダクライドは即座に冷気を発し炎を消そうとしたが、そこへ目掛け追撃を加える人物――ソフィアが。

「滅び――なさい！」

裂帛《れっぱく》の気合と共に解き放たれた魔力。それは地属性上級魔導技である『暁の地竜』であった。緋色の光がいまだ炎をまとう鎧《よろい》武者を直撃する――!!

「が――」

鎧が軋《きし》む音とさらなる呻き。光が魔族の全身を包むと、ガアアアッと音を上げ、さらなる衝撃がダクライドを襲う。

だが吹き飛びはしなかった。これはソフィア自身調整して吹っ飛ばすような魔力の流れにしなかったためだろう。そこへ滑り込むように突撃したのがフィリとリーゼ。すれ違う瞬間、二人が魔族を倒すべく烈気をみなぎらせているのがはっきりとわかった。

先に繰り出したのはフィリ。やや大振りな横薙《な》ぎと刀身に集中した魔力から、それが長剣中級技の『ベリアルスラッシュ』だと認識する。

単発の威力を重視した技で、間違いなく彼が今持ちうる中で最強の技だろう。それが胴体に見事入り、衝撃波と合わさってダクライドの体がとうとう傾き始める。

そこでトドメを刺すのがリーゼ。大上段から振り下ろされるハルバード。どうやら放つのは中級系の斧技《ふぎ》においてもっとも単発攻撃力が高い技――名は『クレッセントムーン』。技名通り三日月のような弧を描き相手に刃を叩き込む！

姿勢を崩したダクライドは避けることなどできなかった。まともに直撃を受け、豪快な音と共に床に叩《たた》きつけられる――!!

『があっ――』

ハルバードは胴体に入り、さらに鎧《よろい》を軋《きし》ませた。

「避《よ》けろ！」

そこで今度はクウザの声が。即座に俺達は左右に逃れ、立っていた場所を熱波が通り抜けた。

火属性中級魔法の『ブレイズレイ』だ。炎熱がダクライドに当たり、一瞬でその体が業火に包まれる。

『――貴様らあぁぁぁぁ！』

怒りの声が耳に届く。確実に効いている。魔物の強さを考慮すればベルーナよりも強いのは確かだが、それよりもソフィア達の成長速度が上回っているようだ。

優勢となりつつあるが、無論余裕はない。即座に体勢を立て直したダクライドに対し、リーゼ達は一度引き下がる。

とはいえ待っているのもまずい。専用魔法『アイシクルスフィア』が来れば被害は免れない。ゲームにおいても距離を置けば必ず使用していた。

「ルオンさん　休まず仕掛けろ！」

ここでオルディアが叫ぶ。彼もまた引き下がるのが悪手であるとわかっている。助言に従うように、俺は退くダクライドへ向け執拗《しつよう》に迫る。すると相手は舌打ちをした。専用魔法を使おうとしていたようだ。

「――光の、剣よ！」

左手に『デュランダル』を発する。接近戦は二振りの刀が迫るけれど、魔法よりはずいぶんとマシだ。

「ソフィア！　次で決めろ！」

『舐めるな！　人間共が！』

吠《ほ》えるダクライドに俺は迫る。とはいえこの魔族の二刀流は防御優先であり、俺が攻めても中々突破できない。ただ明確な時間稼ぎにはなり、ソフィア達がしっかり準備できる。

俺の背後で魔力が高まっていく……ソフィアとリーゼ、そしてフィリにクウザか。オルディアやシルヴィはまだ動けない様子で、コーリも護衛のため参戦できないが、ダメージを負っている様子のダクライドには四人で十分か……？

疑念が頭をかすめた矢先、俺の剣がとうとうダクライドの剣を弾く。即座に下がろうとする敵に追撃を加え——光の剣が、刀を越え体に触れる！

『ちぃっ！』

またも舌打ち。かすめただけなのでダメージはないが、苛立《いらだ》っている。

こうしている間にソフィア達が準備を整えていく。ダクライドにしてみれば俺一人に食い止められているのはさぞムカつくだろう。ここで強引に突破しようとすれば逆に反撃に転じて……と考えていたが、それは予測しているのか来ない。

もし『アイスバインド』が来たのなら、先ほどのように相殺《そうさい》を——この状況、俺達としては理想形であり……ダクライドからすれば「詰み」の形なのかもしれない。

「ルオン様！」

ソフィアの声。いよいよだと確信した瞬間、ダクライドが決死の作戦に出る。

両手に握る刀から冷気が発せられる。おそらく『アイスバインド』で目の前の俺を凍らせ、状況を打開する方針に切り替えた。

けれど、その判断は一歩遅い！

『食らえ！』

二振りの刀が俺へ迫る——そこで俺は光の剣を消し、魔法剣に魔力を集め、炎を生んだ。

先ほどと同じ手か、などとダクライドは考えたかもしれないが、今回は別。刀身から湧《わ》き上がった炎は一瞬のうちに俺の周囲を舞い、あまつさえ帯のような形状となって体にすら巻き付き始める。

『な――』

声をこぼすダクライド。対する俺は迫る刀へ、剣を――薙《な》いだ。

双方が衝突した瞬間、炎が俺達を包む。氷が砕ける乾いた音が生じ、さらに一挙に溶け蒸気が周囲に霧散する。氷と炎はわずかな時間荒れ狂ったが、徐々に氷が消えて炎が強くなる。

『馬鹿な――』

ダクライドとしては、渾身《こんしん》の一撃だったのかもしれない。しかし俺の技――火属性中級魔導技『炎獅子《えんじし》の牙《きば》』は、その全てを打ち砕く！

魔族の技を打ち破った俺は、全身に炎をまとい突撃する――本来炎は攻撃に用いられるものだが、今回相手が氷だったため実質バリアのような意味を成した。ダクライドは硬直し、俺は肉薄しまずは一太刀！

確かな手応えと、炎。ダクライドが叫び、俺はさらに接近。すれ違いざまにもう一撃叩《たた》き込む。

途端、魔族の体を業火が包んだ。俺は即座に体を反転させ、ダクライドの背へさらに剣を加えようとして――ソフィア達が魔族へ迫る！

最初にフィリが『ベリアルスラッシュ』を決める。業火をまとったままのダクライドはそれをまともに受け、続けて来ようとしているソフィアとリーゼに対し無防備に立ち尽くす。

そして彼女達が振りかぶったのは同時。リーゼは先ほどと同様『クレッセントムーン』の構えで、ソフィアは——風。上級魔導技の『風華霊斬《ふうかれいざん》』なのは間違いなかった。

両者の技が振り下ろされ、まったく同じタイミングでダクライドを直撃する。刹那《せつな》風が生じ、炎がさらに勢いよく燃え上がる。

『まだ……私は……！』

かすかに抵抗しようとするダクライドだったが、炎と風から抜け出すことはできず……とうとう、体が崩れ落ちる。

いまだ俺の炎が燃え盛る中……ダクライドの体が消し炭のようになり、その形をなくした。

「……やった」

フィリが呟《つぶや》く——どうにか勝った。しかし俺とソフィアが入ってきた時点で苦戦を強いられていた。もう少し踏み込むのが遅かったら、犠牲者だって出ていたかもしれない。

「すみません、助かりました」

フィリが礼を述べる。さらに奥でクウザが口を開いた。

「いやしかし、ルオンさんとソフィアさんは強いな。あっさりと戦況をひっくり返した」

「……氷魔法を使うというのが即わかったのが大きいかな。オルディア、シルヴィ。大丈夫か？」

「俺に任せてくれ」

　クウザが処置を施すべく返事をした。シルヴィが腕を差し出すと、暖かそうな白い光でクウザが癒《い》やす。大丈夫そうだ。

　そうこうするうちに、ダクライドがいた場所に光が浮かび上がってきた。初見のリーゼやフィリは間近に現れた光に対し武器を構えそうになる。

「これは……？」

「フィリ、危険なものじゃない」

　俺は彼に言い、リーゼは目を細めゆっくりと近づく——彼女はソフィアから事情を聞いているので、すぐに察したらしい。

「魔族の力ではなさそうね……」

　彼女はハルバードを消して触ってみる。しかし取り込むことはなく光は彼女の腕を貫通した。

　やっぱり賢者の血筋でなければ受け入れることはできない。そこでまずソフィアが歩み寄った。彼女は既に光を宿しているが、宿した数は多い方が魔王との戦いで有利になるとは思う。もし宿せるなら彼女かオルディアが無難だろうか——

しかし、光はソフィアのことを素通りする。以前レーフィンが言っていたが、魔力の質的に拒否されたらしい。

ならばオルディアはどうか……考える間に光はふよふよ漂い、やがてフィリに近づいていき——

「……え？」

光が吸い込まれるように彼の体に宿った。

ソフィア、オルディアに続き今度はフィリか……分散しているのはいいのか悪いのか。この調子でいけば、残る五大魔族についても重なることはないのか？　疑問はよぎったが、検証することはできない。捨て置くしかなさそうだ。

「これは……？」

フィリが呟《つぶや》いている間にソフィアが俺の方へ視線を送った。話すかどうか、かな……そこで俺はフィリに、

「ソフィアやオルディアは別の魔族からそれを取り込んでいる……害はないと思うよ」

「そう、ですか。これにはどんな意味が——」

「事情説明は城を出てからにしないか？」

クウザの治療を受けたシルヴィが提案。オルディアもクウザの治療を受け腕の感触を確

かめている。

「ルオン、どうする？」

「これまでの居城を構える魔族との戦いから、魔物は消えたはず。もちろん注意を払うべきだけど、おそらく何事もなく入口まで戻れるはずだ。そして城主が消えた以上、この城を隠すような魔法も効果が途切れ、誰でも入れるようになったはず。ここからは国の人に任せよう」

「そうね、賛成するわ」

リーゼが同意。王女である彼女の発言だ。従った方がいい。

「それじゃあ、戻ろう……全員無事で良かった」

――そうして、俺達は城を離れた。けれどまだ終わっていない。水王アズア……彼についてはまだ決着がついていない。

この土地を離れる前に、それだけは解決しなければ……心の中で呟きながら、俺は仲間達と共に城を後にした。

第二十二章　深淵の世界

幸い借りた船は無事で、俺達は魔物と遭遇することなく町へと到着。そこからフィリが兵士達のいる詰め所に事の一切を伝え――国へ報告するとして、翌日以降は慌《あわ》ただしくなった。

「これで五大魔族の三体を倒したわけだね」

忙しく兵士が動き回る様子を遠目に眺めていると、肩に乗るユノーが話し掛けてきた。

「ああ、そうだ……残る二体のうち一体は北部かつ、主人公が直接赴《おもむ》かないといけないからイベントは起こらないと思う。問題はもう一方……西部にいるグディースについてだな。今のところイベントは起きていないが……」

「いつ始まってもおかしくない、と」

「まあな。でもすぐじゃないはず」

「どうして？」

「五大魔族を三体倒すと、一時的に関連のイベントが止まるんだ」

おそらくこれはゲーム的な演出――というのも、三体倒れた時点で魔王が方針を転換したのか、多少の時間様子見ムードに入る。人間側の反撃が予想以上だったためか、それとも幹部級の魔族が相次いで倒れたことにより態勢を立て直すのか……ともあれ、小康状態に入る。

「この間に、重要なイベントを終わらせたいところ……特に、南部侵攻の盟主となるアラスティン王国の王子、カナンの覚醒とか」

彼の国が魔族に侵攻され、首都ラハイトで防衛戦が行われる……それは俺が介入したい戦いであり、現在使い魔で観察も行っている。

情報収集をしてもラハイトが狙《ねら》われるなんて具体的な話はないが、戦いの進捗《しんちょく》具合を考慮すればすぐイベントが発生してもおかしくない。

「ユノー、アラスティン王国はいずれ魔族が攻撃を仕掛ける。それに参加したいと思っている」

「ゲームで何が起きたの？」

「まず将軍が死去する。これは確定で、さらに有能な騎士のうち、片方が必ず戦死。そして生き残ったもう片方を仲間にできる」

二者択一——ゲームでよくあるのは「礼としてどちらかの武器を差し上げよう」とかかな。両方手に入らないのはもどかしいが、よくあるパターンである。

ただ、このイベントの場合は武器ではなく人が対象……つまりどちらか片方しか救えない。

「もっとも俺が赴《おもむ》いてそれが果たせるかはわからない。今までは攻めだったが今度は守りだ。勝手が違うだろうし、俺の体は一つなわけで、守り通せるかは難しいかも」

「それでも、やるんでしょ？」

「まあな。まだ戦いは起こっていないからこのまま北へ向かい、サラマンダーとの契約を行おう。それと神霊である不死鳥フェウスの協力を取り付け、改めてアラスティン王国へ。旅の途中でイベントが始まるかもしれないから……その時は、どうしようかな」

「ウンディーネの道を使ったら？」

「使えるのかな……ま、数日ここに滞在することになるし、どうするか相談しておくか」

宿へ戻るべく歩く――この町に留《とど》まっているのは俺の事情もあるが、リーゼの提案も理由に入る。

城に魔物はいなくなったが、魔物が現れるかもしれないこともあり、都から調査団が来るまでは警戒すべきだと進言したのだ。

そして現在、ガルクとアマリアがアズアについて調べている。結局分身を倒しただけで真意についてはわかっていない。そこをきちんと確認しない限り、ここから離れることはできない――

「ルオン、フィリさんはどうするの？」

「どうする、って？」

「光を取り込んだ以上、仲間にするって選択肢もありそうだけど」

「微妙なところだな……」

魔王を討つ資格を得たことについてはまだフィリに伝えていない。今伝えておくべきなのか、それとも別の機会にするのか――

「あ、ルオン」

ふいにリーゼの声。視線を転じれば、大通りを歩く彼女が声をかけてきた。

「何をしているの？」

「散歩だよ。今は詰め所の兵士さんがずいぶん慌《あわ》ただしいのに気付いて、眺めてた」

「忙しいのは仕方がないわ。あと数日の辛抱ね。すぐ騎士団がやってきて彼らが責任を持つことになるはずだから」

「……その際、顔は出すなよ？」

「わかっているわ。心配しないで」

華やかな笑み。次いで彼女は表情を戻し、

「そういえば郊外で、ソフィアとクウザさんが魔法の練習をしていたわ」

「以前夕食の席で話題に上がった無詠唱魔法の件じゃないか？」

「そういえばあったわね。あとシルヴィも一緒にいたけれど……」

「たぶん彼女は普通に打ち合いしたいだけだろ」

競い合うように鍛錬しているからな、あの二人。五大魔族と戦った翌日にも関わらず、よくやるよ。

「ちなみにフィリやコーリは？」

「二人は詰め所に報告したことにより、兵士と話をしているみたいね。今はもう解放されて宿にいるんじゃないかしら」

「なら戻ろうかな」

「彼と話すの？」

「ああ。魔王を討つ資格を得た以上、どうするかは聞いておかないと」

宿へ向け歩き始めると、リーゼがついてくる。

「どうしたんだ？」

「いえ、彼に話をするなら私もと思ったのよ」

何かあるってことか？　二人揃《そろ》って宿へ戻ると、ラウンジに話をする彼とコーリの姿があった。

「フィリ、コーリ」

呼び掛けると同時に振り向き、先に声を発したのはフィリ。

「ルオンさん……どうしましたか？」

「大きな戦いが一段落して、次の目標を決める段階だ。俺達もどうするかまだ話し合っていないが、フィリはどうなのか確認しておこうかと」

そこで、フィリが肩を落とした。隣にいるコーリが苦笑し、反応にこちらは首を傾《かし》げる。

「どうしたんだ？」

「いえ……城の戦いで、多くの課題が見つかったと思いまして」

「ルオンが来る前のことだけど」

リーゼが話し始める。

「道中の魔物をはじめ、戦いは私やオルディア、シルヴィが中心になっていたから」

「経験不足を反省しているところです。あまつさえ最上階にいた魔族と交戦した際、迂闊《うかつ》に飛び込み、援護に入ったオルディアさんとシルヴィさんを動けなくしてしまいました……ソフィアさんの精霊から警戒しろと言われていたのに」

……俺とソフィアが来たのは、その直後ってことか。彼にとって今回の戦いは悔いの残るものだったらしい。

そんな彼にコーリは「元気出して」と励ます。手慣れたもので、きっと旅の道中こうして落ち込むことがあったのだろう。

ふむ、これはしっかりフォローを入れるべきだな。そう決断し、口を開く。

「フィリ、そう落ち込む必要はないと思うぞ」

「しかし……」

「今回、課題が見つかったのは確かだろう。それはこれから解決していけばいいだけの話で、悔やむ必要はないさ」

「至らなかったのは事実ですし」

「ソフィアも同じような悩みを抱えているな」

彼女のことを振ると、フィリは意外そうな顔をした。

「ソフィアさんが、ですか。あれだけの力を持っているのに？」

「そうだ。誰もが悩みながら、失敗しながら戦っている」

——性格的にも二人はどこか似ている。同じように使命感から悔やむことがあってもおかしくない。

「今回は、そうだな……運が良かったと思えばいいさ」

「運、ですか？」

「そう言われるとそれでいいのかって感じるかもしれないが、運をたぐり寄せるのも実力のうちだ……それに、窮地《きゅうち》に立たされた状況でもあの程度で済んだってことは、フィリ自身対応が良かったってこともあるだろうし」

それでもなお納得いかない様子だったが……コーリが彼の肩に手を置いた。

「失敗したらそれを修正すればいいって話でしょ？」

「コーリ……」

「ルオンの言う通り、悔やむ必要はないよ。あれだけ激しい戦いだったのに犠牲者ゼロだったのは、フィリだって足手まといにならなかったってことだから」

「そうそう」

ユノーが賛同。続いてリーゼも話し出す。

「完璧にできる人なんて存在しないわ。今回悔やむことがあったら、いずれ決戦の時……魔王との戦いまでに修正すればいいだけの話。そうでしょう？」

「決戦までに、ですか」

「ええ……もし強くなるためどうすればいいか悩んでいるのなら、オススメがあるのだけれど」

フィリ達はそれに目を丸くした。

「心当たりが？」

「ええ。要望に沿うかはわからないけれど」

「それは？」

問われ、彼女は意味深な笑みを浮かべる。

「実は私、この国の王宮の人と知り合いなの。あなたが望むのなら、紹介状を書いてあげる。一度王宮を訪ねてみない？」

まさかの勧誘である。いやまあ、リーゼからすれば国を守るため戦力が欲しいのはわかるが。

光を宿した件がどういう意味合いを持つのかリーゼは把握しているし、それを踏まえての言及なら、悪いようにはならないだろう。

「王宮、ですか」

「戸惑ってる？」

「はい、そういう人々と接したことがないので」

「是非とも引き合わせたい相手は、あなたと同じ旅をしていた人なのよ。けれどこの国で信用を得て、今は国のために戦ってもらっている。彼に話を通せば、魔物との戦いを通じさらに強くなれると思うわ」

ラディと引き合わせるのか。それが無難だろうし、ゲームの主人公が手を組むって結果は良さそうだ。

そこでフィリは考え込む。ふむ、ここは俺からも助言した方がいいかな。

「フィリが魔族との戦いで心残りがあるのはわかる。けれどみんなも言っているようにそれは今後の糧にすればいい……最初に別れた時も言ったけど、自分を信じて突き進め」

その言葉でようやくフィリの顔から暗いものが消える。

「ルオンさん……ありがとうございます」

「いいって。不安は晴れたか？」

「はい。今回の反省を生かして、自分はどうすべきか、一度見つめ直したいと思います」

「そっか。身の振り方としてはリーゼの紹介に従うのか？」

「……もしルオンさんが俺の立場なら、どうしようとしますか？」

「俺か……フィリはこれまでどういう旅をしてきた？」

「魔物と戦い続けていました。悲劇を繰り返さないために」

　彼の胸の中には、フィーントの村の出来事がいつまでも残っているようだ。

「そうか。これまで強くなれているのなら、それも選択肢の一つだ。でも一度立ち止まって力をつけることを優先してもいいんじゃないか？　あとは、そうだな……協力者を集める、とか」

「協力者？」

「人間もそうだけど……俺だったらソフィアが精霊と契約しているから、その縁で精霊が魔王との戦いに参加するよう交渉するとか……まあ厳しいだろうけど」

　実際は神霊も協力しているんだけど……と、ここでフィリが突如はっとなった。

「どうした？」

「あ、いえ、その」

「候補があるのを思い出したのね」

コーリが話し始める。

「実は仕事で『荒野の民』を助けたことがあるの。フィリは彼らの協力を仰ごうかと考えたみたいね」

ああ、そういえば使い魔が観察していてあったな。そうしたイベントが。

荒野の民、とは北部にある荒野に暮らす土着民である。常日頃自らの手で魔物などを駆逐しなければならないため、その戦闘能力は高い。

しかし魔王侵攻に抗《あらが》うことはできず南部へ逃げ……ゲームでは逃げる際散り散りになった民が魔物に襲われているところを助けるというサブイベントがある。報酬《ほうしゅう》としてちょっと有用なアイテムがもらえるくらいのイベントなのだが――

「リーゼさん、申し出はありがたいですが、ひとまずそちらへ行こうと思います」

「そう。あ、紹介状は渡しておくわ。寄るべきところがなくなったら、是非頼ってね。紹介状はクウザさんを含めて三人分でいいかしら?」

「クウザには意見を聞かないといけません。少し前に仲間になったのですが、別に目的があるかもしれませんから」

そこまで言うと、彼は俺に向き直る。

「ありがとうございます。ルオンさん、今度は危機に陥らないよう、頑張ります」

表情は戻っていた。ふむ、これなら大丈夫そうだな……あとは宿した光についてか。

「フィリ、城で体に入った光についてだけど……」

「待ってください」

と、彼は突如俺の言葉を止めた。

「それを聞くのは……次、会った時でも構いませんか?」

「どうして?」

「あの光がただならぬものであることは理解できます。ソフィアさんやオルディアさんが取り込んでいるんですから……きっと今言われても俺はたじろぐだけ。なら、自分が納得した時に、と思ったんです」

――湖へ来たように、やっぱり賢者の血筋として勘のようなものが働いているのかもしれない。

「納得、か。その場合、再会した際は相当強くなっていないと駄目だぞ?」

「ええ、わかっています」

吹っ切れたような笑顔……そこには、強い意志が秘められていた。

「なら、俺から言えることは何もないな……フィリ、俺達も頑張るから、そっちも武運を祈る」

「はい」

——こうして、フィリについては決着がついた。彼とコーリは旅の準備をするらしく宿を出た。その表情は晴れ晴れとしたもので……きちんと話をして正解だったな。

「ルオン」

二人を見送ってから、リーゼが俺の名を呼んだ。

「彼については解決ね。ではソフィア達の所へ行きましょうか」

「ん、そうだな」

俺達は一緒に宿を離れる。進路を町の外に向けようとして——

『ルオン殿』

ガルクの声がした。

『アズアの居場所がわかった』

それだけ。ならば詳細を聞かなければ。

「……あ、そうだ。リーゼ」

「何かしら？」

「先に行っていてくれ。旅に必要な物資について買わないといけない物を思い出した」

「後では駄目なの？」

「思い出した時に買わないと忘れるんだよ。実際それで過去痛い目に遭った」

「なら、先に行っているわ」

リーゼが町の雑踏に紛れる。彼女の後ろ姿を見送っていると、ユノーが尋ねてきた。

「ガルクから連絡があった？」

「ああ。話を聞かないと」

リーゼと共に訪れた広場がいいかな。借りている宿の一室はオルディアが相変わらず引きこもっているし。

そういうわけでリーゼとは逆の方角へ足を向ける。それほど経《た》たずして広場に辿《たど》り着いた俺は、談笑する人々を避けながら口を開いた。

「ガルク、居場所は？」

『湖のさらに下……地底だ。発見したのはノームの王アクナ。地底の魔力に魔族の意思が宿っていないか確認中に姿を捉えた。アズアはどこかに移動していたらしいが、見つかる可能性を考慮し追わなかったらしい。地底にいるとわかっていれば、我の方で調べることができる』

「その話、アマリアやレーフィンは知っているのか？」

『当然だ。しかしソフィア王女と共にいるため追うつもりはないようだ。それでルオン殿、今からでもいいか？』

「大丈夫。ちなみにどのくらいかかる？」

問いにガルクは少し間を置き、

『地底へ向かう道はアクナから教えられているが、少し距離があるな。ルオン殿が魔法を使い、アズアと話をして……半日はいかないにしても、夕刻くらいまでかかるかもしれん』

「了解。それならユノー」

「なあに？」

「ソフィアに伝言頼む。用事があって夕方くらいまでは宿に帰れないと」

「ルオンが直接言わないの？」

「もし時間がかかって夜まで帰ってこないとかになったら、フォローしてほしいなと」

「え、あたしを置いていくの？」

行くつもりらしいユノー。それに俺は肩をすくめ、

「この大陸で最強に位置する神霊が相手だ。今回は同行しない方がいい」

「……ルオンがそこまで言うの、初めてだよね。ガルクとの戦いでも言わなかったのに」

「あれは逆に離れたら危なかったし……今回はどういう理由であれ魔族と手を組んでいた。何が起きてもおかしくない。アズアについては俺もわからないことが多いし、場合によっては大変な目に遭うかもしれない」

「むー……危ないってこと？」

「ああ。それと帰りが遅くなったらソフィアが心配するだろ？　直接言ったらついてきそ

うだし、頼むよ」

なおもユノーは不満そうな目をしていたが……やがて、

「わかったよ。きちんと結果だけは報告するように」

「ああ、それじゃあ行ってくる」

手を振り俺はユノーと分かれた。

「というわけでガルク、案内してくれ」

『うむ、まずは町を出て山沿いに進んでくれ……ルオン殿の天使ユノーに対する判断は正解かもしれんな』

「どういうことだ？」

『先ほど言ったが、アクナは見つかる可能性を危惧《きぐ》して追わなかった。その理由に、アズア自身魔族の魔力を抱えていたというのもある』

「……魔力を？　それはつまり、アズアが魔力を奪ったと？」

しばし沈黙。そして俺が町を出たタイミングで、

『考えられる可能性は二つ。アズアが何か野望を抱き魔族の魔力を奪うために五大魔族と接触した。あるいは、地底に存在する魔力を除去もしくは制御できないかと試し、魔力を取り込んだか』

「俺達にとって前者は敵、後者は味方……どちらだと思う？」

『城でルオン殿が戦った分身については、魔族と縁を切りたかったため動いたのだろう。つまり城で滅んだことにしておけば、ダクライドがどうなろうと裏で立ち回ることができるようになる……そう我は解釈したが、判断が難しくなったな』

「どちらにせよ今からアズアに会いに行くわけだから、真相も聞けるかな……では行くとしよう、アズアの下へ」

『うむ』

俺は町の入口へ――そして移動魔法により目的地へ疾駆《しっく》した。

ダクライドの居城がある地点からさらに西――山の根元に近い木々が生い茂った場所に、地底の入口はあった。以前レドラスと決着をつけるために入り込んだ洞窟《どうくつ》と同様、ここもまたノームが使用していた道らしい。

中は前と同じく漆黒が広がる――アクナが調べたところによると地底に存在する魔族の魔力には意思は宿っておらず、またレドラスとの決戦の際に遭遇した魔物、ダークドールも見当たらない。

「ガルク、以前地底へ入り込んだ際、魔族の魔力によって魔物が生まれていたが、今回はいないぞ」

『アズアが滅したようだ』

ふむ、その部分だけ切り取ったら完全にこっちの味方だな。

『やはりアズアの行動は不可解……ルオン殿、少し待て』

突然の言葉に俺は立ち止まる。魔法の明かりで周囲を照らしているが、範囲外はひたすら暗闇。なおかつ正面には延々と道が続く。

「どうしたんだ？」

『すぐにわかる』

返答が返ってきた後、俺の横から足音がした。

即座に首を向けると、そこには──

『アズアが何かをしでかしている以上、我も動く必要があると判断したのだ』

──俺にくっついている子ガルクではなく、本物のガルクがそこにいた。

「こっちに来たのか」

『うむ、地底を介せば魔族に我が行動していることはバレない。あと我のすみかを気にする必要はないぞ。数日くらいならば空けても問題はない』

「ならいいけど……アズアの向かう所はわかるか？」

『地の力を利用すれば膨大な魔力を持つあやつを捉えることなど容易。ただ、目指す場所は少し特殊でな』

「特殊？」

『天使の遺跡が存在するのだよ』

遺跡——例えばユノーと会ったように天使の遺跡は地上にあることが多い。しかし報告例は少ないが、地底にも同じような遺跡が存在している。

『そこは、天使の力に加え特殊な……地底から湧《わ》き上がる不可思議な力を湛《たた》える場所だ。そこを目指しアズアは進んでいる』

「遺跡へ入る前に追いつくべきか？」

『おそらくな』

「なら急ごう。距離は？」

『移動魔法を使えばほんの少しだ。しかし道中でバレるぞ』

「こうやって地底を歩いている時点でバレているだろ」

俺は移動魔法を行使し、地底を駆け抜ける。ガルクはその巨体を揺らしながら走り……なかなか迫力があるな。

程なくして、前方に気配が。しかもそれはドス黒く、一瞬向かうのを躊躇《ためら》うほどの魔力を発している。

「ガルク、あれが——」

『うむ、間違いない』

移動魔法を解除。すると相手はこちらを察し立ち止まった。凄《すさ》まじい魔力が漂う様子は、警戒を抱かせる。

「こっちに来ることは……なさそうだな」

『うむ、様子を窺《うかが》っているな』

ここからは徒歩で少しずつ近づいていく。そしてとうとう闇と対面し、

『――記憶のある人間に、同胞か』

『久しぶりだなアズア。我は彼に分身を帯同させているため、貴殿の分身が何をやったかは知っている』

相手――アズアにガルクはそう答えた。

その姿は人の形をして、体の色は青。背丈は俺とほぼ同じ程度。まるで水そのものが意思を持ち人間の真似《まね》をしているような……触ったら弾力がありそうな、滑らかな体をしている。衣服も水みたいなもので形作っており、それは法衣のようでどこかの国の王様みたいに見える。

特徴的なのは頭部にある目……それは純白であり、俺を見据え口を開いた。

『ガルク、その男は眷属《けんぞく》か？』

『彼については長い説明が必要になる……が、それを語る前に確認せねばならんことがある』

アズアは何が言いたいかわかったらしい。やや間を置いて、

『……私が敵か味方か、だろう？』

『その通りだ』

『ならば、ついてくるがいい』

背を向ける。相変わらず瘴気《しょうき》を漂わせているが、理性が吹き飛んでいるとか、そういうわけではない。

「ガルク、どうする？」

『進もう。我とルオン殿が手を組めば、アズアにも対処できよう』

「了解」

アズアに追随。そうして辿《たど》り着いた天使の遺跡……今まで入った遺跡よりもずいぶんと大きい。いや、これは――

「神殿？」

『私の推測だが、天使達はここで地底奥深くに眠る力を神と崇めていたのかもしれん』

アズアが語る。その間に神殿の中へ。

巨体のガルクも中に入れるほどの広々とした神殿。明かりの光量を増やし建物内を見回すと、床も柱も天井も全て大理石のような素材で造られており、ここが太陽の下にあったならば神々しいに違いない。

『ここだ』

それほど経《た》たずして奥へと到達し、アズアが言った。床に何かが描かれている。これはいったい――

「大陸の地図、か？」

『その通り。魔族ダクライドと手を組み、地底を調べている最中に偶然発見した。そして神殿下に眠る不可思議な力を利用し、実験を行える』

「実験？　何を？」

『魔王が今後使用するであろう強大な魔法によって、大陸がどうなるか検証できるのだ』

床に目を落とす。少し意識を集中させてみれば、地図が描かれた床面から魔力を感じ取ることができる。

『天使達は、この不可思議な力がどこから発せられるかをこの地図にまとめていたのかもしれん。今は描いた跡も消え失せているが……この神殿は力が特に湧《わ》き上がる地点だったようで、神聖な場所として扱っていたのだろう』

「そんな所で、実験を……？　魔王の魔法ってのは何だ？」

内容は知っているが、アズアがどの程度知識を持っているのか確認のためにあえて問う。すると、

『ダクライドは、湖のほとりで実験を行っていた。魔王がこの大陸を崩壊させるための魔法……その実験を』

『それを探ることが、貴殿の目的だったのか？』

ガルクが尋ねる。アズアは顔を向け――しっかりと、頷《うなず》いた。

『そうだ』

『アズア、なぜ動こうと決めたのだ？』

『南から散発的に魔族が偵察に来ていたのが始まりだ。最初私に対する偵察だとして捨て置いていたが、やがて興味を持ち調べ始めた……その中で、湖近くに拠点を持っていた魔族を見つけた。なおかつ湖へ注ぐ魔力を奇妙に感じ、魔族――ダクライドに接近することにした』

『協力するフリをして、情報を探っていたと？』

『そうだ』

「だがあんたが提供した力が人間の中に出回っていた。ジイルダイン王国の件に加え、俺達は何度かそうした人物に関わった」

アズアは俺を見返す。こちらを納得させるため言葉を選んでいるよう。

『……情報を得るために、私のことをダクライドは単なる精霊と思い込んでいたが、やつに協力姿勢を示す必要があった。私の力にダクライドは興味を示し、内通者がいるジイルダイン王国の人間に力を提供し、拡散したのだろう』

「口ぶりからすると、あんたが神霊であったことはバレていないのか？」

『擬態はしていた。ガルクは気付いてしまったが』

『同じ神霊。わからないはずがあるまい。魔王達が察していたらもっと大騒ぎしていたに違いないが、現時点で問題はないと考えてよいな』

魔王側の観察を継続する必要はあるが、アズアが関わったとはいえシナリオ自体はゲームとそう変わらない結果になりそうだ。よかった。

『力を提供したことについて反論の余地はない。私としては大陸崩壊の魔法について調べるため、仕方のないことだった……そう主張するだけだ』

ゲームシナリオと変わらないとはいえども、彼が動いたことにより変化が起きたのは事実。そして大なり小なり犠牲も生まれた――彼の所行について色々と事件に関わった身としては微妙な心境ではあるが、ひとまず話を進めよう。

「それについてはわかった……で、魔王はその魔法を使うことが目的だと？」

『真意はわからんが、魔王は間違いなくその準備を行っている。人間の国への侵攻は、その準備を円滑に進めるためだな』

アズアは魔族の気配を漂わせたまま、地図に視線を落とした。

『ダクライドの城で得た情報によれば、やつ以外に四体の魔族が城を構えている』

「そのうち二体は倒した。なおかつ、どの場所にも地底に魔力が存在している」

『それこそ仕込みだ。今から大陸がどうなるかを見せてやろう』

アズアは右手を床へ向ける。すると黒い魔力が指先から溢《あふ》れ、地図の一点に落ちた。

刹那《せつな》、地図全体が光り始める。それが突如拡散し、最初白だったそれは一挙に黒へと変じ、地図をなめ回すように渦を巻き始めた。

なおかつその力を、五つの地点が補い強化していく。風が吹きすさぶような音を発しながら闇は地図を蹂躙《じゅうりん》するように轟《とどろ》き……やがて、消えた。

『この地図で起こったことは、放置すれば必ず魔王の手によって成される。黒き渦が全てを破壊し、魔王に立ち向かう存在は皆無に等しくなる』

『アズア、これに応じる策があるのか?』

ガルクが尋ねた――すると、

『ダクライドから得た魔王の魔法に関する情報……それを調べた結果、地表で光が拡散し黒に変じた段階まで到達すると、同量の魔力を用いなければ押さえ込むことが難しいとわかった』

「大陸を無茶苦茶にする魔力量と同等……つまり、地底から魔力を引き上げる間に勝負を決めなければ負けってことか」

『そういうことだ。失敗が許されん以上、いくつもの手段で魔王の魔法を防ぐ手段を構築しておくべきだ。無論、力技もその内の一つに入るぞ』

『うむ、そうだな……アズア、貴殿が魔族の力を吸収したのは、魔法の検証を行うためか？』

『そう解釈してもらって構わん。確実に成功させなければならん以上、誰かがこうした力を得ることは必須だろう？』

「――アズア」

ここで俺が声を上げる。重要な点をいくつか確認しておかなければならない。

「魔族側が戦況をどう捉えているかわかるか？」

『ダクライドが言うには、順調に侵攻を進めていたが……例えば他に居を構える魔族が人間に負けたことは、多少なりとも危惧《きぐ》していたようだ。もっともそう語るダクライドは、どこか同僚を蔑んでいた』

「蔑むって……なぜだ？」

『城を持つ魔族同士の仲はあまり良くなかったのかもしれん。あるいは魔王からさらなる寵愛《ちょうあい》を受けるため、他の魔族を出し抜くつもりでいたか』

――そういえばベルーナ戦の時、レドラスを倒した俺達のことを把握している様子はなかった。それはつまり五大魔族同士で横の繋《つな》がりがなかったからではないか。

『立て続けに居を構える魔族が消え失せている。しかし誰に敗れたかといった詳細は魔王側も持っておらず、せいぜい人間に魔族を討てる存在がいる、といった程度しか把握していない。魔族同士連携ができていないのかもしれん』

これについては、アズアの考え通りか……付け入る隙《すき》であるし、またリエルが幾度戦いを繰り返しても大勢が変化しない理由になっていそうだ。

独自に好き勝手やっているため、例えばどこかの魔族が敗れても我関せず魔王の指令に従い突っ走る……魔族は元々「個」が強い種族だ。魔王という絶対的な支配者がいても他の魔族同士が仲良くとはいかないってこと。

もっともその個の力が大きい故に、人間は手をこまねいているわけで……しかも最終的には魔王が大軍を用いて人間を襲う——それが南部侵攻だ。

魔族の連携が上手《うま》くいかず人間側に敗れ、最終的に魔王が重い腰を上げる……ゲームの流れはこうで間違いない。概《おおむ》ね、シナリオ通りに進んでいることがまたも証明できた。

ただアズアの力を宿した人間の一件など、予定外のことも多い……現時点でシナリオとのひずみがどの程度存在するのか——俺はさらに質問する。

「あんたの力が宿っていた武具については？」

『私がダクライドに力を提供し、ヤツが道具を作りジイルダイン王国の人間に回し、さらにそこからいくらか武具を開発した。貴殿が倒したのは、そうした武具を得た人間ということになる』

「……アズアの力を用いた道具は、最近作られたってわけか」

『ああ』

逆に言えば、即戦力となるだけの力を提供していたことにもなる……まあいい。

「アズア、単独で魔法の検証をするのか？」

『いずれガルクに話を向けるつもりだった』

『我としてもダクライドから奪った情報については気になる。それを活用し、是非とも魔王の計画を防ごう』

『うむ、そうだな』

……結果としてはよかったのか。正直アズアの関連した事件に触れた者として納得いかない部分もあるけど。

俺は再度床に目を落とす。魔法がどのように発動するのか……それについて知ったのは大きい進歩だし、またこれに基づいてガルクがさらなる対策を立ててくれるはず。大陸崩壊阻止に向け前進したのは間違いない。

視線をアズアへ。いまだ瘴気《しょうき》を発する神霊に対し、

「アズア、その魔族の魔力はどうしたんだ？」

『ダクライドに協力した際、武具などを作成する時に必要だと告げ手に入れた。地底に注いだ魔力そのものを奪うような真似《まね》はしない。外部から干渉すると何が起こるかわからないからな』

アズアでさえ危険と判断したか……ま、あれには触れない方がいいのは同意する。

『この魔力を利用し、さらなる検証を行おう』

『その状態のままで問題ないのか？』

ガルクが問う。確かに魔族の魔力を抱えたままはリスクがありそうだが——

『ヤツの意思が混ざっているわけではない以上、単なる力の塊だ。使い方次第では毒にもなるが、私ならば問題はない』

そう告げた直後、アズアの体から何かが出てきた……青い球体？

するとアズアの体から瘴気《しょうき》が消え失せ、瘴気は青い球体が発していることを確認できた。これは——

『アズア、それは何だ？』

『この神殿に存在していたアーティファクト……天使の核だ』

天使の、核？

『天使はゴーレムなど操れる兵士を作成する際に核を埋め込む』

ああ、コアのことか。

『普通の核は私が魔力を注げばたちまち壊れるが、この神殿に存在していた天使の核は特別だった。私の魔力を注ぎ込んでもヒビ一つ入らない物……凄《すさ》まじい魔力容量を持っていた。おそらく、ここよりさらに地底に眠る力をこの球体に集めていたのかもしれん』

「……地底に眠る力を、か？」

疑問を呈すると、アズアは一つ頷《うなず》き、

『改めて言うが、天使がこうして地底に建物を造ったのは、その力について研究、あるいはこうした神殿を造り崇拝していたと考えられている……力については私達神霊も解明できていない。一つ言えることは、途轍《とてつ》もない何かが地の底に眠っているということだけ』

――ゲームにおいてもその設定は存在していたが、魔王との戦いに直接的に関連しているわけではない。今はひとまず、こうした遺跡があることを認識しておくだけでいい。

『話を戻すぞ。ダクライドの力を奪うことができたため、こうして検証しようと考えた』

そう言いながらアズアは球体をガルクへ差し出した。

『ガルク、お前も注げ』

『魔力をか？』

『魔王の魔法を食い止めるためには、我らが手を組むことが不可欠。フェウスとも協力せねばならんが、まずは私とお前の魔力が混ざり合うかどうか。そして魔族の魔力に触れることでどうなるのか……それを検証せねば』

『なるほどな、いいだろう』

ガルクが右前足で天使の核に触れる。直後、足の先から魔力が迸《ほとばし》った。

白い光が核を覆い、神殿内をまぶしくする。どうやらガルクは核が満たされるまで注ぐつもりだったようだが……平然と魔力を吸い込み続けるようで、

『なかなかに凄《すさ》まじいな』

そう呟《つぶや》いた直後、足を離した。

『アズアが注いだ量よりも多いが、問題ないか？』

『調整する』

さらに魔力を送るアズア。両者の魔力が釣り合ってから実験するつもりらしい。

ふむ、俺はどうすべきなのか……アズアが味方であることが確定したので、これ以上この場でどうこうする必要はない。実験自体俺の知識の範疇《はんちゅう》を超えていそうだし、いてもあまり意味はなさそう。

『ふむ、どうやら組み合わせることはできそうだな。属性などは違えど、精霊としての形質を持ち合わせているためか』

アズアが語るとガルクは同意するように頷《うなず》く。問題はなさそうだな。なら、

「ガルク、俺は地上へ戻る――」

そう提案しようとした時だった。

突如、アズアが持っていた天使の核から黒い煙が噴き上がった。それはアズアも予想外だったのか、反射的に手を離す。

コツン、と床に落ちる天使の核。ガルクが『どうした？』と問い掛けた矢先、さらに煙が湧《わ》き上がる。

しかもそれはアズアの魔力ではない……明らかに、瘴気《しょうき》。

『これは……』

アズアが警戒を示す間にも瘴気が増していく。ここでガルクは自身の右前足を持ち上げ、床に叩《たた》きつけた。

次の瞬間、ザアアアア、と神殿の外から音が聞こえる。何事かと思う間にも天使の核が瘴気を発し、

「ガルク、今のは——」

『まずはこの神殿の内外を遮断した』

「遮断？」

『魔族にバレ、逃げられるとまずいだろう？』

その言葉で、俺も状況を理解し始める。

何かの拍子に天使の核に眠る魔族の力が活性化した。いや、違う——

『待っていたことで、私に勝機が生まれたな』

核から声が聞こえた。当然神霊の声色ではない。

刹那《せつな》、アズアは天使の核から迂回《うかい》するように移動し、ガルクの隣に立つ。その間に魔力を発した天使の核は、独りでに空中へ浮き、魔力が周囲を取り巻き始める。

それは一瞬で形を成した。武士のような姿をした存在。まさしく、

「ダクライド、か……⁉」

『この神殿内を封鎖したか。賢明な判断だ』

城で遭遇した時と変わらぬその姿——いや、前とは段違いの瘴気《しょうき》を発するのは、ガルクとアズアの力を我が物としたためか。

「本体は消えたはずだが……」

『協力を持ちかけられた際に、潜り込ませていたんだろう。私の中にいた時は何もできなかったが、力を注いだ際に核に逃げ活動できるようになったか』

アズアが返答。それにダクライドの哄笑《こうしょう》が響く。正解らしい。

『まさか此度《こたび》の戦い、神霊が深く関わっていたとはな』

「本体ではなく、分身ってことか」

『貴様らのおかげで、最早本体など上回る力を得たがな』

両腕に刀を形成した瞬間、ダクライドはそれを掲げ振り下ろす。地面に触れた瞬間、魔力が爆《は》ぜ俺達へ突き進む衝撃波と化す。

俺は即座に魔力で剣を生み出し、風の刃を放つ——が、着弾した瞬間消し飛び、ならばと魔力を刀身に加え、薙《な》いだ。

剣戟《けんげき》と魔力が激突。光が拡散し魔力の軌道が逸《そ》れ俺の横を通り抜ける。ガルクやアズアに当たることなく、それはガルクが作った魔力障壁に衝突する。

ゴアッ、とくぐもった音が神殿内にこだまし、

『ぐっ……!!』

ガルクが呻《うめ》き声を上げた。

「ガルク、ヤバそうか？」

『核に我とアズアの魔力を相当入れた。このくらいの威力が出て当然ではあるな』

『冷静だな、神霊』

軽く刀を素振《すぶ》りしながら、ダクライドは言う。

『そこの人間は、どうやら神霊に見込まれた存在のようだな』

――先ほどの魔力を弾いたことで、左腕は熱を持っていた。ガルクからもらった魔力制御のリボンがこうなっている以上、俺の力はバレた。

『その力、ややもすれば陛下の障害となるかもしれん……ここで退場願おう』

「……ガルク、障壁に攻撃さえ当たらなければ問題ないか？」

『我だけでは戦う最中に消し飛ぶ可能性もあるな』

……もし障壁がなくなれば、ダクライドは神殿を脱し、神霊が動いているという事実を魔王に報告するだろう。

それだけは、絶対に避けなければならない。

「わかった。アズア、ガルクと協力して障壁を強化してくれ。外に出すのが一番まずい」

『……力はあるようだが、大丈夫なのか？』

「なんとかするさ」

『面白い、まずは貴様からか』

舌なめずりでもしそうな声色だった。神霊の力を取り込んだことにより、高揚しているのか。

俺は静かに魔力収束を始める――神霊二体の力を取り込んだのだ。最初から全力でいく。

右腕に力を集め、その力を解き放つべく、俺は言葉を口にする。

「大地に宿る精霊達よ――魔を払う奇跡を起こせ」

バジッ、と帯電するような音と共に生み出されたのは、複雑な紋様が彫られた白銀の剣。名は『白王剣《びゃくおうけん》』――無属性系統の魔法剣の中で最高峰に位置する。

そして生み出したことにより、ダクライドが瘴気《しょうき》を噴出した。

『地の底で果てるがいい』

「お断りだ――お前が消えろ！」

さらなる瘴気。それに俺は身にまとう魔力障壁を強くし――戦いが始まった。

『死ねえ！』

先制したのはダクライド。両腕をクロスさせ、切り払うような動作で魔力の刃を生み、俺へと迫る。

こちらはガルク達に当たる危険性を考慮し真正面から受けた。剣先が触れた瞬間凄《すさ》まじい圧力が掛かったが――相手と同じように刃を作り、一気に振り抜く。

刃により、圧力が抜ける感覚。敵の魔力を殺し、あまつさえダクライドへと迫る――

『効かんな』

一言。胸元へ飛来する俺の魔力を、ダクライドは無造作に切り払い、消し飛ばした。

だが攻撃は終わりじゃない。相手からは、左手を突き出した俺が見えたはずだ。

『――天空の聖槍！』

光属性中級魔法『ホーリーランス』。青い光が神殿内で一際輝き、魔族の体をしかと打った。

だが、青白い光はパアンと弾け、ダクライドの体を撫《な》でるだけ。これは、

『無効化だな』

ガルクが述べる。どうやら神霊の持つ障壁の特性を得ている。

こうなると光属性は使えない。瞬時に有効な技や魔法を脳内でリストアップ。

ガルクとアズアの特性を持っているなら、ガルクの地と光、アズアの水と闇の四つは使えない。となれば炎や風……だが、最上級魔法は相当派手で無差別なことが問題。神殿の

強度がどの程度かわからないが、無茶をやって崩壊させると生き埋めになるって結末も。下手するとこっちは身動きがとれなくなり、ダクライドが自由となって障壁を突破されるかもしれない。

ならば派手ではなく、なおかつ威力のあるもの――

『開戦の幕開けとしてはまあまあか』

ダクライドが呟《つぶや》く。

『城ではしてやられたからな……ここで始末させてもらうぞ』

跳ぶ。瞬きする間に肉薄し、刀を浴びせてくる。

それを俺は全力で迎え撃つ。一太刀触れるごとに大気が歪《ゆが》んだと錯覚するほどの魔力が弾けた。ダクライドの刀はこれまで戦ったどんな敵よりも重く、一瞬でも力を抜けば吹き飛ばされる。

なおかつダクライドの斬撃《ざんげき》は余波もある。衝撃波が石床を叩《たた》いているところを見ると、全力で床に刀を打ち込めば神殿が破壊し尽くされるだろう。

『人間よ、これまでだ！』

ダクライドが吠《ほ》える。壮絶な打ち合いの中で俺は冷静さを保つように努め、苛烈《かれつ》さを増す剣戟《けんげき》を受ける。

所詮神霊から奪った力なので、それを使い果たせば終わる。よって魔力切れを待つという手もあるが……さすがに敵も気付くか。このまま延々と接近戦をやってくれるとは思えない。それより先に手を打たなければ——

その時、俺はソフィア達の訓練を思い出す。目の前で起こっていることは、ソフィアとシルヴィが斬《き》り結んでいる情景と似ていた。

『終わりだ！』

ダクライドが右手に魔力を注ぎ込む。渾身《こんしん》の一撃であることは疑いようもなく——俺は、即座に両腕に力を集めた。

体はアズアが見せたような瞬発的に発揮する技術を思い起こす。一気に引き上げた力を腕に集中させ、ダクライドの一撃を打ち崩す！

交錯する剣戟。神殿内に耳が麻痺《まひ》しそうなほどの轟音《ごうおん》が響き、衝撃が全身を打つ。だがそれでも俺は耐える。あまつさえ反撃の余地さえある。

『何？』

ここに至りダクライドも反応——だが遅い！

すぐさま剣を弾く。ダクライドは左の刀でカバーしようとしたが、それも瞬間的に魔力を発し、撃ち落とした。

同時、シルヴィの固有技『一刹那』を思い出す。固有技を習得することはイメージしても無理だった。けれど、参考にすることはできる。

ダクライドが次の行動をとる前に俺の剣が決まる。甲冑《かっちゅう》に阻《はば》まれダメージは皆無だったようで、魔族は反撃に転じようとしたが――それより先にこちらの二撃目が入る。

『な――』

驚愕《きょうがく》に満ちた声。刹那《せつな》、ダクライドの刀を押しのけラッシュを浴びせる――火花、鉄を斬《き》る感触、甲高い金属音。それらを俺の剣が意思を持ったかのように魔族へ殺到して引き起こし、ダクライドを確実に蝕んでいく。

凄《すさ》まじい速度で注がれる剣戟《けんげき》――その数、合計二十連撃。

最後の縦の振り下ろしが決まった瞬間、ダクライドは瘴気《しょうき》を噴出した。

『舐めるな――』

付き合う気はない。さらなる追撃を仕掛ける。

相手はおそらく同じ技だと思ったことだろう。どうやら引き返そうとしたようだったが、一歩遅い。

最初は単なる横薙《な》ぎ。だが一度入ればそこから加速度的に応酬が始まる――!!

『ちいっ!』

舌打ちと共にダクライドは抵抗する。俺の剣を弾き返そうとするが、その全てを的確に叩《たた》き落とし、斬撃《ざんげき》を加える。

二度目の応酬。魔力が刀身からこぼれ、斬撃を決めるごとに魔族の体が光で塗り固められていく。そうした状況下、俺は速度を維持しながらダクライドへ剣を浴びせる。

反撃の余地を与えず、最後に今度は刺突を決める。吹き飛ぶ魔族。気配からは余裕が消え失せ、排除しなければという強い意志がはっきり感じられた。その様子から少なくとも俺が生きている間は神霊を狙《ねら》うこともなくなったかな。

また相手の力もある程度把握した。先ほどの技は、長剣最上級技の一つである『青竜《せいりゅう》の舞《まい》』。シルヴィの『二刹那』を上回る二十連撃を決める大技だが、単発の攻撃力は低いため彼女の乱舞技よりも威力は落ちる。

もっとも俺の全力である以上、例えダクライドが本来の力を持っていようとも二発決めれば沈んだはずだ。しかし今は耐えてみせた。ガルクとアズアの力が本来の力を凌駕《りょうが》している解釈できる。

『やはり貴様は滅ぶべきだ』

刀を構える。その刀身からは凍えるような瘴気を発している……氷属性系の攻撃で拘束してくるかと思ったが、その様子はない。もしかすると神霊の力によって本来の力は出せないのか？　あるいはこれだけの力を所持する俺相手に搦《から》め手《て》は無理だと断じているか。

呼吸を整える。さっきみたいに連撃を立て続けに決めても魔力障壁を思うように突破できない。

ならば、より強力な単発の大技がいる。選択肢は一つ。

刀身に魔力を注ぐ。それに伴い剣そのものが発光し、神殿内に魔力を迸《ほとばし》らせる。

ダクライドは動かない——専守防衛の構えか？　どちらにせよ出方を窺《うかが》う様子。

ならば、足を前に。一歩で距離を詰めると魔族も反応、刀が煌《きら》めく。再度打ち合いの様相かと背後にいるガルク達は思ったかもしれないが、そんなつもりはない。

両腕で剣を握り、姿勢を低く。狙《ねら》いは魔族の懐《ふところ》。ただし反撃が来るだろう。

ダクライドは間合いに到達した矢先、魔力を発しながら両腕の刀を縦に薙《な》ごうとする。こちらを押し留《とど》めるというより、叩《たた》き潰《つぶ》すという表現が近いかもしれない。

対する俺はダクライドが構えた瞬間、腕と足に力を入れた。アズアが見せた、瞬発的な身体強化——刀が振り下ろされる前に、懐へ。

ダクライドは声すら出せない。そして腕を強化したことにより途轍《とてつ》もない速度で横薙ぎが入った。

刹那《せつな》、白い魔力と共に閃光《せんこう》が視界に満ちる。それは一瞬でダクライドを包んだかと思うと、爆《は》ぜて俺の前方に衝撃波を生んだ。

さらにダクライドが立つ場所を越え拡散し、轟音《ごうおん》をもたらす——長剣最上級技『神威絶華《かむいぜっか》』。対象に魔力の刃を放つ極めてシンプルな技だが、着弾した瞬間衝撃波が扇状に拡散。さらに食らった相手は刃の渦に飲み込まれ、ズタズタになる——長剣における遠距離技で最高に位置する、奥義。

爆《は》ぜた衝撃波はダクライドを基点として花開くように神殿を舞う。そんな中で俺は一度後退。魔力の余波で多少ながら建物に損傷はあったが、魔法を使うよりはだいぶマシだ。

少して刃が発する光が消え、ダクライドが――その姿は一変していた。

『貴様……貴様……』

呪詛《じゅそ》のように呟《つぶや》く魔族。まず両腕の刀はボロボロで、甲冑《かっちゅう》もまたあちこち砕けている。気配も大幅に減退し、明らかに弱っている。

確認すると追撃。もう一度同じ技を行使するべく疾駆《しっく》し、ダクライドはボロボロながら対応しようとする。

神霊の力を抱えているとはいえ、甲冑などを再生するには時間がかかるらしい――なら回復しないうちに仕掛けるのみ！

『くっ！』

呻《うめ》きながらダクライドは戦闘態勢に入り、魔力を噴出。ボロボロの状態で無理矢理魔力強化を施した。

ならば――それを上回るだけだ！

技はさっきと同様『神威絶華』。ただし先ほどと比べ魔力収束時間が短い。

が、手はあった。瞬間的に力を解放する――ダクライドの魔力障壁は間違いなく外面を強固にしただけで、それを突き破ることができればあとは勢いで斬《き》ることができるはず。

剣が届く瞬間、魔力を解き放つ。アズアが俺達を威嚇《いかく》した時のように――神殿全てを俺の魔力で満たすような感覚で、剣に力を集める。

ダクライドはそれをどう解釈したか……一歩だけ、足を後退させた。すぐさま構え直したが、下がる行為が答えといってよさそうだ。

二本の刀を交差させ、防御に入る。そこへ俺の斬撃《ざんげき》が――入る。

せめぎ合いはなく、勝負は一瞬でついた。

障壁を突き破るために発した魔力は俺の望み通りの結果をもたらした。紙でも斬るように魔力障壁が壊れ、鎧《よろい》に刃が入る。

そして抵抗もなくダクライドの体に剣が入る光景が。斬った感覚はまったくない。神霊二体の力を持つ魔族でさえ、俺の剣は容易《たやす》く砕いた。

そして、視界が真っ白に染まる。衝撃波が爆散し、神殿の中が陽の下であるかのような錯覚に襲われる。

だがそれも一瞬のこと。光が消え視線の先にあったのは、ギリギリで両断を免れたダクライド。

『……ふ』

乾いた笑いが漏れる。力は使い果たしたか、それとも天使の核から取り出すことができないのか……魔族はゆっくりとした動作で刀を構える。

『魔の者達に――栄光あれ』

突撃。足さばきは平常時と変わらないもの。

刀を掲げ、振り下ろす。俺は何もしなかった。どういう結末になるのか、はっきりわかったからだ。

刀が俺の右肩口に入る。だが次の瞬間刀がパキン、と折れた。

それで終わりだった。破片が床に落ちたと同時、ダクライドは俺の目の前で倒れ伏し、灰となる――この世界から消滅。後に残ったのは地面に落ちた天使の核だけだった。

「……これで、終わりか」

『いや、まだだ』

その声はアズアのものだった。

『ルオン殿の存在を目《ま》の当たりにしたのだ。是が非でも魔王に報告しようとするはず……滅んだように見せたのは半ば演出だろう。おそらく天使の核に意思を宿した』

「核を破壊しないとまずいのか」

『そうだな。とはいえ壊すことができるのか……』

神霊でさえそう言及するほどか……まずは試してみよう。

俺は一片の容赦もなく剣を振るう。刃が小さな核へ触れ、乾いた音を立てる。

しかし――無傷。

「魔力を加えたんだが、やっぱりアーティファクトとなると相当丈夫なのか」

『いや、他にも要因があるな』

と、これはガルクだ。

『ルオン殿が剣を加えた瞬間、剣先に存在していた魔力を吸い込んだ』

「……ということは、もしかして」

『うむ、魔力を使った攻撃は全て効果無しだな』

なんて厄介《やっかい》な……となると魔力を利用せず剣の切れ味をどうにかするほかないけど、さすがに無茶だ。

『魔力を使う場合、一つしか方法はなさそうだな』

「それは？」

『核はかなりの魔力許容量を持っているが、それを超えれば排出されるはずだ。つまり核の中を一定の魔力で満たすことができれば、ダクライドの意思が宿る魔力を外に押し出すことができる』

「結局は力技か……核を破壊する勢いで魔法を使えばいいのか？」

『そういうことになるな』

「ならガルクとアズアで――」

『それは無理だ』

無理？　訝《いぶか》しんでいると、ガルクは解説した。

『ダクライドは一度我とアズアの力を吸収している。我々が魔法を行使して核から意思を外へ排出しようとしても、その力自体を吸収してしまう可能性が高い。おそらく協力関係を結んでいたアズアの魔力を分析し、我が物とできるよう手はずを整えていたのだろう。そして同じ神霊であることを利用し、我の魔力も取り込んだ』

「さっきと同じことになるって話か……つまり俺一人でどうにかしろと」

『封印を施して放置、という手法もある』

と、これはアズアの意見。

『ただし天使の核にはまだ多少なりとも私達の力が残っているだろう。強固な魔力障壁を作る必要はあるが……』

「完全に滅さない限り、危険そうだな」

俺はふうと息をつき、

「わかった、やれるだけやってみるよ……ガルク、どんな魔法を使えばいい？」

『天使の核に力が集まりやすければいい。属性などは問わない』

「一点集中か……それなら一つ、案がある。闇属性でもいいか？」

『構わないが、使えるのか？』

「まあね」

魔力を体の奥底から引き上げる。それこそ核を壊してもいいくらいのものだ。遠慮なくやらせてもらおう。

それに、魔法の性質上神殿にこれ以上被害が及ぶこともない……理想的だ。

神霊達は俺のことを見守る構え。その視線を背中に受けながら――しっかりと準備を済ませ、

「――行くぞ」

宣言、魔力解放。

「大いなる虚無よ――我が手に混沌《こんとん》と絶望を与え、全てを等しく滅せ――誘え――神滅《しんめつ》の領域！」

直後、周囲が一瞬で暗闇に包まれた。

突如宇宙空間に放り出されたような限りない漆黒。その中で闇がうごめくのを、ガルクやアズアも捉えたはずだ。

『この魔法は――』

ガルクの呟《つぶや》き。その間にも深い奈落の底へ落ちていくような感覚が俺を包み、闇が渦巻き続ける。

――これは闇属性最上級魔法『エンド・オブ・クリーチャー』。ゲーム上では戦闘フィールド全てを闇が包み、あらゆる力を持った闇が魔物を包んで死を与える。

その光景は、現実となった今も確かに存在する。無数の闇が、まるで怨念を持った亡霊のように核へと迫っていく。一つ一つが殺意の塊であり、並の魔物ならばこの空間にいるだけで消滅するような絶対的な力。

神殿の内側を闇が隔離し、その全てが天使の核へ殺到、飲み込んだ――視界から核が消え、暴風雨のような闇が全てを巻き込んでいく。

次の瞬間、闇が爆《は》ぜた。ねじ曲がり、咲き誇り、渦を巻き、浸食し、押し潰《つぶ》し、弾け飛び、あらゆる闇が天使の核を破壊し尽くそうと我先に群がっていく。

まるで、世界の終わりがきたかと思うほど濃密な闇――闇が暴れる奇っ怪な音は、悲鳴にもくぐもった呻《うめ》き声にも聞こえる。

『凄《すさ》まじいな――』

アズアの声。俺の力が神霊を驚愕《きょうがく》させるほどのものなのだと、改めて理解できた。

やがて、闇が少しずつ消えていく。まず周囲を覆っていた闇がはがれ落ち、次に天使の核にまとわりついていた闇が溶けていく。

そして見えたのは――まだ形を保っていた天使の核と、その近くに先ほどまでなかった淡い青色の光。

『成功だ。ルオン殿、それがダクライドの意思だ』

ガルクが断定する。

『先ほどの魔法で天使の核内にあった魔力全てを外へ押し流したようだ……我を打ち負かしたことといい、驚かされるばかりだな』

その言葉にアズアが『ほう』と呟《つぶや》く。興味を示したようだが、ガルクは話を進める。

『これを剣で斬《き》ればいい。ルオン殿、いいか？』

「ああ」

俺は剣を掲げる。

光はそこに意思が宿っているのかわからないくらいに動かない。いや、この姿になったらもうどうにもできないってことなのか？　ともあれ俺は刀身に魔力を注ぎ――光をぶった切った。

キイン、と神殿の床を傷つける刃の音。両断された光はやがて力をなくし、塵《ちり》となって消える……ダクライドの最期は、ひどくあっけなかった。

「これで、終わりか」

『いや、まだだな』

またもガルクが否定。どういうことだ？

『ダクライドの意思そのものを潰すことには成功した……が、あれだけの力を所持していたのだ。遺跡内に力を隠した可能性もある。あるいは――アズアは天使の核を取り込んでいた。ダクライドが持つ力の残滓《ざんし》が残っているかもしれん』

『それらをゼロにしない限り、まだ安心はできないということだ』

ガルクに続いてアズアは言うと、その場にあぐらをかいた。

『知らぬ間にヤツの魔力を私は取り込んでいたが、小さなカケラであったため悪さはしなかった。だが天使の核へ力を注いだ際、私の体に対しても何かした可能性は否定できん。だからこそ、全て除去するべきだ』

「具体的にどうするんだ？」

『まず時間をかけて私の体内に存在する魔力を全て入れ替える。残滓《ざんし》を全て集め、私の手で破壊する。腰を据えてやろう』

『遺跡内の調査はこちらがやる』

ガルクが続く。であれば、

「俺の出番はもうなさそうだな」

『うむ。ただし念を入れるならこの場で待ってもらう必要があるぞ』

「待つ？」

『現在この神殿は我とアズアの障壁で隔離されている。よって現時点ではここで起きたことが漏れる心配はない。安全策をとるなら、この状況を維持したまま作業が終わるまで待ってもらうことになる』

「なるほど、本来あり得ない事態が生じたわけだから、確実に処理が終わるまで隔離した空間を解放するのはまずいのか……俺は大丈夫か？　知らず知らずのうちにダクライドの魔力を取り込んでしまったとか」

『魔力障壁さえ構築していれば体の中に入ってくることはないので、そこは心配せずともよい』

「そっか。ちなみに時間はどの程度いるんだ？」

『わからん。数時間で終わるかもしれんし、数日必要になるかもしれん』

日をまたぐかもしれないのか……。

「……水くらいは魔法で作れるし、魔力で体の維持はある程度できるから数日くらいは大丈夫だよ。それ以上かかりそうなら、改めて相談しよう」

『うむ、悪いな』

「バレたら終わりの戦いをやっているんだ。そのくらいは警戒して当然だろ」

そう答え、俺は床に座り込んだ。

「さすがにさっきの戦いで俺も疲れた。あとはガルク達に任せるよ」

『うむ、そこで待っていてくれ』

そう言って、ガルク達は動き始めた――

神霊達が作業をする間、俺は神殿の中で彼らを眺めながらジイルダイン王国の騒動を振り返る。

ダクライドとアズアが手を組み色々やっていた……そのことについて思うところはあるし、作業が終わり次第話をするべきだが――

『ルオン殿』

ふいにアズアがこちらへ近寄ってきた。

「終わったのか？」

『いや、まだだ。今のうちに済ませるべきことをやっておこうかと』

そう告げるとアズアは――突然、俺の前で跪《ひざまず》き、臣下の礼をとった。

『今回、私の失態は貴殿がいなければ解決できなかった。改めて礼を言わせてもらう』

神霊にここまでされるとは、想像もできなかった。

『加え、私が厄災の種を蒔《ま》いたのは間違いない……それを解決に導いた点についても、重ねて礼を述べさせてもらう。ついては、ガルクが協力する貴殿の方針に従うつもりだ』

そこまで語るとアズアはガルクへ顔を向け、

『彼と協力する理由、話してもらえるか？』

『うむ、作業が終わり次第話そう……ルオン殿、それでいいかな？』

「大陸崩壊を防ぐには神霊の力が必須だ。俺としてもこうした形で協力してくれるのならありがたい……ただ一つ、言わせてくれ」

『ああ』

　俺はなおも跪くアズアを見据え、語る。

「今回の騒動は、必要なことだったかもしれない……が、これをきっかけにして様々な弊害が起こったのは間違いない。水王アズア……それを償うべく、俺達に協力してくれ」

『無論のことだ。尽力することを、約束しよう』

　――こうして、神霊アズアを引き入れることができた。とはいえ彼の行動によりどれだけゲームシナリオと差異ができたのか……シナリオの枠から大きく外れれば俺の立ち回りも変えなければならない。こればかりは魔王や魔族を観察し確かめなければ。

　と、ここで一つ疑問が湧《わ》いた。それは、

「アズア、戦いが始まる前にこうした活動をしようとした経緯を語っていたが……その辺り、もう少し詳しく説明してもらえないか？」

『いいだろう。動いた理由は大陸の南で魔族がうごめいていたからだが……なぜ魔族がそうした活動をしていたか、ダクライドから聞いた』

　ダクライドから――沈黙しているとアズアは続ける。

『どうやらその時期、南部への派兵を増やしたらしい……だからこそ私は魔族に興味を持ち調べようとしたわけだ。要因は大きく二つある。一つは魔王側に寝返った者の助言だ』

「助言？」

『ルオン殿は、屋敷で私の分身と遭遇した際、裏切り者に関する資料を見たか？ 懐《ふところ》に入れていたな？』

……ゼクエス王子のことを含めた件か。

「ああ、確認したよ。王子が相手ってことで国側も相当慎重になっているみたいだ」

『そうか。王子の助言により、南部から仕掛ける準備をすべきだというのが、最初の意見。もっとも、魔王としては北部に強国——特に賢者の血筋が治めるバールクス王国のことを考慮し、北部からの攻撃をしたらしいが』

裏切り者はそういう風に関わっていたのか。しかしこの情報だけだとゲームのシナリオ通りに進んでいると考えることができる。アズアが動くきっかけとなったものは——？

『南部の動きを活発にしたもう一つの理由は、戦争開始前に存在していた異変らしい』

「異変……？」

『最初に狙《ねら》いを定めていたバールクス王国北部で、瘴気《しょうき》の流れに異常があったと。それが侵攻準備の影響なのかを判断するために、南部へも魔物を振り向け、大陸を調査した。あの国だけは奇襲で攻めなければ厄介《やっかい》だと判断したらしく、だからこそバレないよう慎重になったようだ。結果的にごくわずかな地域の異常であったため、問題ないと判断したらしいが』

「それはどこなのか具体的にわかるか？」

「イトラス山脈だ」

——地名を聞いて、俺は複雑な顔をした。

「アズア、その話は本格的な戦いが始まる前、だよな？」

『ああ、そうだ』

「実を言うと、俺はその山脈にある洞窟《どうくつ》で強くなるため魔物を倒し続けていたんだが……もしかして……」

『おそらく関係しているな。調査したのは地上の瘴気量らしいが、多量に魔物を倒していれば、少なからず影響が現れるだろう』

……俺の修行が遠因になっていたわけか？　どうやら小さなきっかけでアズアは自発的に動き……ゲームシナリオにそれほど影響はないが、それでも着実に差異が生じている。

『加え、魔王との戦いについて一つ報告がある』

さらにアズアは続ける。あまりいい話ではなさそうだ。

『魔王の味方になった王子について。ジイルダイン王国の宮廷魔術師長が捕まったということを知ると、彼は即座に姿をくらませた。おそらくそう遠くないうちにジイルダイン王国側にも伝わるはずだ』

「捕まる前に、先んじて行動したか」

『ああ。そして彼は繋《つな》がりのある他の裏切り者を引き連れ、ある国へ向かった』

「ある国？」

『アラスティン王国だ』

途端、俺は息をのんだ。

『理由については不明だ。王子に何かしら意図があるのか、それともそこに目指す何かがあるのか……』

「……わかった。あの国へ俺も行くつもりだった。さらに裏切り者を引き連れているってことは、ジイルダインで判明した裏切り者が集められている可能性も高い。ある意味わかりやすくなったとも言える」

『しかし、問題もあるな』

ガルクが発言。当然俺も理解し頷《うなず》いた。

「俺達はこれからソフィアの精霊契約を済ませるため北へ向かおうとしていた。アラスティン王国へ行くのとは方角が違う。反逆の王子だって動く以上、いつ何時戦いが始まってもおかしくない。できれば急行したいが、そうなるとサラマンダーとの契約が後回しになる」

アラスティン王国の戦いが終わった後でもいいが、情勢が情勢だ。その流れで残る五大魔族が動き出さないとも限らない。最悪サラマンダーとの契約ができないまま南部侵攻イベントまで発生してしまうことだってあり得る。

『ふむ、ならば我がなんとかしよう』

こちらの懸念《けねん》に、ガルクが提案した。

『アズアも味方に引き入れた。この状態でフェウスに話を持ちかければ協力してくれる可能性が高い。サラマンダーと契約が必要だと伝え、フェウスに段取りをしてもらおう』

「それってつまり、フェウスがサラマンダーを俺達の所に連れてくるってことか？」

『うむ。フェウスについては交渉材料もある。少し前にトラブルがあったとのことだ。どうやら魔族絡みで、その解決に協力すると約束すればすんなり話もまとまるはずだ』

「フェウスの方も問題あるのか……詳細は？」

『詳しくは聞いていないな。トラブルについては我や我の眷属《けんぞく》で対処すればいい』

ふむ、そういうことなら任せていいか。

『フェウスとの交渉、そして精霊との契約が上手《うま》くいけば、ルオン殿達の進路も迷うことはなくなるな？』

「その通りだ。ガルク、頼むよ」

『任せろ……と、そうだ』

唐突にガルクは何かを思い出したように、床に転がる天使の核へ視線を移す。

『アズア、天使の核はまだ使うか？』

『魔族は喪失した。今後それを用いてどうこうする必要性はないな』

『ならばもらっても構わないな？』

『いいが、どうするのだ？』

疑問をよそにガルクは天使の核を器用に右前足でつかみ、

『――そら』

掛け声一つ。刹那《せつな》、天使の核へ魔力が注がれた。

一瞬、神殿内を振動させるほどの濃密な力――かなりの魔力を入れたか。

『うむ、これはありがたく使わせてもらおう。アズア、作業が済み次第魔力を注げ』

『何をする？』

『我らの目的の一つを話そう。貴殿と同じく魔王が仕込む魔法を抑える手段の構築に加え、魔王を討ち滅ぼすための武器を作ろうとしている』

『武器……そうか、私達の力を注ぐ、と』

『察しが早くて助かる。先ほど我らの力を組み合わせることができるのはわかったが、魔法ではなく剣など作る場合はより精査せねばならない。この天使の核……それを用いて我ら神霊、ひいては地水火風の精霊の力がきちんと融合するのか、確認できる』

なるほど、一度試さなければならないのは事実だし、手頃な道具が転がり込んできた構図なのか。

『天使の核をどう扱うかは我に提案がある』

前置きをしてガルクはさらに話を進める。

『ルオン殿自身、我やアズアの力を抱えた魔族を圧倒するほどだ。戦力としては申し分ないが、貴殿としては色々課題があるな？』

「まあな。まだ全力を出すわけにはいかないし、苦労しているのは事実だよ」

『うむ、そういう時に備え、ルオン殿も我が今しているように隔離障壁を張る術を身につけたらいい』

口で言うのは簡単だが、それ俺にもできるのか？

『無理なのではないか、という顔だな』

「空間を隔離するほどの魔力障壁を構築するのは魔法しか無理だろ？　それ以外の魔法が使えなくなる上、維持に意識を向ける必要もあるから戦闘しながら使うとか無理だぞ」

『そこで、この天使の核だ』

……なんか、テレビの通販番組みたいだな。

『アズアも先ほど言ったが、使い魔――通常ルオン殿が作る鳥とは異なる、明確な戦闘能力を所持した存在を、核を利用し創造すればいい。その使い魔を通して障壁を構築できれば、魔王に漏れることもない』

はあー、なるほどね。確かに自前でそういうことができるようになれば、もしもの時も対応できる。

『さらに言えば、他に能力を足してもいい。人間の身であるルオン殿にとっては魔力の分析能力なども限界がある。それを補うような技術の構築など、使い方は色々ありそうだ』

戦略の幅が広がりそうだな。

『使い魔の生成を通した、実験の意味合いが強いな。魔王を討つ武器を作るために、神霊の力をどう扱えばいいのか、それを実証するにいい機会だと考えた』

「実験ね……ま、いいよ。失敗しても問題ないし、存分にやってくれ。それで戦力が増えるのなら儲《もう》けものだ」

『そして、もう一つ』

「まだあるのか？」

『これは天使の核とは異なるが……今回のように想定外の敵と戦うかもしれん。それには、より強力な魔法などを習得することも、必要になってくるだろう』

「確かに、そうかもしれないな」

『そこで、だ。我が保有する魔法を一つ、提供しよう』

——思わぬ提案にびっくりする。ガルクが所持する魔法!?

『といっても一から習得するわけではない。ルオン殿はイメージにより魔法を体得したらしいな？　我が貴殿にそのイメージを深く流し込む。本体だからこそできる所行であり、それで使えるかもしれん。無論、扱えるにしろ使いこなすまでには修練がいるぞ』

「どんな魔法だ？」

『我に触ってみよ』

そう言われ俺はガルクに触れる。すると、頭の中に魔法のイメージが流れ込んできた。

「……これは、いけるのか？」

『試してみないことにはわからん』

「確かにすごそうだけど……最上級を超えた魔法ってところか？」

『だろうな』

人間に扱えるのか……だがまあガルクからの贈り物だ。参考にさせてもらおう。

『ならば私も提供しよう』

今度はアズア……まさか、神霊からこうして技術を教えてもらうことになるとは。

『ガルクが魔法ならば私は技だ』

そう言って手を俺に差し出す。それにこちらが触れた瞬間、頭の中に技のイメージが

――


「……水や闇は介在しないんだな」

『そういうものとはあまり関係はないな。私が教えるのは魔力の流し方だ』

「ふむ、なるほど。わかった、参考にさせてもらうよ……アズア、ガルク、ありがとう」

これにて話は終わり――あとはガルク達が作業を終えるまで待つことになった。

以降俺は魔法で作った明かりの下、ガルクやアズアに教えられた魔法や技を検証。適度に仮眠など取りながら、作業を進める。何もない空間だからこそ、集中することもできて……正直、時間感覚がない上に眠ったりしたのでどのくらい経《た》ったのかよくわからないまま過ごし――

『終わったぞ』

アズアが短く告げた。それと共にガルクも口を開く。

『こちらも終わった。警戒してよかったぞ。ダクライドの魔力が、神殿内にいくつも潜んでいた』

「そのまま障壁を解除していたら危なかったってことか……」

『まさしく。ともあれこれで魔王に我々のことは露見しない』

『では、話してもらえるか？』

アズアが言う。そこから俺とガルクの説明が始まった――が、一時間にも満たない程度で終える。

アズアは内容を聞くと、

『興味深い話だな。ルオン殿、改めて協力することを表明させてもらう』

「ああ、よろしく。ガルク、ここで他にやっておくことは？」

『戻る前にもう一つ確認だ……アズア』

『どうした？』

『協力態勢を敷くのは構わんが、魔王の魔法についてはすぐにでも検証せねばなるまい。場所は我のすみかで構わないか？』

『ふむ、そうだな。ガルクの森であればバレることもないだろう』

『決まりだ。貴殿のすみかは大丈夫か？』

『私が根城にしているのは深海の洞窟《どうくつ》。魔王や魔族は把握してはいないため、問題にはならんだろう』

『うむ……ルオン殿、アズアが手に入れた情報を基に、我らは魔王の大陸崩壊魔法を打ち崩す手法を作る』

「時間、かかりそうか？　五大魔族も既に三体倒れた。ここから小康状態になるけど、確実に南部侵攻が迫っているぞ」

『理論構築自体は情報もあるためそう難しくはない。ルオン殿がアラスティン王国へ向かう間にできるはず。問題はそれを実現するための準備。魔王に察知されてはならないため、慎重にならねば。もし時間がいるのならば報告させてもらう』

——着実に対応策を講じる準備は整っている。けれどダクライドとの戦いにより残る五大魔族のうち一体でも倒せば南部侵攻が始まる。それまでに目処《めど》はつけておきたいところ。

「……五大魔族の四体目を倒しても、魔王側は即座に侵攻とはいかないと思う。物語の中でもタイムラグは存在していたが……リエルの資料においても四体目を倒してから魔物が襲来するまでの時間は明確にわかっていないから、注意しなければならない」

『できる限り速やかに準備をしよう……それではルオン殿、地上へ』

「ああ」

歩き始め——ふと、俺は自分の衣服に目をやった。

「地底はずいぶん埃《ほこり》っぽいから、さすがに一度体とか洗わないと。どこかで水浴びでもするか……そういえばガルク、神殿に引きこもってどのくらい時間が経過しているんだ？」

『二日』

——返ってきた言葉に、俺は咄嗟《とっさ》に反応できなかった。

「へ？」

『丸二日だ』

「……二日!?」

『この場合、二日間水だけで平然としていたルオン殿を評価すべきか、それとも時間感覚がないにしろ二日経《た》ったことも気付かない事実を鈍いと考えるか』

真面目《まじめ》に考えるガルク。って、待て待て。

「存外平気なものなんだな」

『そんな感想を抱くのはルオン殿くらいだぞ……しかも全力で魔法を使っておいての結果だからな。まあ一応補足すると、平気だった要因には我のリボンも関係しているな』

「え、魔力制御のリボンが？」

『ルオン殿自身、リボンを身につけ魔力を制御することで、戦闘後においても長時間体が問題ないよう維持できた、というわけだ』

ああ、なるほど。リボンが熱を発しないよう魔力を内に留《とど》めるようになったことで、それらが体力を維持することに回り余裕ができたのか。

『自然と身体の負担を魔力が補うようにしているのだろう。これはリボンを身につけたことによる副次的な効果だ』

「俺も成長しているのか」

『そういうことになる……しかしルオン殿、二日間も突然姿をくらました。仲間達は大丈夫なのか？』

……ソフィアは心配していると思うが、

「ユノーを置いてきたし、たぶん……少し急ぐか」

『ではルオン殿、我とアズアはこのまま地底を移動し我が森へ向かうことにする。分身はいつもの通り残しておく故、頼むぞ』

「ああ。ガルクも頼む」

会話を交わし地底で別れ——俺一人だけ地上へ戻った。

時刻はどうやら昼くらい。外に出るとやっぱり体が埃《ほこり》まみれなので、予定通り水浴びをしてから町へ戻る。

「怒られそうだな……」

そんな不安を口にした矢先、早速仲間——シルヴィを発見。相手もこちらに気付き、

「……ルオン⁉」

慌《あわ》てて駆け寄ってきた。

「ルオン、大丈夫なのか⁉」

「え？　あ、ああ。怪我《けが》とかはないよ」

「そうか……宿には行ったか？」

「今帰ってきたところだ」

「ならすぐ仲間に顔を見せてやれ」

なんだか切羽詰《せっぱつ》まった様子だ。何事かと俺は少し早足になる。

そうして利用している宿へ入った。男性部屋を覗《のぞ》くと誰もいなくて、俺は女性部屋の前でノックをした。

「どうぞ」

中からリーゼの声。恐る恐るといった具合で扉を開け、

「ごめん、今帰った――」

そこまで言って、言葉が止まってしまった。

色々理由はあった。まずユノーだけでなくレーフィンやアマリアが部屋にいて普通とは違う（そもそも原因は俺）雰囲気にあったこと。さらにリーゼやオルディアが俺を凝視し硬直したこと。

でも一番の理由は……ソフィアが、それこそボロボロに泣いているのが目に留まったからだ。

「……ルオン……様……」

「え、えっと」

内心動揺しながらどうやって説明したものかと迷っていると、リーゼが近寄ってきた。

「怪我は？」

「あ、それは平気だ……ごめん、連絡をとることができる状態ではなかったから」

「そう。シルヴィやクウザにも伝えないと。町の内外を探してもらっているから」

「シルヴィにさっき会ったから、たぶんクウザにも連絡はいく……フィリやコーリは？」

「この町を離れたわよ。クウザはソフィアのこともあるからここに残ってくれた」

……名指しされたソフィアを見る。ハンカチで涙を拭《ぬぐ》っており、俺は申し訳ない心境で彼女に近づく。

その途中でユノーと目が合い、

「さすがに心配した」

「悪い」

「謝るのなら、一番心配してたソフィアに」

ようやく落ち着きを取り戻したソフィアは、

「ご無事で……本当に……良かったです……」

「……ごめん」

沈鬱な面持ちで返答する。なんというか、ここ最近心配させてばかりだな……再度泣き出してしまった彼女に対しリーゼが隣に立ち肩を抱く。

やってしまった。状況的に仕方がなかったとはいえ、上手《うま》いやり方はあったはず。

「理由は、説明してもらえるのか？」

オルディアの質問。ここまで心配をかけた以上は話すべき……だとは思うが、

「ごめん、まだ……でもいつかは伝えることになる」

「……そうか」

それ以上何も言わなかった。詰問されてもおかしくない状況だったけれど、結局追及はされなかった。

リーゼに目を移すと、不服そうではあったけれど、ソフィアが何も言わないのなら自分

も……そんなところか。

少しの間沈黙していると、口を開いたのはレーフィン。

「帰ってきたのだからよしとしましょう……ソフィア、事情については何も訊《き》かないと言っていたけど、いいの？」

「はい……ルオン様のご判断で構いません」

五大魔族レドラスと戦った際、表明した時と同じ……信頼されているってことなんだろうな。

「……心配かけて、本当にごめん」

俺はもう一度謝り、

「次からは注意するよ。俺自身時間がかかったことは予想外だったから……離れる時はきちんと言う」

「はい……」

話はそれで終わり、部屋を出る。泣かせてしまったことを深く反省していると、人が近づく足音。クウザだ。

「お、ルオンさん。帰ったのか」

「ああ、心配かけた……残ってくれてありがとう」

「ソフィアさんを放っておくことはできなかったからな。それに」

クウザは少し俺に近づき、

「都から人も来たし、この町を去っても問題はないと考えたけど、王女様達を放って離れるのは……と思い直したんだよ」

「リーゼあたりが話したのか？」

「正解。ここに滞在する以上、事情を知らないと混乱するからって」

と、彼は男性部屋の前まで移動し、

「ソフィアさんに色々教えているから、それが終わるまでは一緒にいるさ。もし戦いに赴《おもむ》くのなら、手伝うぞ」

「……ずいぶん殊勝だな」

「そりゃあ事情を聞いたらなあ。ルオンさんが抱えている内容にも興味があるし」

俺に対する、か。まだ語れない旨を伝えると、クウザは「構わないよ」と告げ部屋の中へ入った。

そこで今度は女性部屋が開き、中からオルディアとユノーが。オルディアは即座に男性部屋へと入り、俺とユノーだけが残された。

「あたしもさすがにフォローしきれなかったよ」

「それに関しては、本当に申し訳ない」

「で、問題は解決したの？」

「ああ。水王アズアが協力してくれることになった……ただもう少し、ここに滞在しないといけないかも」

ガルクがフェウスと折衝《せっしょう》に入るはず。その結果を考慮し、今後の作戦を考えなければならない。

「ひとまずこの国での事件は解決……といっても色々問題もあるし、どうするかは熟慮しないと」

「そっか。あ、ちなみに」

ユノーは俺に目を真っ直《す》ぐ合わせながら、告げる。

「今後はあたしが責任持ってルオンのことを見張るので、よろしく」

「それ、ソフィアと協議したのか？」

「あたしの独断。ここで倒れてもらったら、無茶苦茶になっちゃうからね」

「……以降、こういうことがないよう、善処するよ」

ユノーは「ならよし」と語る――ソフィアについてはダクライドの居城においてもトラブルがあった。戦いの中で何かしら問題が出ないとも限らないけれど……これは俺の責任だ。何かあったら、彼女を全力で守るべく対応しようと、心の中で強く誓った。

帰還した次の日の夕刻、俺は町で情報収集する際に訪れた湖を一望できる広場へ赴く。

共にいるのはユノーとレーフィン。事情は既に俺の中にいる子ガルクを通して説明してある。

「今回の戦い、アズア様が敵側についていなくて何よりね」

レーフィンが言う。俺はそれに深く同意し、

「紆余曲折《うよきょくせつ》あったが、事態は大きく進展した。神霊が集いその対策へと入ることになったし」

「あとはガルク様から連絡が来て、どうするか協議かな」

「ああ……といっても次の行き先はアラスティン王国でほぼ確定だからな。精霊と契約するため北へ向かうべきか……」

仲間にアラスティン王国へ行くことについてはまだ話していない。赴《おもむ》くための理由は……まあなんとでもなるか。

なお今朝、ナテリーア王国のゼクエス王子が行方不明になったという情報が、リーゼからもたらされた。これはアズアの発言と一致する。結果としてナテリーア王国側も看過できず、捕まえようと両国は決断したそうだ。

王子の退路は断たれた。ならば当然、魔族の下へ行く……そして彼が目指すのは、アズアの情報によればアラスティン王国だ。

「今回、どうやら俺の修行によってアズアが動き、そこから発展してゼクエス王子が反逆

した。アラスティン王国に魔族が押し寄せること自体は物語の枠の中だけど、王子の介入はなかった。次の戦いは、物語に沿っていながら大きく変化したものになる」

「小さなきっかけでそれだから、大枠はゲーム通りになっているのがなんだか驚きだね」

ユノーが評した。俺は頷《うなず》き見解を述べる。

「リエルが語った内容から、戦いの結末さえ合えば大筋の展開に変化はないってことなのかな……ともあれアラスティン王国については回避したい出来事があるし、必ず向かう」

「この辺りが正念場かな？」

ユノーの意見に、俺は「そうかもな」と応じる。

「情勢は少しずつ人間側に傾きつつある……アラスティン王国を救うことができれば南部侵攻に対する盟主が誕生するし、反撃の態勢はある程度整ったと言える。もっとも俺が知っている状況と少しずつ異なるものになっているから、特に魔王については注意を払わないと」

現在のところ、北部から動いていないが……観察し続けなければ。

「ソフィアを始めとした賢者の血筋の能力も魔王へ挑むには足りていないし、大陸崩壊魔法『ラストアビス』の対策もできていない。この二つを急ピッチで進める……これが基本方針になる」

「五大魔族との戦いはどうするの？」

「残る二体のうち、グディースはイベントが発動したら周囲に被害をもたらすからな。そいつについては速やかに倒した方がいい。だからアラスティン王国を救い、グディースを撃破……これで、南部進行イベントが発動。それまでに準備を済ませたいところだ」

果たして間に合うのか……ここは神霊を信じよう。

「もう一つの懸念《けねん》は、バールクス王国ね」

そう語るのはレーフィン。俺も以前から懸念していた部分。

「西部の大国に魔族が居座ったままでは、南部からの魔物と合わせ人間側が挟撃《きょうげき》されるようなことにならない？」

「最悪、俺の能力がバレる覚悟で単身向かってもいい。本音としては南部侵攻前に解放したいところだが、厳しいかも」

けど、国を奪還できたらさらに情勢が人間側に傾く……成し遂げたいところだ。

「ともあれ、全てはアラスティン王国との戦いが終わってからだ。レーフィン、いずれかのタイミングでソフィアに事情を伝えるべきじゃないか？」

「まだ少し考えさせて。けれど全てを話す時が近づいているのは確かよ」

「そっか。あとは神霊であるフェウスについて――」

そこで、背後から気配。振り返るとそこには、俺達に近づく二人の人物が。

双方とも赤い髪を持った男女。男性は赤い貴族服のような衣装に身を包み、顔立ちも整っている。さぞかし女性にモテそうだ。

　女性の方は赤いローブ。年齢は二十歳を超えたくらいか？　大人びた雰囲気を持ち、なおかつこちらは赤でも夕焼けの太陽を想起させるような、オレンジ色混じりの髪を持っている。

『――ルオン殿、報告が遅れた』

　と、ふいにガルクの声が。

『フェウスに事情を伝えたら、是非会いたいとここまで駆けつけてくれたのだ』

「……ということは、あなた達は――」

「ええ、初めまして。私の名はフェウス」

　女性が自身の胸に手を当てて告げる。町中における唐突な出現に、ユノーが口を開けて驚く。

　けれどレーフィンは予想できたようで、

「初めまして……横にいるのは、レザディ？」

「久しぶりだな、レーフィン」

「レーフィン、知り合いなのか？」

「ええ、サラマンダーの中で優れた力を持つ者よ」

　精霊か……！　ならここに現れたのは――

「私がレザディを責任持って連れてきた。これで北へ向かわなくとも問題ないわよね？」

フェウスが問う。俺はひとまず頷《うなず》き、

「こうやって話をしに来たってことは、目的があるんだよな？」

「そうね。私は、あなた達に依頼をしに来たの」

——神霊からの、依頼？　なんだか不穏だ。

「今回依頼を持ちかけたのは、私が大きく動けないためなのよ。本来の力を用いれば目的の達成は決して難しくない。しかしそれをすれば魔王が動くかもしれない……どうすべきか悩んでいた折、神霊を従える人間が現れた」

「従えているわけじゃないぞ」

「似たようなものよ」

バッサリ切り捨てるフェウス。

「依頼内容は、私が所有していたアーティファクトが人間に奪われたため、それを奪還もしくは破壊をお願いしたい」

「破壊って、物騒だな」

「元々眷属《けんぞく》が天使の遺跡で得た物を保管していただけだからね。不要だから壊しても構わないの」

「なるほど。それで肝心の相手は？」

「アズアやガルクから、ゼクエス王子の件は聞いている？」

――よもや、フェウスの口から王子の名が出てくるとは。

こちらが黙って頷く中、フェウスは続ける。

「盗んだのは、彼……現在アラスティン王国へ向かっているようね。あなた達の進路は同じだと聞いているし、頼まれてもらえないかしら？」

フェウスの言葉を聞いて、俺は一つ確信する。

アラスティン王国の戦い。それがゲームと異なる、山場と言っていいほど大きな戦いになることを――


〈『賢者の剣 5』へつづく〉

ヒーロー文庫

賢《けん》者《じゃ》の剣《けん》 4

陽《ひ》山《やま》純《じゅん》樹《き》

平成29年3月31日　第1刷発行

発行者　荻野善之

発行所　株式会社　主婦の友社
〒101-8911 東京都千代田区神田駿河台2-9
電話／03-5280-7537（編集）
03-5280-7551（販売）

印刷所　大日本印刷株式会社

ISBN 978-4-07-423686-2